KB052357

광인들

광인들

김중의

황금가지

내 하나뿐인 어머니

사랑하는 당신께 이 책을 바칩니다.

차례

1장

"아줌마 화 안 났어."

1

일요 우울증으로 전국이 끙끙 앓고 있을 때 수하는 인생 최고의 항로에 진입했다는 자부심으로 한껏 부풀어 올라 있었다. 딸과의 즐거운 한때를 보내고 헤어질 때는 딸에게 용돈까지 쥐여준 그녀는 방금 막 유강과선교를 지나 유강 터널로 진입하던 참이었다. 만일 당신이 거기서 2007년식 마티즈와 차선을 나란히 했다면 아마 행복에 취한 그녀를 볼 수 있었을 것이다. 동 시간대에 유강 터널을 통과한 차량 중 마티즈는 단 한 대뿐이었고, 그마저도 상태가 그다지 좋은 건 아니었으니 말이다.

그래도 수하는 행복했다. 행복해서 미칠 것만 같았다.

"아줌마, 오늘 무슨 좋은 일 있어요?"

영화관에서 그녀의 딸 희정이 던진 질문이었다.

하지만 그녀는 아무것도 알려주지 않았다. 가끔은 신비주의를 가장한 행복한 비밀이 하나쯤 있어야 인생이 즐거운 법이다. 수하는 그 법칙이 지닌 힘을 믿었고, 또 그 힘이 얼마나 소중한지도 익히 알고 있었다. 그래서 그녀가 한 대답은……

"먹고 싶은 거, 보고 싶은 거, 입고 싶은 거, 갖고 싶은 거 다 말해. 오늘은 아줌마가 쏠 테니까."

수하는 숨을 깊이 들이마셨다. 그리고 누가 봐도 확실한 승리의 미소를 지었다. 17년간 치러온 세월과의 전투에서 드디어 첫 승을 거둔 자의 미소. 적어도 그녀는 그렇게 믿었다. 지난 14년간 수하는 지독한 고통이 무엇인지 몸소 깨달았고, 그 고통은 그녀에게 많은 것을 가르쳐주었다. 이를테면 목숨을 끊어도 없애기 힘든 고통이 어떤 것인지 깨달았다고 해야 할까? 사춘기에 접어든 딸한테 제대로 된 생리대 사용 방법을 가르쳐주지도 못했을 만큼 그녀에게 지난 4년이라는 시간은 바늘로 심장을 찌르는 듯한 고통의 연속이었다.

엄마로서 다하지 못한 책임과 같은 여자로서 딸을 지켜주지 못했다는 죄책감은 시도 때도 없이 수하를 벼랑 끝으로 몰아세웠다. 처음 몇 개월 동안은 자살 충동이 끊이질 않았다. 손목을 긋기도 하고, 차도에 뛰어들기도 하고, 연탄가스를 마시기도 했다. 하지만 그녀는 죽지 않았다. 무슨 짓을 해도 죽음의 화살은 매번 그녀를 아슬아슬하게 피해가기 일쑤였다.

그래서 수하는 지금 이 순간이 너무나도 소중했다. 다시 자살을 시도한다는 건 상상도 할 수 없을 만큼 지난 3년 동안 얻은 게 몹시 많았기 때문이다. 딸의 미소와 생활의 안정. 용기. 희망. 그리고 추억. 이제 받은 걸 되돌려줄 차례다. 딸한테 좋은 엄마가 되어

주고 싶었다.

"넌 좋은 엄마가 될 수 있어. 그럴 자격 충분해."

수하는 중얼거렸다. 그리고 그녀가 그런 이유는 간단했다. 누구나 한 번쯤은 인생의 전환기를 맞이한다고 했던가? 사실 수하는 장장 6개월 동안 코피를 흘려가며 집필한 소설의 판권을 이틀 전에 아주 비싼 값에 팔았고, 계약금으로 챙긴 '작살나게 큰 돈'은 그녀가 지금까지 벌어들인 수입을 모두 더해도 0이 한참 모자랄 만큼 어마어마한 수준이었다. 그야말로 한 출판사의 귀한 자산이 된 몸이었다. 놀랍지 않은가? 텔레비전 드라마에서나 나올 법한 인생 역전 스토리가 그녀의 눈앞에서 펼쳐지고 있었다. 게다가 더욱 놀라운 사실은 조만간 그녀의 양육권이 회복될지도 모른다는 것이었다. 무려 14년 만에 말이다. '드디어.' 수하는 눈물이 날 것만 같았다.

'힘내자.' 그녀는 터널에서 빠져나왔다. '세상이 무너져도 희정이는 내 딸이야.' 백번 지당한 생각이었다.

'이제 포기하지 않을 거야. 절대로.'

2

포항 시외버스터미널과 7층짜리 대형 마트(7층에는 영화관이 있었는데, 수하가 주로 희정을 데리고 영화를 보러 갈 때 들르는 곳이었다.)가 있는 사거리로 진입한 수하는 마티즈의 속도를 서서히 떨어뜨려야 했다. 죽도 시장과 오거리로 이어지는 3차선 도로 어딘가에서 사고가 발생하기라도 한 듯 그리 멀지 않은 곳에서 휘황찬란한 붉은빛이 삶과 죽음의 기로에 선 한 사람의 운명을 밝혔던 것이다. 혹은 차의 운명이거나. '어쩐지……. 아까부터 계속 차가 밀리더라니.' 사실 교통상황에 문제를 일으킨 실질적인 원인은 다른 곳에 있었지만, 수하는 저 붉은빛이 그 원인을 제공한 장본인일 거라 생각했다.

횡단보도의 신호등이 녹색으로 바뀌었다. 그러자 사람들이 도로를 건너기 시작했는데, 저들 중 섬뜩한 붉은빛에 관심을 보이는 이는 고작 두세 명이 전부였다.

신호가 빨간빛으로 바뀌었다.

미처 건너지 못한 사람들이 신호등 아래로 몰려들었다. 한창 통화 중인 20대 여인과 갓난아이를 품에 안은 초보엄마(한눈에 봐도 초보엄마티가 팍팍 났다.), 하루 벌어 하루 사는 듯한 가난한 노동자들(동남아 계열의 외국인 노동자들도 섞여 있었다.), 기타 등등. 그녀의 소설 『그림자와 침묵』의 첫 20페이지에 등장하는 작은 마을처럼 무척 평화롭기만 한 주말 저녁이 지나가고 있었다. 비록 짓궂은 운명의 장난으로 큰 손해를 입은 사람도 있었지만(폐차 위기에 놓인 차량일 수도), 그 정도 사고야 늘 있지 않았던가? 전혀 이상할 것이 없었다.

라디오에서는 희정이 좋아할 만한 노래들이 흘러나오고 있었다. 체리필터의 「달빛소년」에 이어 퀸의 「아이 워즈 본 투 러브 유」와 본 조비의 「올 어바웃 러빙 유」가 무대에 오른 것이다. 희정은 비슷한 또래의 아이들과는 달리 록을 사랑하는 십대 소녀였다.

그때 좁은 청바지 주머니 안에서 휴대폰 진동이 느껴졌다. '희정인가?' 수하는 주머니에 손을 집어넣어 낡은 휴대폰을 꺼냈다. 하지만 전화를 건 이는 희정이 아니었다.

3

수신번호를 확인한 수하는 마치 간밤의 악몽을 떠올린 사춘기 소녀처럼 안색이 어두워졌다. 전화를 받아야 할지 말아야 할지 망설이듯 엄지손가락이 빨간 수화기 버튼과 녹색 수화기 버튼 사이에서 오도 가도 못 하고 있었다.

'14년 동안 합법적인 면접교섭권을 손톱만큼도 지키지 않은 사람이 무슨 낯짝으로 전화를 해대는 건지.' 수하는 생각했다. '배알이 뒤집힌 거겠지.' 그녀는 일단 가까운 갓길에 차를 세우고 시동을 껐다. 휴대폰 화면에 뜬 수신번호 열한 자리는 희정의 아빠이자 수하의 전남편이기도 한 남자의 전화번호였다.

딱정벌레 같은 차를 주차한 뒤 수하는 가슴 깊이 숨을 들이마셨다. 되도록 빨리 끝내야겠다는 생각이 들었다. 서로 얼굴 붉혀봤자 득 될 것도 없으니 말이다.

"여보세요?"

"야, 김수하!"

개 버릇 남 못 준다는 말의 안 좋은 예를 톡톡히 보여주는 전남편의 응답이었다. 수하는 잠시 휴대폰을 귀에서 뗐다 '왜 소리를 지르고 난리야.'하고 생각하고는 다시 휴대폰을 귀에 갖다 댔다.

"희정 아빠, 왜 전화했는데?"

목젖까지 차오르는 분노를 간신히 억누르며 그녀가 물었다.

"왜 전화했냐고? 왜 전화했냐고? 이 망할 년이 진짜 돌았나, 야 김수……"

"희정 아빠. 누군 입 없어서 욕 안 하는 줄 알아? 내가 저번에도 말했지, 다짜고짜 욕부터 할 거면 두 번 다시 전화하지 말라고?"

그녀는 왼쪽 엄지와 중지로 양 관자놀이를 문질렀다.

"네가 언제 그랬는데?"

"난 분명히 말했어."

"언제 그랬냐고!"

'꼴통 새끼.' 흥분을 참지 못한 심장이 부글부글 끓기 시작했다.

"됐다, 씨발 가시나야. 네가 말했든 말든 다 때려치우고, 솔직히 말해라. 오늘 희정이 만났나, 안 만났나?"

"만났으면 왜?"

"만났나, 안 만났나 그것만 말해라, 기집년아."

"그 욕 좀 안 할 수 없어? 어떻게 당신이란 사람은……."

너무 기가 막혀 말이 나오지 않았다.

"내가 욕을 하든 말든 그건 네 알 바 아니니까 신경 끄고, 빨리 말해라. 희정이 만났나, 안 만났나?"

"안 만났어."

수하는 딱 잘라 말했다.

"솔직히 말해라. 내가 모를 줄 아나?"

"정말 안 만났다니까 왜 그래, 자꾸?"

'경상도 인간들은 하나같이 고집불통이라니까. 멍청한 자식들…….' 위산이 역류한 듯 목구멍 안쪽에서 시큼한 맛이 느껴졌다. 심장박동이 더욱 빨라졌다.

"너 지금 내한테 거짓말하고 있제?"

'또 시작이다. 저 놈의 뒤끝.' 수하는 법적으로 문제만 없다면 전 남편을 정신병원에 집어넣고 싶었다. 무슨 부정 망상증 환자도 아니고 뭐하자는 건지. 물론 수하가 거짓말을 하지 않은 건 아니었지만, 그건 어디까지나 딸을 위한 선의의 거짓말이었다. 멍청하게 이실직고 대답했다간 다음부터 딸을 만나지 못하게 될지도 모르는 마당에 바보처럼 솔직히 대답해서 될 일이겠는가?

"또 시작이다. 무슨 거짓말? 내가 당신한테 무슨 거짓말을 했다고 그러는데?"

그녀가 따지듯 물었다.

"이 씨발년아, 너 저번에도 내한테 거짓말했다 아이가?"

"내가 언제? 무슨 거짓말을 언제 했는데?"

눈 안쪽에서 뜨끈뜨끈한 열기가 느껴졌다. 아찔한 현기증과 싸늘한 편두통이 몰려왔다.

"17년 전에 네가 우리 엄마 험담했다 아이가!"

맙소사, 그 얘기를 왜 또……. 기가 찼다. 도대체 싸울 때마다 옛날 얘기, 그것도 사실이 아닌 얘기를 꺼내서 억지를 부리는 이유가 뭔지 수하는 묻고 싶었다. 그러지 말고 정신과 가서 상담 한번 받아보는 게 어때? 혹시 알아? 정말 부정 망상증에 편집증이 있는 걸지도?

"이봐, 희정 아빠. 옛날 얘기를 왜 자꾸 꺼내는 건데? 그리고 다시 한 번 말하지만, 그건 내가 아니라 당신 어머니가 거짓말을 한 거라고, 당신 어머니가!"

그녀가 격앙된 목소리로 말했다.

"어머니 같은 소리하고 자빠졌네. 야, 너라는 인간은 어떻게 14년이 지났는데도 그대로일 수가 있노?"

'내가 그대로라고? 웃기지 마. 그대로인 사람은 내가 아니라 당신이야.' 예나 지금이나 변한 건 나이밖에 없는 전남편의 태도에 수하는 화가 치밀었다. 머리카락 몇 가닥이 흘러내려 입술 가장자리로 들어갔다.

"됐다, 가시나야. 귓구멍 막힌 인간한테 백날 얘기해 봤자 내 입만 아프니 됐고, 경고하는데 만약 또다시 희정이 만나고 다녔다간 그날로 니 인생 끝일 줄 알아라. 알았나!"

그 말을 끝으로 전남편은 전화를 끊었다. '나쁜 새끼…….' 수하는 분노로 인상이 일그러졌다. 마치 전남편의 화풀이 전용 장난감이 된 기분이었다. 메롱, 약 올라 죽겠지? 한 대 때리고 싶어 죽겠지? 때려봐! 때려봐! 낄낄. 바보.

그녀는 휴대폰 슬라이드를 내리고 나지막이 욕설을 내뱉었다.

벌레가 왼쪽 눈 안 편을 갉아먹는 듯한 통증이 밀려왔다. 분노로 뜨겁게 달아오른 심장이 관자놀이에다 망치질해 댔다. '희정아…….' 수하는 차창에 머리를 기댄 채 사이드미러에 비친 자신의 모습을 바라보았다.

전 남편과의 싸움에서 결말은 항상 이런 식이었다.

4

10분 뒤 문자메시지 한통이 도착했다. '설마.' 그럴 리야 없겠지만, 수하는 딸이 전남편한테 맞았을지도 모른다는 생각에 급히 휴대폰 슬라이드를 올렸다(혼난 것과 맞은 것은 엄연히 다르다.). 불안감을 머금은 엄지손가락이 바들바들 떨며 확인 버튼을 눌렀다.

죄송해요, 아줌마. 괜히 저 때문에 또…… 아빠가 아줌마한테 그러지 못하도록 제가 말렸어야 하는 건데, 정말 죄송해요. 실은 아빠가 오늘 한잔했거든요.

한잔 했다고? 장담컨대 그 격앙된 목소리는 한잔 한 목소리가 아니었다.

그래서 괜히 저하고 새엄마한테 화풀이하다가 아줌마한테까지 그랬나 봐요. 죄송해요, 아줌마. 제가 아빠 대신 사과드릴 테니 화 푸세요.

'사과할 필요 없다니까 그러네.' 이런 식의 문자메시지를 받을 때면 수하는 언제나 가슴 한쪽이 아렸다. '정작 잘못을 저지른 사람은 자기가 잘못한 줄도 모르고 오히려 욕이나 지껄이는데, 왜 엉뚱한 네가 사과를 해? 내가 그 빌어먹을 인간 때문에 널 사랑하지 않을까 봐 그러니? 그 인간은 그 인간이고 너는 너야. 그 인간을 싫어한다고 해서 자식인 너까지 싫어하는 건 아니라고.'

수하는 한숨을 쉬며 다시 확인 버튼을 눌렀다. 그러고는 다음과 같이 답장을 적어 내려가기 시작했다.

아줌마 화 안 났어. 그러니 걱정하지 마, 희정아. 그리고 아줌마가 말했잖아, 이런 일 있어도 나한테 사과하지 말라고. 그럴 필요 없다고. 사과 안 해도 아줌마는 다 이해한다고.

아빠가 때리거나 하진 않았지?

수하는 그래도 전남편이 자식한테 손찌검할 만큼 나쁜 사람은 아니라는 것을 알고 있었다. 하지만 딸아이의 상태를 확인해야 마음이 놓일 것 같았다. 그녀는 확인 버튼을 눌러 문자메시지를 전송했다. 그러고는 슬라이드를 내리고 다시 차창에 머리를 기댄 채 답장이 오기만을 기다렸다.

2장

발발

1

아무리 기다려도 답장이 오지 않자 수하는 반쯤 포기한 심정으로 차에 시동을 걸었다. '그 사람 때문에 답장을 보내지 못하는 걸 거야. 확실해.' 그녀는 그렇게 믿고 싶었다. 화가 머리끝까지 치민 전남편의 눈치를 살피느라 답장을 보내지 못하는 것이라고. 어쩌면 휴대폰이 빼앗겼을 수도 있는 일이었다. 폭력을 휘두르는 것보단 그게 더 효과적일 테니 말이다.

"괜찮을 거야. 걱정하지 마."

중얼중얼. 수하는 터미널과 가까운 여관에서 하룻밤을 보내기로 했다. 평소 같으면 밤샘 운전을 해서라도 청주에 있는 집까지 갔을 테지만, 지금 그녀에게는 '작살나게 큰 돈'이 있었고 따라서 밤샘 운전을 하는 건 자신에게 미안한 짓을 하는 거나 다름없었다. 그녀에게는 편안한 밤을 보낼 권리가 있었다.

'가는 길에 맥주나 좀 사가야지. 그동안 축하파티도 못했잖아.' 물론 인사불성이 되도록 술을 마실 수 있는 권리도 있었다.

터미널이 위치한 상도동에서 죽도동으로 들어가 디귿자로 빙 돌자 편의점과 함께 여관이 나타났다. 편의점은 사거리 한쪽 모퉁이에 있었다. 그리고 여관은 편의점 바로 뒤편에 있었는데, 사실 그 여관은 수하에게 무척 친숙한 곳이었다.

'동경장 모텔. 이번이 벌써 열 세 번째인가?' 좁아터진 여관 주차장에 차를 대며 그녀는 생각했다. 잠시 후 시동을 끄고 핸드백을 챙긴 다음 차에서 내려 안으로 들어가니 나이 지긋한 여관 주인이 그녀를 반겼다.

"아이고, 이제 영영 안 올 줄 알았더니 또 오셨네."

"그러게요. 또 왔네요."

수하가 웃으면서 받아쳤다.

"3만 원이죠?"

"아니, 4만 원."

"4만 원이요?"

의자 등받이에 등을 기대고 앉아 있던 여관 주인이 위아래로 고개를 끄덕였다. 짙은 송충이 눈썹과 볼록 튀어나온 뱃살이 묘하게 어울리는 60대 중반의 남자였다.

수하는 지갑에서 7만 원을 꺼내 그에게 건넸다. 여관 주인은 금액을 확인한 후 마치 '뭐야? 돈벼락이라도 맞았어?'라고 묻듯 그녀를 올려다보았다.

"저번에 방세 한 번 계산 못 했잖아요. 그거하고 같이 드린 거예요."

"아지메, 로또라도 당첨됐는교?"

그가 도저히 이해가 안 된다는 투로 물었다.

"그건 아니고요, 그냥 돈이 좀 생겼어요. 그리고 계산은 확실히 해야죠. 다 먹고 살자고 하는 건데." 그녀의 말에 여관 주인이 기가 막힌다는 듯 한번 웃고는 그녀에게 열쇠를 건네주었다. 그녀가 머물 곳은 3층이었다. "고맙습니다."

수하는 어두운 오렌지 빛깔 전등이 은은히 빛나는 층계를 따라 3층으로 올라갔다.

5분 후 그녀는 다시 밖으로 나와 편의점으로 직행했다. 여관 바로 옆에 위치한 식당에서 고소한 막창 냄새가 흘러나와 그녀를 유혹했다. '희정이도 막창 좋아한다던데.' 문득 아쉬운 감이 들었다. '나중에 사주면 돼. 어차피 시간은 많으니까.' 수하는 속으로 그렇게 중얼거리며 편의점 안으로 들어갔다. 아르바이트생인 듯한 20대 초반의 아가씨가 인사를 건넸다. 아무래도 야간이라서 그런지 얼굴에 피곤한 기색이 역력했다.

"어서 오세요."

아르바이트생의 인사에 수하는 가벼운 목례로 답했다.

그날 새벽, 인사불성 정도까지는 아니더라도 술에 취할 만큼 취한 수하는 방 한쪽 구석에 앉은 채로 눈물을 흘리고 있었다.

쓸쓸했다. 죽고 싶을 만큼 쓸쓸했다. '성공이 다 무슨 소용이야? 희정이가…… 내 딸이 내 곁에 없는데 성공이 다 소용 있겠냐고?' 그녀는 맞은편 벽으로 빈 맥주 캔을 집어던졌다. 벽에 부딪힌 맥주 캔에서 피 같은 거품이 조금 흘러나왔다.

"내 새끼가 내 곁에 없는데…… 내 하나뿐인 희망이 내 곁에 없는데…… 내 성공이 무슨 의미가 있겠냐고?" 그녀가 술에 취해 흐느적거리는 말투로 중얼거렸다. "성공도 다 가족이 있어야 의미가 있지, 나 같은 년한테 성공은 그저…… 그저……."

그녀는 보름달처럼 둥근 전등을 올려다보았다.

"사랑하는 내 딸. 엄마 목소리 들려?" 묵묵부답. "엄만 너 목소리 들리는데, 넌 안 들리나 보네."

그녀는 눈을 감고 우울한 미소를 지었다.

"미안해. 엄마가 미안해."

이번엔 좀 더 낮은 중얼거림.

그리고 붕괴. 눈물. 계속되는 중얼거림.

2

밝은 햇살이 창문으로 쏟아져 들어오는 가운데 수하는 한 손으로 바닥을 더듬으며 휴대폰을 찾았다. 일종의 작은 습관이랄까? 하루를 시작하기에 앞서 시간을 확인하는 것도 좋지만, 밤사이 그녀를 찾는 누군가한테서 문자 메시지가 도착했을지도 모르는 일이니 말이다. 수하는 베개 밑으로 손을 집어넣어 휴대폰을 끄집어냈다.

슬라이드를 올리자 놀랍게도 문자 메시지가 도착했다는 회색빛깔 알림이 그녀를 반겼다. 수하는 화면 상단에 새끼손톱만 한 크기로 표기된 시간을 확인한 다음 OK 버튼을 눌러 문자함으로 들어갔다. 현재 시간은 오전 10시 41분…… 아니, 42분이었다.

그녀가 자는 동안 도착한 문자 메시지는 모두 합쳐 세 건이었다. 하지만 그 중 희정이 보낸 문자 메시지는 한 건도 포함되어 있지 않았다. 아무래도 간밤에 답장할 기회가 마땅치 않았던 모양이다. '그 사람한테 폰 뺏겼나?' 수하는 어쩌면 그럴 수도 있겠다고 생각했다. 자기보다 덩치가 작은 딸한테 폭력을 휘두르는 것보다는 그 편이 훨씬 효과적일 테니 말이다.

그녀는 어미 새의 품처럼 따뜻한 솜이불을 목까지 끌어올렸다.

어제 경숙이한테서 들었어. 책 낸다며? 늦었지만 축하한다.

첫 메시지를 보낸 사람은 몇 주 전부터 연락이 뜸해진 고등학교 동창이었다. 꿈과 야망의 불씨가 꿈틀거리던 시절 서울로 상경했다가 실패의 쓴맛을 보고, 지금은 혼자 두 아들을 키우는 친구 영은이였다.

'무슨 바람이 불어서 아침부터 문자를 다 보냈대?' 수하는 속으로 그렇게 중얼거리며 친구에게 보낼 답장을 작성했다. 내용은 다음과 같았다.

너무 고마워서 몸 둘 바를 모르겠다, 이 년아.

다음 메시지는 인터넷을 바꾸면 현금을 준다는 내용의 광고 메시지였다. '현금으로 1억을 준다면 한번 생각해 볼게요.' 수하는 메시지 첫 줄만 읽고, 그 자리에서 광속으로 삭제했다.

세 번째 메시지는 조금 달랐다. 발신자는 첫 번째 메시지를 보낸 그 친구였는데, 이번에는 단순히 문자만 온 게 아니라 한 장의 사진도 함께 와 있었다. 수하는 두 눈을 휴대폰 화면에 고정한 채 몸을 일으켜 세워 햇빛을 등지고 앉았다. 그리고 그녀는 심장이 아래로 푹 꺼지는 듯한 느낌을 받았다. 처음에는 웬 중국인 관광객이 서울 시내 한복판에 쭈그리고 앉아 바게트 빵을 뜯고 있는 것인 줄 알았는데, 자세히 보니 그건 중국인 관광객도 바게트 빵도 아니었던 것이다. 장담하기는 이르지만, 사진 한쪽 구석에 새까만 피 웅덩이가 고여 있는 것으로 봐서는 아무래도 사람의 신체 부위가 아닌가 싶었다.

회사 앞에ㅣ 잠낀 나왔나가 찍은 사진인더ㅣ 이거 오ㅣ???전 미친 새끼ㅣ 아냐?

게다가 메시지 자체도 평소답지 않았다. 그녀가 아는 친구 영은은 짧은 메시지를 보낼 때조차도 철자에 신경 쓸 만큼 까다로운 성격의 소유자였는데, 지금 이 메시지는……

그때 옆방에서 한 남자가 난데없이 비명을 지르는 바람에 수하는 손에서 휴대폰을 떨어뜨리고 말았다. 작년 이맘때쯤에 통신사를 옮기면서 겸사겸사 바꾼 중고 휴대폰이었는데, 당시 그녀의 새 휴대폰을 보고 희정은 이렇게 말했었다. "*디자인이 딱 아주머니하고 어울리는데요? 전에 쓰던 흰둥이보다 훨씬 예뻐요.*" 하지만 지금 그녀의 눈에는 휴대폰이 들어오지 않았다. 옆방에서 남자가 비명을 지른 순간 그녀의 신경도 온통 옆방으로 향했던 것이다.

수하는 어깨를 움츠린 채 잔뜩 얼어붙은 눈초리로 비명이 들려오는 방향을 쳐다보았다. 도대체 무슨 일이 일어나고 있는 걸까? 중국집 배달원으로 위장한 정신 나간 살인마가 짜장면 대신 톱처럼 이가 솟은 특제 식칼을 들이밀기라도 한 걸까? 어쩌면 그럴지도 모르는 일이었다. 하지만 수하의 생각은 달랐다. 적어도 그녀가 듣기에 평범한 비명소리가 아니었다. 저건 눈알이 뒤집힐 정도로 겁에 질린 사람만이 내지를 수 있는 비명소리였다.

마치 심각한 호흡곤란 증세에 시달리는 환자처럼 남자는 이제 비명을 멈추고 괴로운 캑캑 소리를 내기 시작했다. 그리고 얼마 뒤 남자는 비명을 지르기 시작했을 때만큼이나 갑작스럽게 침묵을 머금었다.

마치 누군가 허공에다 대고 총을 쏘기라도 한 듯 묵직한 정적이 여관방을 짓눌렀다.

그리고 몇 초 뒤 이번에는 아래층에서 한 여자가 비명을 지르기 시작했다. 그러면서 그녀는 자신을 뒤쫓는 누군가에게 "따라오지 마!"라고 외치기도 했는데, 어찌나 목소리가 크고 날카롭던지 이미 이성을 상실했다고 봐도 무방할 지경이었다.

수하는 열 손가락 끝에서 조각난 심장이 거세게 두방망이질 치는 것을 느꼈다. '뭔가 잘못됐어. 뭐가 잘못됐는지는 모르겠지만, 확실해.' 수하는 생각했다. 뭐가 잘못됐는지는 몰라도 그날은 평범한 날이 아니었다. 그래서 그녀는 황급히 현관으로 달려가 객실문이 잠겨 있는지 확인한 다음 자리로 돌아와 털썩 주저앉았다.

곧이어 사방에서 비명소리가 난무하기 시작했다.

텔레비전 정규 채널은 두 곳밖에 살아있지 않았다. 수하는 마치 오랜 세월 사랑과 믿음으로 키워온 애완견한테 크게 물어뜯긴 사람처럼 심한 충격을 받은 얼굴로 텔레비전 화면을 바라보았다.

헬리콥터 안에서 현장 취재 기자가 말했다.

"보시다시피 현재 서울역 광장은 대학살의 현장이 되어 있습니다. 거리로 쏟아져 나온 사람들 중 누가 정상인이고 누가 광인인지 구분이 힘들 정도입니다."

카메라가 서울역 광장 앞 도로를 비추었다. 뒤집힌 채로 불타는 자동차와 측면으로 쓰러진 버스, 일렬로 길게 늘어선 차량 행렬이 화면에 들어왔다. 광기의 세례를 받은 인간들은 그 사이를 넘나들며 닥치는 대로 폭력을 휘둘러 댔고, 사람들은 저들을 피해 달아나느라 정신이 없었다. 순간 시커먼 연기가 화면을 잠식했다.

수하는 다시 영은에게 전화를 걸어보았다. 하지만 여전히 상대방이 전화를 받지 않아 음성사서함으로 연결한다는 내용의 기계음성만 반복되고 있었다. '제발 받아, 받으라고!' 그녀는 바들바들 떨리는 손으로 재차 시도해 보았다. 그러나 전화기 저편에서 들려오는 대답은 조금도 변함이 없었다. *상대방이 전화를 받지 않아 음성사서함으로 연결합니다. 연결된 후에는 통화료가 부과됩……* 수하는 눈을 감고 휴대폰 아랫부분을 이마에 갖다 댔다. '누가 꿈이라고 말해줘. 제발 부탁이야.'

그때 마치 그녀더러 꿈 깨라는 듯 누군가 문을 차고 지나갔다.

수하는 금붕어만큼이나 커다래진 눈으로 객실 문을 쳐다보았다. 거리에서 누군가 욕설 섞인 비명을 질러 댔다.

그녀가 다시 고개를 돌렸을 때 텔레비전에서는 기이한 광경이

펼쳐지고 있었다. 서울역 광장 한복판에서 광인 한 무리가 마치 굶주린 하이에나 새끼들처럼 땅바닥에 코를 처박고 무언가를 게걸스럽게 먹고 있었던 것이다. '맙소사…….' 피에 전 청바지 차림의 광인과 청색 작업복 차림의 광인 사이로 가녀린 팔 하나가 언뜻언뜻 보였다. 수하는 자기가 잘못 본 것이겠거니 싶었지만, 아니었다. 그건 분명 사람의 팔이었다. 죽은 붕어의 배때기처럼 핏기가 가신 그것은 의심할 여지가 없는 사람의 팔이었다.

수하는 새벽에 마신 맥주와 안주들이 뱃속에서 부글부글 끓는 것을 느끼며 텔레비전에서 시선을 돌렸다 다시 화면을 바라보았다. 광인 중 한 명이 고개를 위로 젖혀 신선한 살코기를 물어뜯었다. 옆에 있던 여자 광인은 아예 허벅지 하나를 통째로 들고 뜯고 있었는데, 순간 수하는 예전에 보았던 어느 치킨집 캐릭터가 떠올랐다.

부정하고 싶은 장면들이 계속해서 이어졌다. 하늘에 떠 있는 방송국 헬리콥터를 발견하고는 마치 어느 록 밴드의 열광적인 신도들처럼 취재진을 향해 두 팔을 흔들어 대는 광인들은 그나마 나은 편이었다. 대부분 광인들은 그야말로 살인광에 살인귀들이었으니 말이다. 서울역 광장 일대를 점령한 광인 무리가 화면에 들어오자 취재 기자가 이렇게 말했다.

"가는 게 좋겠어요. 저 놈들 이리로 오고 있어요."

텔레비전 화면이 스튜디오로 바뀌었다. 어떤 여자가 다급하게 문을 두드린 건 그때였다.

"문 열어주세요! 문! 문 좀 열어주세요! 부탁드릴게요!" 수하는 텔레비전을 끄고 두 손으로 입을 막았다. 심장이 두 눈을 뚫고 튀어나올 것만 같았다. "문 열어주세요, 제발! 어떤 남자가 저 죽이려 한단 말이에요!"

여자가 문을 두드리며 새된 소리로 외쳤다. 하지만 사태가 서울만큼 심각하지는 않더라도 상황이 이렇다 보니 아무한테나 함부로 문을 열어줄 수는 없는 노릇이었다. 저 여자가 그렇듯 수하도 죽고 싶지 않았다.

"부탁드릴게요. 제발 문 좀 열어주세요. 제발요! 부탁드릴게요!" 절망감이 깃든 여자의 목소리에 수하는 눈물이 나려 했다. "제발 부탁드릴게요, 제발……."

'죄송해요. 저도 어쩔 수 없어요.' 죄스럽고 미안한 마음으로 얼룩진 눈물 두 줄기가 손등을 타고 흘러내렸다. 그때 여자의 입에서 미처 생각지도 못한 단어 하나가 튀어나왔다.

"아니, 전 괜찮아요. 전 괜찮으니까 제발 제 딸만은 들여보내 주세요, 네?" 순간 나오던 눈물마저도 쏙 들어갈 정도로 수하는 머릿속이 새하얘졌다. "제 딸만은 살게 해주세요. 전 죽어도 괜찮으니까 제 딸만은 제발…… 제발 부탁드릴게요."

제 딸만은 살게 해주세요. 제 딸만은 살게 해주세요. 제 딸만은. 제 딸만은……. '희정아.' 수하는 뒷일을 생각할 겨를도 없이 자리에서 일어나 현관을 향해 첫발을 내디뎠다. 그 순간 복도에서 여자와 어린아이가 비명을 지르기 시작했다.

심장이 오장육부 밑으로 내려앉는 기분이었다. 두려웠다. 눈과 귀는 저들을 좇고 있건만 걸음은 떨어지지 않았고, 가슴 속에서는 주먹만 한 근육 덩어리가 쉴 새 없이 혈관으로 피를 보내고 있건만 그녀는 느낄 수 없었다.

"저기……" 마치 총성이 울려 퍼진 시위 현장처럼 세상이 다시 침묵을 머금었다. 비명을 지르고 목숨을 구걸하는 이는 아무도 없었다. 모녀는 사라졌고, 그들을 공포로 몰아넣은 미치광이도 함께 사라진 것이다. 수하는 털썩 주저앉았다. "미안해요……. 저도 어쩔 수 없었어요."

시선을 바닥으로 떨어뜨린 채 그녀가 나직이 중얼거렸다.

엉덩이 근처에서 휴대폰이 울렸다.

3

수하는 전화를 받았다.

"여보세요?" 응답이 없었다. "여보세요?"

다시 한 번.

"여보세요, 말씀하세요." 상대방은 대답하지 않았다. "여보세요? 여보세요?"

전화가 끊겼다.

화면에 뜬 번호 11자리는 모르는 번호였다.

전화한 사람은 누구였을까? 희정이였을까? 희정이였다면 통화 연결이 되자마자 아줌마라고 외쳤을 것이다. 아님 쓰레기 같은 전 남편이었을까? 웃기지 마. 그 개자식이 모르는 번호로 전화했을 리가 없잖아. 어쩌면 그녀가 있어야 할 자리를 13년째 대신하고 있는 미정이란 여자가 전화한 것일지도. 하지만 그럴 가능성은 지극히 낮았다. 그 여자는 수하의 휴대폰 번호는 물론 그녀가 어디 사는

지도 모르는 여자였으니 말이다.

'다른 폰으로 전화했나?' 문득 희정이라면 그랬을 수도 있겠다는 생각이 들었다. '친구들하고 같이 있을 수도 있으니.' 그런 생각이 들자 수하는 마치 중요한 걱정거리가 사라지기라도 한 듯 마음이 한결 가벼워졌다. 그녀의 생각이 틀리지 않았다면 희정이는…… 희정이는…… 희정이는…… '내가 지금 무슨 생각을 하는 거람?' 그녀는 휴대폰을 쥔 쪽 손목을 이마에 갖다 댔다. 숙취 때문인지 열이 나는 것 같았다. '희정이는 똑똑한 아이니 괜찮을 거야. 너무 걱정하지 마.' 수하는 일단 휴대폰에 찍힌 번호로 다시 통화를 시도했다.

바깥에서 어떤 여자가 비명을 질렀다. 그리고 가까운 곳에서 자동차 한 대가 전속력으로 달리다 급히 제동장치를 밟은 듯 끼이익 소리가 났는데, 끔찍한 건 그 순간이 아니라 다음 순간이었다. 자동차가 그만 여자를 치기라도 했는지 비명소리가 한순간 증발했던 것이다. 수하의 머릿속에 무수히 많은 까마귀 떼가 하늘로 날아오르는 장면이 떠올랐다.

'희정이는 괜찮을 거야.' 그녀가 다시 한 번 그렇게 생각할 즈음에 상대방이 전화를 받았다.

"여보세요?"

상대방은 여자였다. 수하는 침을 꿀꺽 삼키고 대답했다.

"여보세요?"

"여보세요?" 목소리가 조금 긴장되어 있긴 했지만, 희정은 아닌 것 같았다. "누구시죠?"

"방금 제 휴대폰에 전화 주셨던 분 아닌가요?"

"네?"

수하는 창문을 살짝 열어 바깥에서 무슨 일이 일어나고 있는지 살펴보았다. 거리는 검붉은 발자국과 타이어가 미끄러진 흔적과 깨진 유리조각과 크고 작은 피 웅덩이로 더럽혀져 있었다. 바로 건너편에 위치한 빌라 건물에서는 마치 지옥으로 통하는 문이 열리기라도 한 듯 시커먼 연기가 하늘을 향해 치솟고 있었다. 지독한 탄내가 이곳까지 전해졌다.

"혹시 김수하 씨세요?"

턱과 손에 피를 잔뜩 묻힌 남자 한 명이 건너편 식당에서 튀어나오는 걸 보고 수하는 황급히 창문을 닫았다.

"네, 그런데요?"

상황이 상황인지라 그녀는 뒷일을 생각도 않은 채 대답했다.

"전 희정이 담임입니다. 희정이 부모님하고 통화가 안 돼서 아주머니께 연락을 드렸습니다. 희정이가 이쪽 번호를 알려줘서요. 혹시 지금 집에 계시나요?"

바깥에서 거인의 발소리 같은 폭음이 터졌다. 수하는 몸을 낮추었다.

"제 말 들리세요?"

"네, 네." 그녀는 창문에서 몇 발짝 떨어진 곳으로 자리를 옮겼다. "집에 있어요."

"그럼 지금 바깥 상황이 어떤지는 알고 계실 거라 생각하고 최대한 빨리 말씀드리겠습니다. 안강 중앙병원 아시죠?"

"네."

안강 중앙병원은 전남편의 고향이기도 한 안강에 단 하나뿐인 대형 병원이었다.

"앞으로 10분 후에 전교생을 모두 그곳으로 피신시킬 겁니다. 시청에서 공문이 내려왔거든요, 학생들을 전부 피신시키라고. 그러니 일단은 걱정하지 마시고, 구조대가 도착할 때까지 집 밖으로 한 발짝도 나가지 마세요."

수하는 문득 공문을 우편으로 받은 건지 아님 인터넷이나 전화로 받은 건지 궁금해졌지만, 일단은 넘어가기로 했다. 지금 중요한 건 그게 아니었으니 말이다.

"저기, 선생님. 희정이 혹시 옆에 있나요?"

수하가 물었고, 때마침 휴대폰 안쪽에서 어떤 남자가 큰 소리로 외쳤다.

"박경화 쌤! 전화는 나중에 하고 학생들부터 통제하세요!"

그리고 희정의 담임은 지친 듯한 목소리로 이렇게 답해주었다.

"여보세요? 죄송한데, 병원에 도착하는 대로 제가 다시 연락드리겠습니다."

"아니, 잠깐만요, 선생님…… 선생님? 여보세요? 여보세요?"

전화가 끊기고 나서야 수하는 멍청히 서 있을 때가 아니라는 것을 깨달았다. 물론 희정의 담임은 병원에 도착하는 대로 그녀에게 다시 연락을 주겠다고 했지만, 수하는 그녀의 말을 믿지 않았다. 그녀는 숫자 1을 누른 다음 통화버튼을 눌렀다. 그리고 휴대폰을 귀에 갖다 대자 단조로운 신호음이 가기 시작했다.

멀리서 묵직한 폭음이 들려왔다.

30분이 지났는데도 희정은 전화를 받지 않았다. 뭔가 잘못된 걸까? 아냐, 그럴 리 없어. 수하는 답답한 마음에 발을 동동 굴리며 자신을 위로했지만, 그녀의 머릿속에서는 이미 희정을 태운 버스가 수십 번도 넘게 넘어지고, 구르고, 전복되고, 불타고 있었다. 그러면서 한편으로는 그런 말도 안 되는 사고가 실제로 발생했을지언정 희정은 그 안에 타고 있지 않았을 거라고 단정 짓기도 했다. 그녀는 아랫입술을 깨물었다.

'희정아 무슨 일 있는 거 아니지? 그렇지?' 벌써 스물일곱 번째였다. 수하는 막연한 희망을 품은 채 휴대폰을 귀에 갖다 댔다. 그러나 이번에도 되돌아오는 대답은 딸의 목소리가 아니었다. *상대방이 전화를 받지 않아 음성사서함으로 연결*…… 수하는 홧김에 소리를 지르고 싶은 것을 간신히 참으며 애꿎은 휴대폰 화면만 노려보았다.

"이 망할 년은 병원에 도착하는 대로 전화 준다면서 왜 아직까지 연락 한 통 없는 거야?"

수하는 신경질적으로 휴대폰 슬라이드를 올렸다 내리며 중얼거렸다. 안강 여고와 안강 중앙병원은 기껏해야 10분 거리이건만, 희정의 담임은 전화는커녕 간단한 문자 메시지조차도 보내지 않고 있었던 것이다. 수하는 통화 목록을 밑으로 내려 그녀의 번호를 찾아냈다. 잠시 후 귀에 딱지가 앉을 것만 같은 통화연결음이 그녀의 고막을 때렸다.

그녀는 눈을 감았다. 그러고는 속으로 '제발 받아. 제발.'이라고 중얼거리며 아무라도 좋으니 누군가 전화를 받길 기다렸다. 하지만 전화를 받은 이는 이번에도 녹음된 음성이었다.

4

희정의 담임도 전화를 받지 않았다. 몇 번이고 시도해 보았지만, 전부 똑같았다. 그녀의 가녀린 어깨가 마구 들썩거렸다. 휴대폰이 바닥으로 떨어졌다. 어쩌면 두 번 다시 얼치기 엄마 노릇을 못할지도 모른다는 생각에 수하는 가슴이 찢어질 것만 같았다.

'엄마가 이렇게 빌 테니 제발 전화 좀 받아, 희정아. 부탁이야.' 그녀는 진심 어린 마음으로 기도했다. 그리고……

누군가 힘없이 문을 두드렸다. 수하는 울음을 멈추고, 눈물범벅이 된 얼굴을 들어 현관문 쪽을 바라보았다. 마치 프랑켄슈타인 박사의 실험실에서 번개를 맞고 되살아난 시체가 문을 두드리는 것 같았다.

'누구지?' 수하는 왼손으로 눈물을 닦아내며 생각했다. 그러고는 목소리를 가다듬고 문 반대편에 있는 사람에게 "누구세요?"라고 물어보려다 그만두었다. 현재까지 정황으로 미루어볼 때 저렇게 문을 두드리는 사람은 일단 경계하고 보는 게 좋았기 때문이다. 수하는 입을 꾹 다물었다. 똑, 똑, 똑 하고 문 두드리는 소리가 그녀의 귓구멍을 거쳐 심장까지 파고들었다.

수하는 겁에 질린 어린아이처럼 두 손으로 청바지 정강이 부분을 움켜쥐었다. 저 사람이 광인이든 정상인이든 객실 문을 부수고 들어올 수는 없겠지만, 그렇다고 이대로 마음 놓고 저 자가 물러가기만을 기다릴 수는 없는 노릇이었다. 뭔가를 해야 했다. 수하는 휴대폰을 바지 왼쪽 주머니에 넣은 뒤 텔레비전 받침대 서랍을 향해 손을 뻗었다. 첫 번째 칸을 열자 어느 유명 맥주 업체 상호명이 새겨져 있는 병따개와 3년 전에 발행된 전화번호부가 눈에 들어왔다. 두 번째 칸에는 아직 뜯지 않은 중국집 스티커와 이 근처에 위치한 치킨집에서 나눠준 것으로 보이는 동그란 병따개가 들어 있었고, 세 번째 칸에는 전화번호부가 한 권 더 들어 있었다. '이런 것들로는 안 돼. 쓸모가 없잖아.' 수하는 서랍을 닫고 다시 주변을 둘러보았다. 그러다 문득 방구석에 처박혀 있는 빈 맥주 캔을 발견하고는 이렇게 생각했다. '이럴 줄 알았으면 그냥 병으로 된 걸 살걸. 괜히 캔으로 된 거 사가지고 뭐야 이게?'

수하는 홧김에 앞머리를 뒤로 넘기며 정면을 바라보았다. 그리고 공교롭게도 딱 알맞은 물건이 그녀의 눈길을 사로잡았다. 길이가 조금 길기는 하지만, 그래도 상반신을 비추는 데는 더없이 충분한 벽걸이 거울이 그녀에게 추파를 던지고 있었던 것이다.

'그래. 저거야.' 수하는 벽으로 다가가 거울을 떼어냈다. 미니스커트 차림의 여자 연예인이 달력 위에서 그녀에게 미소를 던졌다.

조만간 바꿀 예정이었던 핸드백에서 그녀의 선택을 받은 물건은 가죽이 해진 지갑과 마티즈를 잠에서 깨우는 데 필요한 자동차 열쇠였다. 수하는 그 두 가지를 각각 바지 왼쪽 뒷주머니와 오른쪽 앞주머니에 쑤셔 넣은 다음 현관에 앉아 신발끈을 동여맸다.

'천릿길도 한 걸음부터라잖아. 뭐든지 시작이 중요한 법이야.' 수하는 그렇게 생각하며 자리에서 일어나 숨을 크게 들이마시고, 내쉬었다. 그러자 문 반대편에 있는 미지의 인물이 그녀의 숨소리를 들은 듯 그르렁 소리를 냈다. 의심할 여지가 없는 광인이었다.

수하는 다시 한 번 호흡을 가다듬었다. 그러고는 문 손잡이로 손을 뻗어 잠금장치를 풀었다.

'조금만 기다려, 희정아. 엄마가 갈게.' 수하는 미리 준비한 거울을 어깨 높이까지 들어 올렸다. 문득 빛이 모두 실종된 어두운 밤거리를 홀로 헤매는 듯한 기분이 들었다. 수하는 속으로 기도를 올렸다. 그녀는 교회를 다니지도 않고 개인적으로 신을 믿는 것도 아니었지만, 그래도 기도를 올렸다. 자신의 선택이 틀리지 않았기를. 그리고 너무 늦지 않았기를.

광인이 문을 열어젖혔다. 수하는 깜짝 놀랄 틈도 없이 거울을 그대로 내리찍어 광인의 안면을 내려쳤다. 때가 되면 몸은 싸우는 법을 자연스레 터득한다고 했던가? 그 말이 맞는 것 같았다. 아침부터 과도한 스트레스를 받은 머리가 이렇다 할 명령을 내리지도 않았건만, 그녀의 몸은 무엇을 어떻게 처리해야 할지 너무도 잘 알고 있었던 것이다.

손바닥만 한 크기의 유리조각이 광인의 왼쪽 눈에 박힌 게 보였다. 하지만 어지러운 탓인지 놈은 조금도 고통스러워하지 않았고, 놈의 머리와 어깨 위에서 유리 알갱이가 산산이 조각난 사탕 부스러기처럼 반짝거렸다.

"맙소사."

수하는 놈의 관자놀이에서 시작된 검붉은 핏줄기가 얼굴 옆면을 타고 뚝뚝 흘러내리는 것을 보았다. 피가 어찌나 새까맣던지 보는 것만으로도 온몸의 털이 곤두설 지경이었다. 광인이 한 손으로 문설주를 짚고 선 채 그녀를 노려보았다. 그러면서 놈은 피가 잔뜩 엉겨 붙은 윗입술을 말아 올리고 종전과 비슷한 그르렁 소리를 냈다. 마치 광견병에 걸린 로트와일러 같았다. '덤벼, 이 새끼야. 그

망할 턱주가리를 확 날려줄 테니 어서 덤비라고.' 수하는 검은 안광이 이글거리는 로트와일러 인간의 오른쪽 눈을 똑바로 쳐다보았다. 그리고 마침내 광인이 쇳소리 같은 괴성을 지르며 달려들자 그녀는 들고 있던 거울을 대각선 위쪽으로 휘둘러 녀석에게 환상적인 어퍼컷을 먹였다.

마치 허리가 부러진 허수아비 같았다. 수하는 광인이 뒤로 자빠진 틈을 타 거울을 바닥에 내팽개치고 황급히 복도로 뛰쳐나갔다.

한 여자가 가래 끓는 소리를 내며 203호실에서 튀어나왔다. 청바지와 하얀 브래지어가 나름 매력적인 20대 중반의 마른 여자였는데, 턱부터 가슴골까지 검붉은 피가 덕지덕지 묻어 있는 것으로 봐서는 광인이 확실했다. 수하는 1층으로 이어지는 첫 번째 층계를 한 걸음 남겨놓고 고개를 돌려 그녀를 쳐다보았다. 그때 계단 아래쪽에서 익숙한 그르렁 소리가 들려왔다. 언제부터 그곳에 있었는지는 모르겠지만, 여관 주인이 1층과 2층 사이의 층계참에서 그녀를 올려다보고 있었다. 수하는 속으로 욕설을 내뱉었다. 하지만 뒷걸음질치지는 않았다. 여기서 뒷걸음질쳐봤자 갈 곳도 없거니와 그렇다고 다시 3층으로 올라갈 수는 없었으니 말이다. 정면돌파하는 수밖에 없었다.

여관 주인이 피 묻은 두 손을 이리저리 휘저으며 계단을 뛰어오르기 시작했다. 수하는 그가 엎어지면 코 닿을 정도로 가까워졌을 때 오른발을 들어 올려 그의 아래턱을 걷어찼다.

계단 아래로 굴러 떨어지는 그의 모습이 마치 한가롭게 대나무잎을 뜯다 근처에 있던 형제에게 봉변을 당한 자이언트 판다 같았다. 수하는 그가 층계참에서 허우적대는 틈을 타 얼른 1층으로 달려 내려갔다. 203호 출신 여성 광인이 날카로운 괴성을 내지르며 그녀를 뒤쫓았다.

1층은 사방이 피투성이였다. 피에 전 운동화와 마치 다람쥐 떼의 습격을 받기라도 한 듯 카운터 주변에 널브러져 있는 객실 열쇠들, 벽에 덕지덕지 남은 새빨간 손바닥 자국까지. 수하는 유리로 된 출입문을 열고 바깥으로 나갔다. 그런 다음 협소하기 짝이 없는 주차공간을 가로질러 마티즈를 향해 달려갔다. 그날따라 마티즈가 그렇게 잘생겨 보일 수가 없었다.

"빨리빨리빨리빨리빨리."

수하는 운전석 문에 열쇠를 꽂아 넣고, 마치 「이상한 나라의 앨리스」에 등장하는 성질 급한 토끼처럼 중얼거렸다. 광녀와 여관 주인의 모습이 차 앞 유리창에 언뜻 보였다. 그녀는 운전석으로 들어가 잠금 버튼을 눌러 차량의 문을 모두 걸어 잠갔다.

바로 그때 왼쪽 옆에서 광녀가 피 묻은 주먹으로 운전석 창을 내려쳤다. 수하는 기동기에 열쇠를 밀어 넣다 말고 비명을 지르며 운전석 등받이에 몸을 밀착시켰다. 여관 주인이 차 앞 유리창에 얼굴을 붙인 채 소름끼치는 쇳소리를 흘렸다. 수하는 투명한 눈물이 글썽거리는 시선으로 여관 주인을 쳐다보았다.

'미안해요. 하지만 저도 어쩔 수 없었어요.' 수하는 문득 그런 생각이 들었다. 하지만 치료비를 내주고 싶을 만큼 미안하지는 않았다. 어디까지나 이건 정당방위였으니까.

수하는 마티즈에 시동을 걸고, 고개를 돌려 후진을 감행했다. 그러면서 동시에 차 앞 대가리를 우측으로 돌리자 여관 주인이 그만 우스꽝스러운 자세로 아스팔트 바닥 위에 떨어지고 말았다. 광녀가 다시 한 번 새빨간 잇몸을 드러내며 두 손으로 운전석 창을 내려쳤다. '이봐, 어디가! 나도 데려가야지!'

수하는 페달을 밟아 차를 움직이기 시작했다. 운전대를 거머쥔 두 손이 하염없이 떨렸다. 다행히 광녀와 여관 주인은 더 이상 그녀를 뒤쫓지 않았다. 혹시나 싶은 마음에 룸미러로 뒤쪽을 살펴보니 광인 커플이 어디론가 달려가고 있었던 것이다. 아무래도 새 먹잇감의 냄새를 맡은 모양이었다.

수하는 편의점 앞 사거리에서 좌회전했다. 그러고는 한 손으로 안전벨트를 맸다. 제아무리 눈에 훤한 길이라고 해도 지금 같은 상황에서는 안전이 최우선일 테니 말이다.

"됐어, 이제 됐다고."

수하는 희정을 떠올리며 중얼거렸다. 여기서 안강까지는 못해도 30분이면 가니 아무리 늦어도 오후 1시 전에는 희정을 만날 수 있을 것이다. 안강은 그리 먼 동네가 아니니까.

"엄마가 갈게, 희정아."

수하는 막연한 기대감에 사로잡힌 채 도로로 차를 진입시켰다. 그리고 그 순간 어마어마한 충격과 함께 거대한 소용돌이가 그녀를 덮쳤다. 하지만 수하는 아무것도 느끼지 못했다. 단지 세상이 한 바퀴 구르더니…… 한 바퀴 구르더니…… 한 바퀴 구르더니…… 그뿐이었다.

수하는 점점 희미해져 가는 눈동자로 유리창 밖 풍경을 내다보았다. 걸음아 나 살려라 도망치는 사람들의 비명 소리와 성난 오리처럼 빽빽 거리는 자동차 경보음이 들려왔다.

"희정아……"

수하는 눈을 감았다. 그러고는 지독한 어둠이 자신을 집어삼키도록 내버려두었다.

3장

순응

1

수하는 뭔가에 이끌리듯 눈을 떴다. 시야가 온통 희끄무레했는데, 마치 사람의 사지가 달린 식물 상태에서 기적적으로 깨어난 환자가 된 것 같은 느낌이었다. '어떻게 된 거지?' 의식이 정상궤도로 진입하면서 무의식적으로 떠오른 첫 번째 의문되시겠다. 물론 수하는 자신이 왜 이러고 있는지 정말 기억하지 못했다. 도로로 나오던 순간까지는 흐릿하게나마 기억이 났지만, 그 이후부터는 떠오르는 게 하나도 없었던 것이다. 단지 커다란 거미줄처럼 금이 가 있는 앞 유리창과 저녁바람이 아무렇지도 않게 넘나드는 운전석 창문과 산산조각이 난 채로 사방에 흩어져 있는 유리파편들만이 그녀에게 어떤 끔찍한 일이 있었는지를 말해주고 있을 뿐이었다.

숨쉬기가 몹시 불편했다. 체했을 때처럼 속도 울렁거렸다. 수하는 운전석 창 쪽으로 기울어져 있는 머리를 천천히 들어 올렸다.

하지만 잘 움직여지지 않았다. 목 뒷덜미에서 느껴지는 묵직한 통증에 수하는 눈살을 찌푸렸다. 이마에서도 쓰라린 통증이 느껴졌다.

수하는 일단 안전벨트부터 풀고, 바깥으로 나가보기로 했다. 다행히 두 손은 유리파편에 조금 긁힌 것 말고는 별다른 상처가 없는 듯했다. 그녀는 안전벨트를 풀고 폐 깊숙한 곳까지 신선한 공기가 들어갈 수 있도록 천천히 숨을 들이마셨다. 그러고는 그 상태에서 잠깐 움직임을 멈추었다. 몸을 가누기도 힘들 만큼 싸늘한 통증이 척추를 휘감는 게 느껴지더니 그대로 근육이 굳기라도 한 듯 몸이 말을 듣지 않았던 것이다. 그렇잖아도 평소 허리가 안 좋은 편이었는데, 이번을 계기로 더 안 좋아질 것 같은 예감이 들었다.

허리 통증이 어느 정도 사그라지자 수하는 차체 안쪽으로 구겨져 있는 운전석 문을 열어젖혔다. 그런 다음 아무 거리낌 없이 왼쪽 다리를 먼저 움직였는데…… 비명을 지르지 않으려야 않을 수가 없을 만큼 살인적인 통증이 왼쪽 발목을 덮쳤다. 마치 왼쪽 다리가 통째로 잘려나가는 듯한 느낌이었다. 수하는 목이 끊어지도록 비명을 지르며 주먹으로 운전대를 내려쳤다. 수백 미터 바깥에서도 들을 수 있을 만큼 커다란 비명소리였다.

마치 그렇게 하면 통증이 완화될 거라 믿는 듯 수하는 두 손으로 왼쪽 허벅지를 움켜쥐었다. 하지만 펄펄 끓는 고통은 가시지 않았고, 급기야는 심장박동에 맞춰 주기적으로 욱신거리기까지 했다. 마치 뜨겁게 달군 부지깽이로 발목뼈를 지지는 듯한 기분이었다.

"엄마……. 엄마……."

그제야 수하는 무슨 일이 있었던 것인지 대략적이나마 기억이 났다. 그녀의 목적은 그저 위험에 빠진 희정을, 세상에 하나뿐인 딸을 구하러 가는 것이었는데, 운명은 그녀에게 기회 대신 최악의 교통사고를 안겨주었던 것이다. 그녀의 인생에서 가장 끔찍한 기억으로 남을 교통사고 말이다. 젠장.

그녀는 왼쪽 엄지발가락을 움직여보았다. 아무것도 느껴지지 않았다. 이번엔 다섯 발가락 모두 오므려보았다. 그러자 아킬레스건에 도끼가 꽂힌 것처럼 차가운 통증이 신경을 갉아먹는 게 느껴졌다. 수하는 어금니를 악문 채 운전대에 이마를 떨어뜨렸다. 머리가 텅 빈 기분이었다. '희정이 낳을 때도 안 이랬는데.' 숨을 헐떡이며 수하는 생각했다. 이 와중에도 생각이란 것을 할 수 있다는 게 신기할 따름이었다.

문득 이상하다는 생각이 든 건 사방이 공동묘지처럼 음산한 침묵으로 둘러싸여 있다는 사실을 깨달았을 때였다. 수하는 운전석에 몸을 기댄 채 차창 너머로 거리를 내다보았다. 그녀의 눈동자가 좌측, 정면, 우측, 그리고 다시 우측, 정면, 좌측 순으로 움직이며 땅거미가 내려앉은 거리를 훑고 다녔다.

아무도 보이지 않았다. 그리고 수하는 어쩌면 자신이 꿈을 꾸고 있을지도 모른다고 생각했다. 하지만 꿈이라고 하기에 발목의 통증은 너무나도 사실적이었다. 커다랗게 금이 간 앞 유리창도 그렇고 흉측하게 일그러진 운전석 문도 그렇고 산산조각이 난 채로 사방에 흩어져 있는 유리조각들도 그렇고 모두 꿈이라고 하기에는 소름끼치도록 사실적이었다.

수하는 경적을 흘끗 쳐다보았다. '어쩜 모두 죽었을지도 몰라.' 다소 논리적이면서도 비논리적인 생각이었다. 물론 수하도 그걸 모르는 건 아니었지만, 따지고 보면 그날은 이 세상에 존재하는 모든 논리적인 것들과 정상적인 것들의 탑이 무너진 날 아니던가? 경계선은 더 이상 유효하지 않았다.

수하는 경적에 손을 얹었다. 그러고는 112라도 와주길 바라는 마음으로 경적을 꾹 눌렀다. 으스스한 어둠이 내려앉은 시내 한복판에서 수하의 마티즈가 공허한 울음소리를 냈다. 마치 무인도에 갇힌 사람이 수평선 너머로 지나가는 배를 향해 소리를 지르는 것 같았다. 여기에요, 여기! 여기 사람이 갇혀 있습니다! 여기 사람이 갇혀 있다고, 이 개자식들아!

경적소리를 들은 듯 누군가 다리를 절며 거리로 튀어나왔다. 약 150미터 앞쪽이었는데, 수하의 기억에 따르면 그곳은 포항 시외버스 터미널과 작은 뷔페식 레스토랑이 있는 자리였다. 수하는 경적에서 손을 떼고 전방을 주시했다. 저 자의 정체를 정확히 알기 전까지는 경적을 누르지 않는 게 상책일 듯싶었다. 하지만 그녀는 이미 낯선 눈동자의 시야에 들어와 있었다. 그녀의 정신이 다른 곳에 팔려 있는 사이 광인 하나가 조수석 쪽으로 달려와 유리창에 주먹질을 해대기 시작한 것이다. 생각지도 않은 곳에서 광인이 튀어나오자 수하는 깜짝 놀란 나머지 그만 운전석 밖으로 자빠지고 말았다. 일순 눈앞에서 하얀 불빛이 반짝일 만큼 묵직한 통증이 그녀의 두개골을 관통했다. 하지만 왼쪽 다리를 불태우는 통증에 비하면 그건 아무것도 아니었다.

수하는 비명소리가 새어나가지 못하도록 얼른 오른손으로 입을 틀어막았다. 그러면서 동시에 왼손으로는 불이 붙은 쪽 허벅지를 꽉 움켜쥐었는데, 어찌나 고통스럽던지 마치 펄펄 끓는 용광로에 발목을 담근 듯한 기분이었다.

조수석 문을 두드리던 광인이 허겁지겁 마티즈 뒤쪽으로 돌아오는 소리가 들렸다. 수하는 일단 되는 대로 두 팔과 오른발을 이용해 뒷걸음질을 쳐보았지만, 역부족이었다. 망할 놈의 발목 통증 때문에 그마저도 마음대로 할 수 없었던 것이다. 악문 이 사이로 울음소리인지 신음소리인지 알 수 없는 것이 새어나왔다.

놈의 발걸음이 배기구 근처에서 멈춰 섰다. 수하는 두려움과 고통과 슬픔이 한데 어우러진 시선으로 놈을 올려다보았다. 어둠 속에서 활활 타오르는 눈 한 쌍이 그녀를 내려다보고 있었다. 광인이었다. '저리 가. 난 아직 죽고 싶지 않아. 죽고 싶지 않단 말이야, 이 개자식아!' 수하는 그렇게 외치고 싶었다. 하지만 혀가 말려들어가면서 목구멍을 틀어막기라도 했는지 목소리가 나오지 않았다. 위험을 감지한 심장이 더욱 빠르게 두방망이질 치기 시작했다.

놈이 그녀를 향해 발걸음을 내디뎠다. 수하는 반대편으로 고개를 돌리고는 눈을 질끈 감았다. 광인 특유의 그르렁 소리가 그녀의 심장을 옥죄었다. 그리고 놈이 두 번째 발걸음을 내딛는 순간 기적 같은 일이 일어났다. 마치 팔다리에 묶여 있던 실이 끊어지기라도 한 듯 놈이 별안간 고꾸라지더니 어둠 속에서 한 남자가 나타나 그녀에게 손을 내밀었던 것이다.

"일어나세요, 빨리."

수하의 오른팔을 자기 목에 걸며 남자가 다소 부정확한 발음으로 말했다. 하지만 수하는 다친 왼발 때문에 똑바로 일어서는 것조차도 버거운 실정이었다.

"저기, 잠깐만요." 그녀가 간신히 입을 떼고 말했다. "다리. 다리……"

"네?"

남자가 운전석 문턱에 걸려 있는 수하의 왼쪽 다리를 보았다. 멀리서 냄새를 맡은 사냥개들의 발소리가 서서히 가까워지는 것이 들렸다.

그가 단단한 두 손으로 정강이를 움켜쥐자 수하의 입에서 비명이 터져 나왔다. 하지만 남자는 그녀의 고통에는 관심이 없다는 듯 억척스럽게 그녀의 다리를 끄집어냈고, 결국에는 그녀를 일으켜 세우고야 말았다. 수하는 숨을 몰아쉬며 왼쪽 다리를 내려다보았다. 어두워서 그런 건지 아니면 통증 때문에 정신이 혼미해져서 그런 건지는 모르겠지만, 핏자국은 보이지 않았다.

"뛰어요!"

남자는 그렇게 외치고 나서 그녀의 팔을 목에 둘러맨 채 정신없이 달리기 시작했다. 수하는 깽깽이 걸음으로 남자의 수고를 덜어주었다. 등 뒤로 20미터쯤 떨어진 곳에서 잔뜩 흥분한 광인들의 울음소리가 들려왔다. 뒤를 돌아보니 광인 대여섯이 뒤쫓고 있었다.

"뒤돌아보지 마세요!"

남자가 겁에 질린 목소리로 소리쳤다. 주유소를 지나 20미터쯤 가자 한 소녀가 두 사람을 향해 외쳤다.

"빨리 오세요! 빨리!"

세 사람은 황급히 어느 건물 안으로 들어갔다. 남자는 수하를 바닥에 내려놓고 나서 다시 밖으로 나가는가 싶더니 셔터를 내려 1차 방어선을 구축했다. 그런 다음 그는 유리로 된 출입문을 닫아 2차 방어선을 구축했고, 마지막으로 바퀴 달린 아이스크림 냉동고를 끌어다 3차 방어선을 구축했다. 남자와 소녀가 아이스크림 냉동고에 등을 붙이고 앉았다. 지옥에서 풀려난 사냥개들이 셔터 그릴을 잡고 미친 듯이 흔들어대기 시작했다. 수하는 바닥에 누운 채 옴짝달싹도 하지 않았다. 발목이 뜯겨 나가는 듯한 통증에 정신이 나갈 것만 같았고, 그러다 별안간 내려앉은 침묵에 시간이 못해도 한 시간은 지난 것 같다는 생각이 들었다.

"괜찮으세요?" 숨을 헐떡이며 묻는 여자의 목소리에 수하는 위를 올려다보았다. 아까 그 소녀가 한 손에 손전등을 들고 그녀를 가까이서 내려다보고 있었다. 강렬한 빛이 눈을 찔러댔다. "제 목소리 들리세요?"

걱정스러우면서도 차분한 소녀의 목소리. 수하는 문득 희정이 떠올랐다. 하지만 그녀는 저 소녀가 희정이 아니라는 것을 알고 있었다. 그래서 소녀가 누구인지 알고 싶었다. 흐려질 대로 흐려진 판단력과 두개골을 급습한 두통 때문에 자신이 무슨 생각을 하고 있는지조차도 잘 모르면서 말이다.

"희정이니?"

수하가 물었다.

"네?"

소녀가 눈썹을 치켜세우며 반문했다. 수하가 다시 말했다. 이번에는 다른 내용이었다.

"다리…… 다리……"

그녀의 말에 소녀가 손전등으로 수하의 하반신을 비추었다. 그리고 소녀의 눈동자가 마치 낚싯줄에 걸려 수면 위로 올라온 물고기의 눈처럼 동그래졌다.

"아주머니 다리가…… 다리가……"

그래도 청각이 제 역할을 잊지는 않았나 보다. 차마 말을 잇지 못하는 소녀의 목소리를 듣고 수하는 젖 먹던 힘까지 다해 고개를 들어 왼쪽 다리를 살펴보았다. 마치 수컷 코끼리의 뒷다리 같았다. 어찌나 심하게 부어 있던지 지금 당장 수술을 하지 않으면 안 될 정도로 보였다. 수하는 그림자가 거미줄을 친 천장을 올려다보았다.

"가위나 칼 있어?"

남자가 침착하지만 여전히 부정확한 어조로 소녀에게 물었다. 그는 가위를 거위에 가깝게 발음했다. *거위나 칼 있어? 푸아그라 먹고 싶은데.* 수하는 피식거렸다. 남들한테는 어떨지 몰라도 그녀가 듣기에는 정말 웃긴 말이었다.

"아주머니?"

소녀의 손전등이 수하의 얼굴을 비추었다.

"가위나 칼 있냐고?"

마치 정신을 어디다 두고 있냐는 듯 남자가 목소리를 높여 말했다. *거위나 칼 있냐고? 푸아그라 먹고 싶다니까!*

"잠깐만요." 소녀의 얼굴이 어디론가 사라졌다가 나타났다. "여기 가위요."

수하는 똑똑히 들었다. 거위가 아닌 가위였다.

"얼음 있어?"

남자가 물었다. *어름 이써?* 그리고 들려오는 소녀의 목소리.

"네. 아마 있을 거예요."

"그럼 빨리 가져와."

소녀의 탁탁거리는 발소리가 점차 멀어졌다 다시 가까워졌다. 남자가 가위로 수하의 청바지 왼쪽 정강이 부분을 전부 잘라냈다. 제법 능숙한 실력이었다.

"여기요. 이것밖에 없어요."

소녀가 남자에게 얼음 주머니를 건넸다. 이윽고 남자가 차가운 얼음 주머니로 수하의 왼쪽 다리를 문지르기 시작했다. 그러자 서늘한 통증이 신경을 타고 온몸으로 전해졌는데, 마치 정신 나간 고문 기술자에게 얼음으로 전기 고문을 당하는 것 같은 느낌이었다.

그때 소녀가 그녀 곁에 한쪽 무릎을 꿇고 앉더니 왼손으로 그녀의 오른손을 잡아주었다. 수하는 고개를 돌려 소녀를 쳐다보았다. 딸만큼은 아니지만, 그래도 어딘지 모르게 친근감이 가는 얼굴이었다. 소녀가 말했다.

"조금만 참으세요, 아주머니. 곧 끝날 거예요."

하지만 수하는 그 말을 믿지 않았다.

2

2시간 후 어느 정도 정신이 돌아오자 수하는 소녀의 부축을 받으며 계산대 쪽으로 걸어간 다음 그곳에 등을 붙이고 앉았다. "마실 것 좀 갖다 드릴까요?" 하는 소녀의 질문에 수하는 생수 한 병을 요청했다. 갈증이 어찌나 심하던지 목구멍이 쩍쩍 갈라지는 느낌이었다. 그녀가 물을 마시는 동안 소녀는 아이스크림 냉동고에서 얼음이 담긴 플라스틱 컵 하나를 꺼내 그녀에게 가져다주었다.

"이마에 문지르세요. 상처는 나지 않았는데, 멍이 심하게 들었어요."

수하는 컵을 받아들었다. 그러고는 소녀의 말대로 이마를 문지르기 시작했는데, 굳이 거울을 보지 않아도 어느 부위에 멍이 든 건지 알 것 같았다. 컵을 갖다 대자 욱신거리는 통증이 오른쪽 눈 바로 위에서 느껴졌던 것이다. 인상이 절로 찌푸려질 정도였다.

딴에는 최선을 다해 냉찜질을 한 것이겠지만, 왼쪽 다리의 붓기는 거의 그대로였다. 수하는 마치 움직이면 움직일수록 더 심하게 죄이는 올가미에 걸린 것 같다고 생각했다. 잠시 후 남자가 다가와 한쪽 무릎을 꿇고 앉더니 손전등으로 그녀의 왼쪽 정강이를 훑어보고는 이렇게 말했다.

"뼈가 부러졌어요." *뼈가 부러저써요.* 부정확한 발음과 어딘가 어색한 말투. 그제야 수하는 그가 외국인임을 알아차렸다. "얼음 주머니 더 없다고 했지?"

외국인 남자의 물음에 소녀는 고개를 끄덕였다.

"네."

수하는 생수를 벌컥벌컥 들이켰다. 이것도 사고의 영향일까? 물을 아무리 마셔도 갈증이 가시지 않았다.

"천천히 마셔요, 아주머니. 그러다 체하면 지금 상태에서는 진짜 죽을 수도 있어요."

하지만 수하는 소녀의 말을 못 들은 척했다. 왜냐면 그녀는 자신이 죽을 운명이라고 생각하지 않았기 때문이다. 적어도 아직은 밥숟가락을 놓을 때가 아니었다.

첫 번째 생명수를 바닥까지 비우고 나서 수하는 두 번째 생명수 뚜껑을 땄다. 그 사이 외국인 남자는 완전히 녹아 물 주머니가 된 얼음 주머니를 다시 아이스크림 냉동고에 감금시켰고, 소녀는 한쪽 모퉁이에 등을 붙이고 앉아 휴대폰을 만지작거렸다. 휴대폰 액정에서 뿜어져 나오는 창백한 빛이 소녀의 얼굴을 더욱 창백하게 만들었다.

"고마워요, 구해줘서." 어느 정도 정신이 정상 궤도로 진입한 수하는 남자를 향해 말했다. "이름이 뭐예요?"

"자카리아요."

"자카리아……. 외우기 쉽네요." 수하는 그렇게 말하고 나서 이번에는 저쪽 모퉁이에 앉아 휴대폰을 만지고 있는 소녀에게로 눈길을 돌렸다. "고마워요, 아가씨. 이름이 뭐예요?"

"혜진이요. 정혜진."

혜진이 폴더형 휴대폰을 닫으며 한 대답이었다.

"혜진 씨 이름도 외우기 쉽네요."

"말씀 편하게 하세요, 괜찮으니까." 수하는 편해지면 그렇게 하겠노라고 했다. "물 더 드릴까요?"

"아뇨, 괜찮아요."

"다리는 좀 어때요?"

"붙어 있는 게 신기할 정도네요."

정말 그랬다. 지금도 어떤 빌어먹을 인간이 발목에다가 못질을 해대는 것 같았으니까.

"저기, 그런데 아주머니, 혹시 딸 있으세요?"

"딸이요? 네. 있긴 한데 갑자기 왜……"

순간 수하는 피부를 스치는 본능적인 두려움을 느끼며 말을 멈추었다. 마치 땀구멍이 죄다 막히는 듯한 기분이었다.

"아주머니?"

혜진이 그녀를 불렀다. 하지만 수하의 귀에는 아무 소리도 들리지 않았다.

"희정아……"

"네?"

수하는 바지 주머니를 뒤지기 시작했다. 휴대폰은 왼쪽 주머니에 있었다(놀랍도록 멀쩡했다.). 통화 목록으로 넘어가자 부재중 전화가 열 통 넘게 와 있는 것이 눈에 들어왔다. 모두 희정의 번호였고, 마지막 전화가 온 건 5시간 전이었다.

"아주머니? 괜찮아요?"

혜진이 다가왔지만, 그녀는 아무것도 느끼지 못했다. 그녀의 관심사는 오로지 휴대폰뿐이었다. 부재중 전화가 열 통 넘게 와 있는데도 입 싹 닫고 주인에게 묵비권을 행사한 망할 휴대폰 말이다. 수하는 속으로 온갖 욕설과 저주를 퍼부었다.

결국 우려가 현실이 되고 말았다.

'날 원망해도 좋아. 원망해도 좋으니까 제발 받아, 희정아. 응?'

하지만 희정은 전화를 받지 않았다. 벌써 여섯 번째 시도였고, 상대방의 전화기가 꺼져 있어 소리샘으로 연결하겠다는 녹음기의 목소리를 듣는 것도 이번이 여섯 번째였다. 이어지는 일곱 번째 시도.

"희정아 제발……"

마치 애원하듯 수하는 중얼거렸다. 딸의 목소리를 듣지 못한다면 이대로 미쳐버린대도 이상하지 않을 것 같았다. 끈적끈적한 죄의식이 핏줄을 타고 전신으로 뻗어나갔다.

전화기가 꺼져 있어 소리샘으로 연결합니다. 연결된 후에는 통화료가……

수하는 나지막이 욕설을 내뱉었다. 괜히 통신업체에 대한 원망감이 들었다. 중국 어딘가에 있을 휴대폰 공장에 대한 원망감도 들었다. 혜진이 걱정스러운 얼굴로 수하를 바라보았다.

"저기, 아주머니……?" 수하는 그녀의 목소리가 들리지 않았다. "아주머니?"

혜진이 조심스럽게 수하의 왼쪽 어깨를 잡고는 흔들었다. 그러자 수하는 마치 태엽이 모두 풀린 장난감처럼 움직임을 뚝 멈추었다. 죄책감으로 벌겋게 달아오른 그녀의 두 눈이 혜진을 바라보았다.

"괜찮아요?"

"네?"

"괜찮으시냐고요?"

"네. 괜찮아요." 수하가 더듬더듬 말했다. "저기, 혜진 씨. 미안한데 저 물 좀 더 갖다 줄래요? 갑자기 목이 말라서……"

혜진이 물을 갖다 주었다. 수하는 미지근한 생수로 목을 축이고 나서 다시 휴대폰 슬라이드를 올려 시간을 확인해 보았다. 벌써

9시 43분이었다. 수하는 한숨을 내쉬었다. 시간이 꽤 됐을 거라고는 생각하고 있었지만, 이 정도일 줄은 그녀도 몰랐다. 그때 수하의 안색을 살피던 혜진이 제안했다.

"아주머니. 일단 저희 집으로 가실래요? 저희 집으로 가서 좀 쉬는 게 좋겠어요."

"혜진 씨 집이요?"

"네." 혜진이 고개를 끄덕였다. "여기서 10분 거린데, 해가 지고 한참이 지났는데도 바깥에 그것들이 안 보여요. 간혹 몇몇 사람들이 보이긴 하지만, 모두 정상인 같고요. 아무래도 그것들은 모두 어디론가 간 것 같아요. 그래서 말인데, 그 몸으로 여기서 밤을 보내는 것보다는 안전하게 저희 집에서 쉬시는 게 좋을 거 같아요. 가는 길에 그것들만 안 마주치면 집까지 금방 갈 수 있을 거예요."

수하는 무슨 말을 해야 할지 몰랐다. 물론 혜진의 제안이 고맙고 타당하긴 하지만, 이 다리로 어떻게 이동한단 말인가? 갑자기 다시 딸아이가 너무나 보고 싶었다. '희정아…….' 수하는 휴대폰 화면을 내려다보았다. 잔량이 얼마 남지 않은 듯 테두리만 남은 건전지 그림이 깜빡거리며 그녀에게 경고 신호를 보냈다.

"저기, 아주머니?" 혜진이 그녀를 불렀다. 수하는 고개를 들어 그녀를 쳐다보았다. "너무 걱정하지 마세요. 따님은 분명 괜찮을 거예요. 안전한 곳에 가 있으면 별일 없을 거예요."

"정말…… 그럴까요?"

수하가 물었다.

"그럼요." 혜진이 옅은 미소를 지어 보였다. 그러고는 마치 위로하듯 오른손을 뻗어 그녀의 왼손을 잡아주었는데, 어찌나 따뜻하던지 온기가 순식간에 피부 밑으로 스며드는 게 느껴질 정도였다.

"따님은 무사할 거예요. 그러니 걱정하지 마시고 일단 저희 집으로 가요. 아주머니는 어떻게 생각하실지 모르겠지만, 문이라고는 저 널찍한 유리창밖에 없는 여기보단 저희 집이 훨씬 안전할 테니까요. 그리고 가는 길에 약국에 들러서 뭐라도 좀 챙겨야 할 거 같아요."

다른 건 몰라도 그녀의 몸 상태에 관해서는 혜진의 말이 옳았다. 부상당한 몸과 과열된 마음으로는 이성적인 판단 자체가 힘든 법이었으니까. 그래서 수하는 혜진을 한번 믿어 보기로 했다. 적어도 그녀가 보기에 이 안에서 가장 쓸만한 판단력을 지닌 사람은 현재로선 혜진밖에 없었으니 말이다.

"그래요, 혜진 씨. 그렇게 해요."

고개를 끄덕이며 수하가 한 말이었다.

3

"조심하세요, 조심."

수하를 일으켜 세우며 자카리아가 말했다. 수하는 그가 꼭 소심한 물리치료사 같다고 생각했다. *조심하세요, 환자분. 그러다 다칩니다. 잘못하면 넘어질 수도 있다고요.* 뭐, 이미 수도 없이 넘어지긴 했지만.

혜진과 자카리아가 양쪽에서 도와준 덕분에 수하는 다시 일어설 수 있었다. 하지만 왼쪽 다리의 통증 때문에 한걸음도 나아갈 엄두는 나지 않았다. 움직일 때마다 마치 전동 드릴로 뼈에 구멍을 뚫는 것 같았다.

"잠깐만요."

수하는 계산대 위에 걸터앉았다. 혜진이 손전등으로 그녀의 왼쪽 다리를 비추었다. 자카리아가 성심껏 얼음찜질을 해줘서 그런지 붓기가 약간 가라앉은 듯 보였지만, 꼴은 말이 아니었다. 마치 양피지에 스며든 커피 자국처럼 새까맣게 얼어붙은 피멍이 부러진 부위를 중심으로 기이한 군도 형상을 이루고 있었다. 어떤 부분은 커다란 대륙 같았고, 어떤 부분은 피부 밑으로 가라앉는 중인 열도 같았다. 저것도 대지진의 여파일까? 아마도.

사고 당시의 충격으로 만신창이가 된 발목을 보면서 수하는 부러진 뼈가 살갗을 뚫고 튀어나오지 않은 게 천만다행이라고 생각했다.

"움직일 수 있겠어요?"

왼쪽 옆에서 지켜보던 혜진이 물었다.

"죽을 것만 같아요." 수하는 인상을 찌푸렸다. 할 수만 있다면 소리를 지르고 싶을 정도로 통증이 이만저만이 아니었다. "아파 죽겠어."

"조금만 참으세요. 약국에서 진통제를 사가면 될 거예요."

진통제를 사간다고? 수하는 이상하리만치 그 표현이 마음에 들었다. 마치 '희망을 버리기에는 아직 일러요.'라고 말하는 것 같았기 때문이다.

수하가 계산대에서 머무르는 동안 혜진과 자카리아는 바쁘게 움직였다. 자카리아는 아이스크림 냉동고를 원래 위치로 옮겨놓은 다음 어디서 찾아냈는지 모를 대걸레 자루와 점착테이프를 이용해 짧은 창처럼 생긴 무기를 만들었는데, 완성품을 위아래로 훑어보는 모습이 마치 노련한 원주민 족장 같았다. 혜진은 계산대 아래에서 꺼낸 비닐봉지를 들고 가게 안을 이리저리 돌아다니며 필요한 것들을 담고 있었는데, 아마 손전등에 쓸 건전지와 생수, 그리고 간단한 먹을거리일 터였다. 삼각 김밥이라든지 소시지라든지 초코바라든지 뭐 그런 것들 말이다.

새로운 암흑기가 도래한 거리에서는 기분 나쁜 정적과 침묵으로 일관된 교향곡이 연주되고 있었다. 물론 인기척은 없었다. 마치 빛 한줄기 들어오지 않는 무덤 속처럼 세상은 침묵 그 자체였다.

"아주머니, 괜찮으세요?"

혜진이 물었다. 수하는 고개를 돌렸다.

"뭐가?"

"그냥…… 안색이 안 좋아 보여서요."

혜진이 걱정스러운 듯 그녀를 쳐다보았다. 그녀는 자카리아의 손전등으로 수하를 비추고 있었는데, 이를 보고 수하는 마치 해리포터의 마법 지팡이 같다고 생각했다. 정면을 보니 자카리아가 셔터 그릴 사이로 바깥을 내다보고 있었다. 출입문은 닫아놓은 채였다.

"괜찮아, 혜진아. 걱정하지 마."

사실 수하는 조금도 괜찮지 않았다. 머리는 갈라질 듯이 아팠고, 척추는 무너지지 않고 버티는 게 신기할 정도였으며 뼈가 두 동강 난 발목은 몇 시간째 진통제를 요구하고 있었다. 죽을 맛이었다.

"그런데 혜진아, 혹시 두통약 있니?"

수하의 숨소리가 마치 갈대밭을 휘젓는 바람 소리 같았다.

"두통약이요?" 혜진의 물음에 수하는 고개를 끄덕였다. 눈 안쪽에서 화끈거리는 열기가 느껴졌다. 뇌가 풍선처럼 부풀어 올랐다가 아이스크림처럼 녹아내리고 또다시 풍선처럼 부풀어 올랐다가 아이스크림처럼 녹아내리는 기분이었다. "잠깐만요. 조금만 기다리세요."

그렇게 말하고 나서 혜진은 어디론가 달려갔다. 수하는 눈을 감고 고개를 숙인 채 그녀가 돌아오기만을 기다렸다. 잠시 후 혜진이 계산대로 돌아와 수하에게 두통약 한 알과 500밀리짜리 생수를 내밀었다. 수하는 오징어처럼 흐느적거리는 두 손으로 약과 생수를 건네받았다.

"정 못 버틸 것 같으면 말씀하세요. 약은 얼마든지 있으니까요."

혜진이 말했다. 하지만 수하는 그럴 생각이 없었다. 이 상태에서 약을 더 먹었다간 몸에 악영향만 끼칠 게 분명했기 때문이다. 비타민제가 아닌 이상 약은 한 알이면 충분했다.

"그래. 그럴게, 혜진아."

수하는 그렇게 대답하며 생수를 옆에 놓아두었다.

자카리아와 혜진이 셔터를 올리는 동안 수하는 약에 취한 듯 구부정한 자세로 계산대에 앉아 있었다. 머리가 터질 것만 같았다. 귓가에서 심장의 두방망이질이 느껴졌고, 관자놀이도 예외는 아니었다. 마치 피도 눈물도 없는 살인마가 뒤통수에다 정을 대고 망치질을 하는 듯한 느낌이었다. 빈속에 두통약을 먹어서 그런지 속이 뒤집힐 것만 같았다.

"혜진아, 혹시 이거 작동되니?"

계산대 한쪽에 마련되어 있는 편의점용 배터리 급속충전기를 쳐다보며 수하가 물었다. 그녀의 손에는 휴대폰이 들려 있었는데, 배터리가 방전된 지 벌써 5분째였다.

"그거 고장 났어요. 이틀 전에."

마치 자신이 아는 건 그게 전부라는 듯한 혜진의 대답. 수하는 속으로 "하. 그것참 기쁜 소식이네."라고 중얼거렸다.

왼쪽 발목을 휘감은 통증이 조금씩 영역을 넓혀가기 시작하자 수하는 인상을 찌푸렸다. 마치 뜨거운 번개가 신경을 모조리 불태우고 뇌 깊숙한 곳까지 침투해 벌겋게 달아오른 꼬챙이를 들이미는 것 같았다. 이마에 맺힌 식은땀이 주르륵 흘러내렸다.

"조금만 참으세요, 아주머니. 금방 돌아올게요."

혜진이 그녀에게 말하고는 또다시 어디론가 달려갔다. 고개를 들어보니 두 사람은 손전등으로 거리를 살피고 있었다.

기다란 손전등 불빛 두 개가 편의점 앞 사거리를 빠르게 훑었다. 수하는 어둠 속에서 원뿔 모양의 빛을 내뿜는 혜진의 형체가 희정과 닮았다고 생각했다. '희정이는 살아 있을까? 혼자 병실 구석에서 울고 있지는 않을까?' 제기랄, 또 시작이다. 수하는 딸과 관련된 모든 걱정거리를 단번에 없앨 수 있는 스위치가 있다면 당장 내려버리고 싶은 심정이었다. 정신이 오락가락할 정도로 아파서 신경이 예민해진 탓도 있었지만, 이런 식으로 15킬로미터 바깥에 떨어져 있는 딸을 걱정한다고 해서 해결될 일도 아니었기 때문이다.

그저 믿는 수밖에 없었다. 희정은 똑똑한 아이니 분명 무사할 거라고, 어쩌면 지금쯤 자기 방에서 패션 잡지를 보며 한가롭게 감자 칩을 먹고 있을지도 모른다고 믿어보는 수밖에 없었다.

"아주머니, 일어설 수 있겠어요?"

상체를 숙이고 선 채 혜진이 물었다. 수하는 금방이라도 녹아내릴 것 같은 눈동자로 혜진을 쳐다보았다. 사막의 태양 같은 손전등 불빛이 그녀의 눈알을 콕콕 찔러 댔다.

"뭐라고?"

수하가 힘겹게 되물었다.

"일어설 수 있겠느냐고요? 아님 제가 업어 드릴까요?"

"아니. 괜찮아."

수하는 고개를 저었다. 그녀는 두 사람 중 어느 누구에게라도 업히고 싶지 않았다. 하지만 그건 전남편만큼이나 쓸데없는 고집이었다.

"괜찮긴 뭐가 괜찮아요? 어서 업히세요." 혜진의 목소리에서 자신감과 두려움이 동시에 묻어났다. 그녀는 수하를 억지로라도 업고 갈 기세였다. "아저씨, 보고 있지만 말고 도와주세요, 좀."

혜진이 간청했다. 하지만 자카리아는 혜진의 도와달라는 말을 듣지 못한 듯 손전등 불빛에 들어온 수하의 왼쪽 발목을 가만히 내려다보기만 할 뿐이었다.

"아저씨!"

혜진이 소리쳤다.

"잠깐만."

자카리아는 그렇게 말하더니 다시 바깥으로 나갔다. 그리고 그가 돌아왔을 때 그의 손에는 실로 위대한 인류의 발명품이 들려 있었다. 혜진의 눈동자가 마치 불을 발견한 원시인처럼 휘둥그레졌다.

"그거 어디서 났어요?"

혜진이 물었다.

"길바닥에서."

자카리아의 대답이었다. 그는 접이식 휠체어를 펼쳐 수하가 있는 곳까지 끌고 왔다.

"아줌마?" 자카리아가 수하의 어깨를 잡고 흔들었다. "제 목소리 들려요? 아줌마?"

수하는 고개를 들어 그를 쳐다보았다.

"휠체어 가져왔어요. 여기 앉아서 가면 편할 거예요."

자카리아는 그렇게 말했다. 하지만 수하가 보기에 그건 휠체어가 아니라 유모차 같았다. 그러니까 희정이가 두 살배기였을 시절에 타고 다니던 유모차 말이다.

"그거 어디서 났어요?"

그녀가 나지막한 목소리로 물었다.

"길바닥에 있던 거예요."

자카리아는 그 말을 끝으로 수하에게 더 이상 입을 열 기회를 주지 않았다. 그는 그녀의 오른팔을 자기 목에 감은 다음 그녀를 계산대에서 일으켜 세워 휠체어에 똑바로 앉을 수 있도록 몸을 돌려주었다. 수하는 저도 모르는 사이에 왼발을 들고 있었다. 혜진이 수하의 엉덩이에 맞춰 휠체어의 위치를 바로잡아주었다. 잠시 후 수하는 마치 싸구려 철제 의자에 앉은 듯한 느낌을 만끽하며 휠체어에 엉덩이를 붙였다. 자카리아가 거친 숨을 몰아쉬었다. 혜진이 신문 진열대로 가서 신문 한 부를 가져왔다.

"감기 걸리겠어요, 아주머니. 일단 집에 도착할 때까지 이거라도 덮고 계세요."

그녀가 신문으로 수하의 허벅지와 어깨를 덮어주며 말했다.

"신문이니?"

수하의 질문은 거기서 끝이었다. 마치 수면제라도 먹은 듯 그녀의 두 눈은 스르르 감겼다.

안강 중앙병원 병실문이 열리면서 희정의 뒷모습이 나타났다. 그녀는 휴대폰을 귀에 갖다 댄 채 병실 구석에서 흐느껴 울고 있었다. 끝자락이 찢겨 너덜너덜해진 교복 치마와 잔뜩 헝클어진 머리카락이 수하의 가슴을 아프게 했다.

"희정아?" 수하는 딸의 이름을 조심스럽게 불러보았다. 하지만 듣지 못한 걸까? 희정은 울음을 멈추지도, 고개를 돌리지도 않았다. 수하는 다시 한 번 딸의 이름을 불러보았다. "희정아?"

그러나 이번에도 희정은 돌아보지 않았다. 수하는 눈물이 날 것만 같았다.

"엄마야, 희정아……. 엄마가 왔다고." 하지만 희정은 끝내 뒤돌아보지 않았다. 그녀는 그저 휴대폰을 귀에 갖다 댄 채 흐느껴 울기만 할 뿐이었다. 수하가 말했다. "미안해, 희정아. 엄마가 늦게 와서 미안해."

4장
밤

1

눈을 떠 보니 벌써 해가 중천에 뜬 듯 맑은 하늘이 유리창 너머로 드문드문 보였다. 수하는 주머니에서 휴대폰을 꺼내 전원을 켜 보았다. 하지만 배터리가 방전된 휴대폰이 켜질 리는 없었다.

그녀는 방금 막 마취에서 깨어난 환자처럼 느릿느릿 상체를 일으켜 세웠다. 왼쪽 팔꿈치와 양 어깨와 척추에서 싸늘한 통증이 느껴졌는데, 마치 커다란 주삿바늘이 관절마다 하나씩 꽂혀 있는 것 같았다. '제기랄, 더럽게 아프네.' 그녀는 이를 악문 채 눈살을 찌푸렸다.

간밤에 히포크라테스가 다녀가기라도 한 걸까? 이불 아래로 고개를 내민 왼발을 보고 수하는 놀라움을 감추지 못했다. 그래서 그녀는 이불을 걷어 보았는데, 놀랍게도 골절 부위를 감싸고 있는 건 새하얀 압박붕대와 4개의 가느다란 지지대로 이루어진 부목이었다. 수하는 간밤에 다녀간 히포크라테스가 누군지는 몰라도 부목을 만든 솜씨로 봐서는 골절상에 대해 어느 정도 지식이 있는 사람일 것이라 생각했다.

그녀는 침대 옆에 주차되어 있는 휠체어를 발견했다. 휠체어 위에는 껌통처럼 생긴 작은 플라스틱 약통이 하나 놓여 있었는데, 아무래도 진통제인 듯싶었다. '그건 그렇고 여긴 어디지?' 수하는 간밤에 있었던 일들을 하나씩 되짚어 보았다. 하지만 희정에 관한 꿈 말고는 떠오르는 게 아무것도 없었다.

창문 너머 먼 곳에서 개 짖는 소리가 들려왔다.

"아주머니?" 어디선가 낯익은 목소리가 들려왔다. 고개를 돌려보니 혜진이 문턱 위에 서 있었는데, 부스스한 머리와 착 가라앉은 목소리로 봐서는 그녀도 잠에서 깬 지 얼마 안 된 모양이었다. "괜찮아요?"

"응."

수하는 고개를 끄덕였다. 혜진은 청바지에 하얀 반팔 티셔츠 차림이었다. 티셔츠 앞쪽에는 정면을 응시하는 고양이의 얼굴이 커다랗게 그려져 있었는데, 어찌나 사실적이던지 금방이라도 껑충 튀어나올 것만 같았다.

"지금 몇 시니?"

간밤에 얼떨결에 말을 놓은 것이 불현듯 떠오르면서 수하가 물었다.

"오후 3시 넘었어요."

혜진의 대답이었다. 수하는 깜짝 놀라며 자신이 얼마나 오랫동안 침대에 누워 있었는지 넘겨짚어 보았다. 하지만, 사고 때문인지 머리가 이전만큼 잘 돌아가지 않았다. 교통사고의 기억들이 하나 둘 돌아오고 있었다.

"아주머니?" 수하는 문득 정신이 든 듯 혜진을 쳐다보았다. "갑자기 무슨 생각을 그렇게 하세요? 무슨 일 있으세요?"

"아냐. 아무것도……."

실은 그렇지 않았지만, 수하는 고개를 젓는 것으로 혜진의 질문을 무마했다. 다시 한번 개 짖는 소리가 들려왔다. 이번에는 비교적 가까운 곳이었다.

수하는 창문 너머로 시선을 돌렸다. 무엇이라도 녹일 수 있을 것만 같은 오후 4시의 햇살이 포항 일대를 끌어안고 있었다. 구름 한 점 없이 맑고 깨끗한 하늘 위로 이름 모를 새 몇 마리가 지나갔다. 수하는 세상이 마치 콘 아이스크림 같다고 생각했다. 그리고 그 아래로 보이는 사람들. 마치 허수아비처럼 멈춰 선 채 멍하니 하늘을 보고 있거나, 무언가 냄새를 맡듯 머리를 꺾어 코를 벌렁였다. 그들은 모두 광인들이었다. 더 없이 소름끼치는 장면이었다.

"아무래도 여기 너무 오래 있었던 것 같아." 수하는 혜진을 향해 고개를 돌렸다. "이렇게 한가하게 있을 때가 아닌데 말이야."

"난 안강으로 갈 거야."

수하는 진담이었다.

"안강이요?"

"응." 그녀는 고개를 끄떡였다. 그러고는 이렇게 덧붙였다. "여기서 차로 30분 거리니 운 좋으면 오늘 밤 안에는 도착할 수 있을 거야."

혜진은 대답이 없었지만, 수하는 그녀가 지금 무슨 생각을 하는지 잘 알고 있었다. 따라서 그녀가 반대 의견을 표명하더라도 뜻을 굽히지 않을 참이었다.

"지금 농담하는 거 아니죠?"

수하는 고개를 저었다.

"아니. 농담 아냐. 여의치 않으면 난 혼자서라도 갈 거야."

"어떻게요?"

수하는 턱짓으로 작은방의 휠체어를 가리켰다. 그러자 혜진의 입술이 꿈틀거렸는데, 수하는 그녀의 표정만 봐도 지금 저 아이가 무슨 생각을 하는지 알 것만 같았다. '미쳤네요. 휠체어로 안강까지 갈 생각을 하다니. 미친 게 확실해요.'

"자동차보다야 못하겠지만 그래도 걷는 것보단 일찍 도착할 거야."

"진짜 가려고요?"

마치 이리도 대책 없는 사람은 처음이라는 듯한 투로 혜진이 물었다.

"응. 진짜 갈 거야." 수하는 딱 잘라 말했다. "방금 말했다시피 상황이 여의치 않으면 난 혼자서라도 갈 거야. 휠체어도 끌고 다닐 수 있을 만큼 몸 상태도 괜찮아진 것 같고, 또……"

"그럼 저 좀비 같은 놈들은 어떡할 건데요?"

혜진이 그녀의 말을 자르고 물었다. '좀비 같은 놈들? 광인들 말인가?' 마치 수하의 의문을 풀어주려는 듯 누군가 현관문을 두드리기 시작한 것은 바로 그때였다. 수하는 어깨를 들썩이며 현관 쪽으로 고개를 돌렸다. 반면에 혜진은 상당히 침착한 눈치였다. 두 사람은 시선을 마주했다. 수하가 나직한 목소리로 물었다.

"누구 올 사람 있니?"

"아뇨." 혜진은 고개를 저었다. 그러고는 한층 가라앉은 목소리로 말했다. "드릴 말씀이 있어요."

똑…… 똑…… 똑…….

"혜진아, 이모다. 혜진이 안에 있나?"

똑…… 똑…… 똑…….

"혜진아, 이모다. 혜진이 안에 있나? 구원받아야지?"

똑…… 똑…… 똑…….

"혜진아? 혜진이 안에 있나?"

혜진의 이모가 현관문을 두드리고는 말했다. 혜진에 따르면 그녀는 주변에서 혀를 내두를 정도로 도가 지나친 기독교 신자였더랬다. 평일에는 이틀에 한 번, 주말에는 이틀 내내 하느님의 말씀을 늘어놓으며 구원받지 않으면 지옥의 유황불 속에서 영원히 불탈 것이라고 경고할 만큼 그녀는 소위 종교에 목숨을 건 사람이었다고 혜진은 말했다.

"아주머니는 모를 거예요. 한 귀로 듣고 한 귀로 흘리는 게 얼마나 힘든 일인지."

혜진의 말이었다. 그러면서 그녀는 부모님도 언제부턴가 하느님에 목숨을 걸기 시작했다고 덧붙였는데, 아무래도 저 이모라는 여자가 제일 의심 간다고 했다.

"혜진아, 이모다. 혜진이 안에 있니? 구원받아야지?"

"구원 같은 소리 하고 자빠졌네."

혜진이 뇌까렸다. 자카리아는 혜진의 이모가 문을 두드리든 말든 관심 없다는 듯 거실 소파에서 이를 갈며 자고 있었다.

"물 드릴까요? 아님 음료수 드릴까요?"

혜진이 냉장고 앞에서 물었다.

"음료수 뭐 있는데?"

둥그런 식탁에 팔을 올리고 앉아 있던 수하가 물었다.

"콜라하고 사이다요. 주스 드릴까요? 오렌지 주스도 있거든요."

"콜라로 줘."

"살짝 미지근할 거예요. 전기가 끊겼거든요."

불투명한 플라스틱 컵에 콜라를 담아 수하에게 갖다 주며 혜진이 말했다.

"혜진아, 이모다. 혜진이 있니?"

혜진의 이모가 문을 두드렸다. 수하는 왠지 모르게 영화 「샤이닝」에서 도끼로 문을 내리찍는 잭 니콜슨과 혜진의 이모가 닮은 구석이 있다고 생각했다.

"전기가 끊겼다고?"

콜라를 한 입 들이켜고 나서 수하가 물었다. 아직 적당히 차가운데다 적당히 톡 쏘기까지 해서 그런지 맛이 제법 일품이었다.

"네." 혜진은 오렌지 주스가 담긴 플라스틱 컵을 들고 수하의 맞은편에 앉았다. "한두 시쯤에 잠깐 깼거든요, 자다가. 목도 마르고 화장실도 가고 싶고 해서."

오렌지 주스가 그녀의 입 속으로 빨려 들어갔다.

"처음에는 몰랐어요. 물도 차가웠고, 냉장고에서도 냉기가 나오고 있었으니까. 그런데 알고 보니 화장실 불이 안 들어오던 거 있죠? 그때 알았어요, 전기가 끊겼다는 걸."

"혜진아, 이모다. 혜진이 안에 있니? 구원받아야지?"

"솔직히 깜짝 놀랐어요."

이모의 말을 무시하고 혜진은 계속 말을 이어 나갔다.

"뭐가?"

"광인이요." 혜진은 수하를 쳐다보았다. "어제까지만 해도 그냥 멍청한…… 좀비라고 해야 하나? 그런 놈들인 줄 알았거든요. 닥치는 대로 죽이고 물어뜯고. 꼭 무슨 광견병 걸린 개처럼."

수하는 콜라를 들이켰다. 그러자 혜진도 따라서 오렌지 주스를 한입 들이켰다. 그녀가 말을 이었다.

"근데 알고 보니 그렇지 않더라고요." 혜진의 이모가 문을 두드리고는 변화가 거의 없다시피 한 대사를 내뱉었다. "말을 하기 시작했어요."

수하는 혜진의 말을 어떻게 받아들여야 할지 혼란스러워졌다. 그녀는 혜진의 이모가 머리에 총 맞은 앵무새처럼 멍청하게나마 말을 할 수 있는 것은 단지 다른 광인들보다 머리가 약간 더 좋기 때문일 것이라고 생각하던 참이었다. 하지만 다른 광인들도 말을 할 줄 안다면 그건 분명 문제였다. 그리고 자기가 아는 사람 집에 가서 노크하고 불러낸다니.

"그럼 너희 이모 말고도 말을 할 줄 아는 광인이 더 있다는 거네?"

"네." 혜진이 고개를 끄덕였다. 그러고는 오렌지 주스가 3분의 1 정도 남아 있는 컵을 내려다보며 이렇게 덧붙였다. "그리고 저 여자는 제 진짜 이모가 아니에요."

똑, 똑, 똑.

“혜진아, 이모다. 혜진이 안에 있니?”

“아마 8시 즈음이었을 거예요. 자카리아 아저씨가 저한테 묻더라고요. 어디서 사람 소리 안 들리느냐고. 전 아저씨가 잘못 들은 줄 알고 아무것도 안 들린다고 했는데, 갑자기 누가 문을 두드리더라고요.” 그녀는 남은 오렌지 주스를 마저 해치웠다. “그래서 확인해 봤더니 글쎄, 옆집 아줌마였던 거 있죠? 신기했어요. 그러면서 한편으로는 너무 무서워서 까무러칠 것만 같았어요. 어찌나 말을 잘 하던지 같은 말만 반복하지 않았어도 문 열어줄 뻔했다니까요.”

“혜진아, 이모다. 혜진이 안에 있니? 구원받아야지?”

“그래서 어떻게 됐는데?”

수하가 물었다.

“모른 척했어요, 그냥. 저러다 가겠지 하고 다시 방으로 들어갔거든요. 솔직히 맨주먹으로 아파트 문을 부술 수 있는 것도 아니잖아요? 지들이 무슨 터미네이터도 아니고. 그래서 그냥 무시했어요. 저도 참 웃긴 게 그때는 자고 싶단 생각밖에 안 들었거든요. 아무래도 자카리아 아저씨가 있어서 안심이 됐던 것 같아요.” 혜진의 대답이었다. 그러고 나서 그녀는 수하에게 이렇게 물었다. “그래서 아주머니는 오늘 가실 거예요?”

“응.” 수하는 고개를 끄덕였다. “난 이미 마음을 정했어. 오늘 무슨 일이 있어도 난 안강으로 갈 거야.”

“하지만……”

“위험하단 거 나도 알아. 어쩌면 죽을지도 모르고. 그래도 어쩔 수 없어. 왠지 알아?" 혜진은 고개를 저었다. "내 딸이 혼자 있거든. 그게 다야."

그렇게 말하고 나서 수하는 자기 몫의 컵을 깨끗이 비웠다.

2

해가 지고 어슴푸레한 황혼이 하늘을 뒤덮기 시작하면서 한때는 혜진의 이웃집 이모였지만, 이제는 그저 한 명의 미치광이 광신도일 뿐인 여자는 조용히 사라졌다. 수하는 그녀가 단념했나 보다고 생각했다. 왜냐면 그야 당연히 밤이 오고 있었으니까. 내일도 힘내서 사람들을 괴롭히려면 이쯤에서 녀석들도 휴식을 취해야 하지 않겠는가? 야행성이 아닌 이상 밤에 잠을 자는 건 당연한 이치였다.

오후 6시 즈음 잠에서 깬 자카리아는 대뜸 부목을 댄 수하의 왼쪽 다리부터 살펴보더니 이렇게 물었다.

"뼈가 잘 붙어야 할 텐데……. 아프진 않아요?"

그는 '프'를 '푸'에 가깝게 발음했다. 수하의 대답은 긍정적이었다. 그녀의 생각대로 부목은 자카리아의 작품이었다. 압박 붕대와 진통제는 어디서 났냐는 수하의 질문에 자카리아는 약국에서 슬쩍했노라고 답했다.

"뼈가 자리를 잡아야 할 텐데. 걱정이에요."

자카리아가 다시 소파에 앉으며 말했다. 그가 손전등 스위치를 내리자 집안이 금세 암회색 어둠으로 가득 찼다.

"놈들이 한 명도 없어요."

베란다에서 혜진이 말했다. 그녀는 커튼 뒤에 숨어 거리를 살펴보던 중이었다.

"없다고?"

자카리아가 되물었다.

"네. 깨끗해요." 혜진은 거실로 돌아왔다. 그러고는 두 사람을 상대로 물었다. "모두 어디로 사라진 걸까요?"

옅은 어둠 속에서 자카리아가 수하에게 눈길을 보냈다. 그래서 수하는 혜진에게 눈길을 보냈고, 혜진은 다시 두 사람에게 눈길을 보냈다. 결국 입을 연 사람은 수하였다.

"자러 간 거 아닐까?"

"어디로요?"

혜진이 반문했다. 자카리아는 어둑어둑한 형체만 남은 텔레비전을 뚫어져라 응시하고 있었는데, 마치 머릿속으로 나름의 가설을 세우는 듯한 모양이었다.

"그건 나도 모르지."

수하는 어깨를 으쓱했다. 마침내 자카리아가 입을 열었다.

"적어도 혼자 움직이지는 않을 거예요."

수하와 혜진은 동시에 그를 쳐다보았다.

"그게 무슨 소리예요?"

수하가 물었다.

"다른 건 몰라도 저 사람들 그…… 그…… 막 혼자 행동하는 건데……"

"개인행동이요?"

혜진이 거들어주었다. 그러자 자카리아는 손뼉을 한번 치더니 오른쪽 검지로 두 사람을 번갈아 가리켰다.

"그래, 개인행동! 다른 건 몰라도 저 사람들 개인행동은 하지 않을 거야."

"왜 그렇게 생각하세요?"

혜진이 물었다. 수하는 '저 사람들'이라는 부분을 지적하려다 그냥 참기로 했다. 그런 식의 논쟁은 괜히 트집을 잡는 것이나 별반 다를 게 없었으니 말이다. 어둠 속에서 자카리아의 눈동자가 반짝거렸다.

"그건 나도 잘 몰라. 그런데 상식적으로 생각해 보면 그렇지 않을까?"

"인간은 사회적 동물이니까."

수하의 말에 자카리아는 고개를 끄덕였다.

"맞아요. 인간은 사회적이니까요."

"하지만 저 놈들은 인간이 아니잖아요?"

혜진이 눈을 동그랗게 뜨고 반기를 들었다. 자카리아는 답답하다는 듯 한숨을 쉬며 부엌 쪽으로 고개를 돌렸다. 베란다 너머 어디선가 고양이 울음소리가 들려왔다.

"죄송해요. 제가 잠시 흥분했었나 봐요."

혜진이 사과했다.

"괜찮아. 이해 못 하는 거 아냐."

자카리아가 손사래를 쳤다. 수하도 동감이었다.

"그럼 이제 어떡하죠? 아저씨 말대로 저 놈들이 개인행동을 하지 않는다면 그건 정말…… 위험할 수도 있다는 거잖아요?"

"그럴 수도 있다는 거지 꼭 그렇다는 건 아냐."

허벅지에 팔꿈치를 얹고는 상체를 앞으로 숙이며 자카리아가 말했다.

"그럼 개인행동을 하지 않는다는 가정하에 놈들이 모두 어디로 사라진 것 같아요?"

잇따른 혜진의 질문에 수하는 문득 어제 일이 떠올랐다. 그녀가 혜진의 집으로 오는 동안, 거리에는 그들 말고 아무도 없었다. 광인도, 사람도, 심지어 쓰레기 더미를 찾아 어슬렁어슬렁 돌아다니는 고양이 새끼조차도. 마치 그녀를 제외한 포항의 생명체가 모조리 증발하기라도 한 듯 당시 거리는 황량하리만치 비어 있었다. 그리고 수하는 이제야 그 이유를 알 것 같았다.

"어쩌면 놈들한테 귀소본능이 있을지도 몰라." 수하가 말했다. 혜진과 자카리아는 무슨 말을 하는지 도통 이해가 안 간다는 표정으로 수하를 쳐다보았다. 수하의 시선이 베란다를 등지고 서서 시커먼 형체만 남은 혜진에게로 향했다. "어제 놈들이 몇 시쯤에 사라졌었는지 기억나니?"

"글쎄요. 한…… 다섯 시 반이었나?"

"여섯 시가 거의 다 됐을 때였어요."

수하와 혜진은 자카리아를 쳐다보았다.

"확실해요?" 수하의 물음에 자카리아는 고개를 끄덕였다. "그렇담 오늘도 아마 6시 즈음에 사라졌을 거예요. 귀소본능의 핵심은 단어 그대로 귀소거든요."

수하는 상체를 앞으로 내밀었다.

"그러니까 제가 하려는 말은 이거예요. 놈들도 결국에는 동물이라는 거죠. 생각해 보면 그렇잖아요? 불면증이 아닌 다음에야 24시간 내내 활동할 수 있는 동물은 이 세상 어디에도 없어요. 거기다 자카리아 씨 말 대로 놈들이 무리지어 다닌다면 답은 하나예요." 수하는 두 사람을 번갈아 보았다. 어느새 혜진은 자카리아의 옆에 앉아 있었고, 자카리아는 "그거 참 흥미롭네요."라고 말하는 듯한 표정으로 수하를 쳐다보고 있었다. 수하는 말을 이었다. "아마 놈들에게는 보금자리 같은 곳이 따로 있을 거예요. 그리고 일몰 시간이 되면 단체로 그리로 몰려갈 거고요. 거기서 자기들끼리 밤을 보내고, 날이 밝으면 다시 우르르 몰려나와서 활동을 시작하는 거죠. 물론 어디까지나 제 추측이고 또 아직 단정 짓기에는 이른 것도 사실이지만, 그래도 놈들이 어디선가 밤을 보낸다는 것만큼은 확실해요."

달빛을 머금은 침묵이 그들에게로 내려앉았다. 마치 여기서 아무리 떠들어봐야 확실한 건 아무것도 없음을 은연중에 인정하기라도 하듯 그들은 입을 열지 않았다. 결국에는 직접 겪어봐야 알 일이었다. 왜냐면 그들은 이제 막 이틀째 날을 보내고 있었고, 광인들에 대해서 실제로 아는 것이라고는 몇 가지 안 됐으니 말이다.

"10시 정각에 전 안강으로 떠날 거예요."

수하는 진담이었다. 8시 30분이 조금 넘었을 때였고, 혜진은 그녀를 말리는 대신 협상을 시도했는데 내용인즉 여기서 5분 거리에 있는 작은 교회에 잠시 들렀다 가자는 것이었다. 수하는 내색하지는 않았지만, 혜진이 그런 부탁을 한 이유가 무엇인지 알고 있었다. 종교에 목숨을 건 광신도라 할지라도 부모는 부모 아니겠는가? 부모와 자식 간의 보이지 않는 쇠사슬은 절대 끊을 수 없는 법이다.

자카리아는 교회까지만 동행하기로 했다. 겉으로 티를 내지 않았을 뿐이지 실은 그 역시도 그날 밤에 떠날 작정이었던 것이다. 마치 스스로를 변호하기라도 하듯 그는 이렇게 덧붙였다.

“제 가족이 방글라데시에 있어요.”

수하는 그를 이해했다. 그녀에게도 한때는 가족이 1순위였던 시절이 있었으니 말이다.

9시 정각에 그들은 식탁에 둘러앉아 늦은 저녁식사를 해결했다. 양초의 불꽃이 어둠을 일소해준 덕분에 분위기는 한결 밝아지긴 했지만, 그들은 식사 내내 한마디도 하지 않았다.

세 사람 모두 나무껍데기 씹는 표정이었다.

3

첫 번째 목적지, 그러니까 혜진이 잠시 들렀다 가길 원한 교회는 가까운 초등학교 바로 뒤편에 있었는데, 모르는 사람이 본다면 이게 교회인가 싶을 정도로 평범하게 생긴 3층짜리 건물이었다(그 흔한 십자가 달린 첨탑도 없었다.). 수하의 손전등 불빛이 교회 간판을 비추었다. 파란 간판에는 하얀 글씨로 하느님의 교회라고 적혀 있었고, 그 아래에는 작게 선교회라고 적혀 있었다. 수하는 손전등 스위치를 내렸다. 첫 혼란의 비바람이 몰아칠 당시 이곳 주민들은 방주에 오르지 못한 듯 생명의 흔적은 어디서도 보이지 않았다.

"여기니?"

수하가 물었다. 자카리아는 영 경계심이 가시지 않는 듯 주변을 두리번거리기 바빴다.

"네. 여기예요."

혜진이 대답했다. 그녀는 손전등으로 교회 유리문을 비추고 있었는데, 수하는 유리문에 찍혀 있는 붉은 손자국을 보고 혜진이 경기를 일으키지는 않을까 걱정이 되었다. 혜진이 입술을 적셨다. 수하는 그녀의 손을 잡아주었고, 혜진의 시선이 수하에게 꽂혔다.

"같이 가줄까?"

"아뇨." 혜진이 멋쩍은 미소를 지으며 고개를 저었다. "괜찮아요. 저 혼자 갔다 올게요."

그리고 그녀는 다시 교회 간판으로 눈길을 돌렸다. 하지만 그녀의 오른손은 수하의 손을 놓지 않으려 했다. '애는 지금 망설이고 있어. 마음의 준비가 안 된 거라고.' 수하는 생각했다.

"아줌마가 같이 가줄까?"

"아니에요. 괜찮아요, 정말."

혜진은 마치 불 속으로 뛰어들기 전 두려움을 짓누르는 소방관처럼 숨을 깊이 들이마셨다 내쉰 뒤 천천히 첫 발을 내디뎠다. 수하는 그녀가 걱정스러웠지만, 그렇다고 도와줄 방도가 있는 것은 아니었다. 더군다나 휠체어 신세로는. 혜진은 위아래가 길쭉한 문손잡이를 움켜쥐었다.

"금방 갔다 올 테니 여기서 기다리세요."

그리고 그녀는 괴물의 목구멍 속으로 사라졌다.

이쪽 거리는 마치 7, 80년대 미국 서부 영화 하면 흔히 떠올리는 유령마을처럼 한산하고 음침한 분위기였다. 아니, 어쩌면 한산하다는 표현이 잘못된 것일지도 모르겠다. 사실 알고 보면 거리가 텅 빈 건 아니었으니 말이다. 엄밀히 말하면 거리는 가득 차 있었다. 각종 쓰레기와 잔해와 시체들로…….

'세상이 얼마나 잘못된 걸까? 도대체 어디까지 잘못된 걸까?' 문득 수하는 의문이 들었다. '그 광인이란 녀석들은 어디로 사라진 걸까? 정말 귀소본능에 따라 집으로 돌아간 걸까? 고작 잠자러? 희정이는 지금쯤 뭘 하고 있을까? 날 기다리고 있을까? 내가 자기 엄마라는 건 알고 있을까?' 한숨 소리. '쉿. 그만. 모르면 가서 알려주면 돼. 내가 네 엄마다, 내가 네 엄마라고……'

"아무래도 들어가 봐야겠어요."

그녀의 뒤에서 초등학교 방향을 살피던 자카리아가 느닷없이 말했다.

"그러지 말고 조금만 더 기다려 봐요. 때 되면 나오겠죠."

"벌써 30분이나 지났어요."

자카리아의 말에 수하는 목덜미와 팔뚝의 솜털이 곤두서는 것을 느꼈다. 아무리 시간은 상대적이라지만, 벌써 30분이나 지났다는 게 믿기지 않았다. 그리고 그보다 더 믿기 어려운 것은 그 30분이라는 시간 동안 혜진이 나오지 않았다는 것이었다. 만약 저 안에 광인들이 숨어 있었다면 혜진은 나왔어도 벌써 나왔을 터였다. 하지만 수하와 자카리아는 그녀가 들어가는 것만 봤지 나오는 것은 본 적이 없었다. 마치 지뢰를 밟은 것처럼 느낌이 좋지 않았다. 아무래도 누군가 들어가서 확인해 봐야 할 것 같았다.

"여기 계세요. 들어가서 확인하고 올 테니."

그렇게 말하고 나서 자카리아는 교회 안으로 터벅터벅 걸어 들어갔다. 설인의 입김처럼 싸늘한 밤바람이 수하의 목덜미를 핥고 지나갔다. 양 팔에 소름이 돋았다.

거리에 혼자 남은 지 10분 남짓 지났을 무렵 어두컴컴한 형체 하나가 교회 문을 열고 나왔다. 물론 자카리아였다. 수하는 맥이 풀린 그의 발걸음과 축 처진 어깨를 보고 우려하던 일이 현실이 되었음을 알아차렸다. 자카리아가 고개를 천천히 저으며 손바닥만 한 종이 한 장을 내밀었다. 수하는 그에게서 종이를 건네받고는 손전등을 켜 정체가 뻔한 종이의 낯짝을 확인해 보았다. 작고 예쁜 글자로 써내려간 메모였다.

죄송해요, 아주머니.

전 아주머니를 안강까지 모셔다 드리지 못할 것 같아요.

부모님이 돌아가셨거든요. 그리고 저도 솔직히…… 자신이 없어요.

정말 죄송해요, 아주머니. 전 여기 엄마 아빠랑 남아야 할 거 같아요.

죄송하다는 말 말고는 드릴 말씀이 없네요.

죄송해요, 아주머니.

죄송해요, 자카리아 아저씨.

P.S

꼭 따님 찾길 바랄게요.

종이 곳곳에는 젖은 자국이 있었는데, 혜진의 눈물 같았다. 수하는 너무 급작스러운 상황에 이 모든 게 장난이길 바랐다. 자카리아를 바라보니 그는 다시 한 번 조용히 고개를 저었다.

"손목을 그었더라고요. 유리조각으로……."

손전등을 쥔 수하의 오른손이 부들부들 떨렸다. 수하는 문득 7년 전에 가졌던 의문이 떠올랐다. '과연 이 세상에 농담처럼 쉽게 받아들일 수 있는 죽음이 있을까?'

수하의 손전등 불빛이 큼지막하게 하느님의 교회라고 적혀 있는 유리문을 비추었다. 언제부터 거기 있었는지는 모르겠지만, 유리문 아래에는 혜진의 가방이 놓여 있었다.

두 사람이 다시 움직이기 시작한 건 그로부터 20분이 흐른 뒤였다. 자카리아는 혜진을 대신하여 수하를 안강까지 데려다 주기로 했다. 그러면서 그는 "내일 달이 뜨면 저도 떠날 거예요."라고 덧붙였는데, 외국인 입에서 좀처럼 나오기 힘든 시적인 표현이라고 수하는 생각했다. 혜진의 가방에서 진통제를 꺼내 건네주는 자카리아에게 수하는 고맙다고 말했다.

포항 시외버스 터미널과 7층짜리 대형 마트가 위치한 사거리는 아수라장이었다. 뒤집힌 시내버스 3대가 연달아 길을 막고 있는가 하면 서울행 고속버스는 무슨 코끼리 사촌쯤 되는 듯 아예 사거리 한 복판에 드러누워 있었다. 대형 폐차장이 따로 없을 지경이었다.

충돌 사고 현장이 끊임없이 이어졌다. 희생양은 대부분 자가용과 택시들이었고, 때때로 중간에 오토바이나 자전거가 끼어 있기도 했다. '외제차 주인들은 피눈물 좀 흘렸겠네.' 수하는 생각했다.

한전 앞 교차로도 전쟁터이기는 마찬가지였다. 교차로 왼쪽 모퉁이에 위치한 자동차 대리점 건물은 폭격을 당하기라도 한 듯 유리창이 모두 깨진 채였고, 심지어 불에 탄 흔적도 남아 있었다. 교차로를 점령한 자동차 무리는 이곳이 대형 주차장이라는 착각마저 들게 할 정도로 어마어마한 규모를 자랑했다. 옅은 기름 냄새가 공기 중에서 느껴졌다. 수하는 교차로가 대형 주차장으로 바뀌는 과정에서 발생한 수많은 교통사고의 후각적 흔적일 것이라고 생각했다. 두 사람은 보도를 따라 기름 냄새가 진동하는 교차로를 지나 대잠사거리로 향했다. 곳곳에 널브러져 있는 시체들이 두 사람에게 손짓을 해 댔다.

한전 앞 교차로에 비하면 그나마 깨끗한 축에 속하는 대잠사거리에서 자카리아가 물었다.

"어디로 가야 해요?"

수하는 남쪽을 가리켰다.

"저쪽이요."

두 사람은 횡단보도를 건넜다.

20분쯤 걷자 효자삼거리와 함께 거대한 아파트 단지가 어둠 속에서 위용을 드러냈다. 그런데 모습을 드러낸 건 그뿐만이 아니었다. 아파트 단지로 들어선 지 1분도 안 되어서 두 사람의 눈앞에 꽤 많은 수의 피난민 무리가 나타났던 것이다. 아마도 이 아파트 단지의 생존자들인 듯싶었다.

마치 합동 영결식이라도 치르는 듯 손전등 행렬이 연이어 그들 앞을 지나갔다. 피난민들은 보통 가족 단위로 움직였는데, 물론 그들 중에도 혼자 다니거나 수하와 자카리아처럼 둘이 다니는 사람들도 제법 있었다. 하지만 대다수는 셋 이상이었다.

"아주머니 생각은 어때요? 저 사람들하고 같이 다니는 게 좋을 것 같아요?" 자카리아가 물었다. 두 사람은 잠깐 이동을 멈추고 저들의 동향을 살피는 중이었는데, 모두들 하나같이 남쪽으로 움직이고 있었다. "아주머니?"

"일단 같이 다니는 게 좋을 것 같아요. 저 사람들한테서 무슨 정보를 얻을 수도 있고, 어차피 안강으로 가려면 이 길을 지나야 하거든요."

그리하여 두 사람은 다시 움직이기 시작했다.

그들에게 처음 말을 건 사람은 50대 중반의 한 남자였다. 그는 아들로 보이는 젊은 청년과 동행하고 있었는데, 둘 다 낯빛에 생기가 서려 있는 게 이 세상 사람이 아닌 것 같았다. 수하는 진심으로 그들을 경계했다.

"저기 실례합니다만, 혹시 이 휠체어 어디서 났는지 물어봐도 되겠습니까?"

'실례는요 무슨. 벌써 물었으면서.'

"길거리에서 주웠어요."

형식적인 미소를 지으며 수하는 대답했다.

"길거리에서요?"

"네. 버스 터미널 근처에서요."

"아, 네. 실은 저도 휠체어를 찾고 있거든요. 쇼핑카트나……. 보시다시피 제 아들 녀석 무릎이 별로 안 좋아서요."

그가 손전등으로 아들의 무릎을 비추었다. 아들은 오른쪽 무릎을 심하게 절뚝거리며 걷고 있었다.

"아, 네……." 수하는 짐짓 관심을 가져주는 척했다. 뒤에서 자카리아의 하품 소리가 들려왔다. "심하게 다쳤나 봐요?"

"네. 어렸을 때 놀이터에서 놀다가 떨어졌거든요. 정글짐이었나? 그네였나?"

"그만 하세요, 아버지."

아들이 불쾌하다는 듯 말하곤 수하를 흘겨보았다.

"아주머니는 다리가 왜 그렇습니까?"

50대 아버지가 물었다.

"차 사고 때문에요."

수하의 짤막한 대답. 그때 한 여인이 다가오더니 그들에게 다짜고짜 사진과 손전등을 들이대며 이렇게 물었다.

"이렇게 생긴 아이 못 보셨어요? 이렇게 생긴 아이 못 보셨어요?"

사진 속에는 7살쯤 되어 보이는 여자아이가 노란 풍선을 들고서 있었다. 수하는 문득 희정이 떠올라 가슴이 미어졌지만, 그 여인을 동정하지는 않았다.

"죄송해요, 못 봤어요."

수하의 대답이었다. 그러자 여인은 자카리아를 쳐다보았다. 자카리아는 입술을 열기도 버겁다는 듯 고개를 젓는 것으로 대답을 대신했다. 따라서 다음 질문 상대는 자연스레 50대 아버지와 절뚝거리는 아들이 되었다.

"이렇게 생긴 아이 못 보셨어요? 제 딸아인데……"

"죄송합니다, 아주머니. 저흰 그런 애 못 봤습니다."

"저도요."

그들에게서 원하는 대답을 얻지 못한 여인은 절망적인 표정을 지으며 어디론가 달려갔다. 아마 다른 피난민들에게 자신의 고통을 호소하러 가는 것이리라. 수하는 가슴이 떨렸다. 저 여인이 마치 "희정아! 희정아!"라고 외치는 것 같았기 때문이다.

"딱하기도 하셔라."

자카리아가 혀를 찼다.

"우리말 할 줄 알아요?"

50대 아버지가 물었다. 자카리아는 고개를 끄덕였다.

"한국에서 5년 살았어요."

"이야, 5년 산 것치곤 발음 괜찮은데요?"

자카리아는 씩 웃는 것으로 대답을 대신했다.

50대 아버지의 이름은 박동철이었고, 그는 20년 전에 사별한 아내를 대신해 지금껏 아들을 홀로 키워 왔다고 했다. 곰돌이 푸를 떠올리게 하는 푸근한 인상과 땅딸막한 체구와 달리 몸은 단단하고 강인해 보였다. 그러나 부자 관계가 대개 그렇듯 아들과는 말을 잘 나누지 않았다.

첫 아파트 단지를 떠난 지 5분 정도 되었을 때 네 사람 앞에 두 번째 아파트 단지가 모습을 드러냈다. 길 우측으로 7번 국도가 길게 늘어서 있었는데, 역시 버려지고 망가진 차들로 도로는 엉망이었다. 멀쩡한 차도 많았지만 이 아수라장에서 차를 운전할 수는 없어 보였다. 수하는 도로 위에 쓸쓸히 남겨진 차들을 바라보며 세상이 다시 정상으로 돌아간다면 보험사 대부분이 골머리를 앓을 것이라고 생각했다.

네 사람은 차도 건너편에 위치한 휴게소에서 잠시 쉬다 가기로

했다. 휴게소 문은 활짝 열려 있었다. 네 사람은 안으로 들어가 각자 적당한 위치에 자리를 잡았다. 자카리아는 가동을 멈춘 냉장고로 가서 탄산음료와 생수 한 병을 꺼내 왔고, 동철 부자는 스낵 코너에서 간단한 요깃거리를 몇 개 챙기려는가 싶었지만, 남아 있는 것이라고는 마른오징어 한 마리가 전부였다. 자카리아가 수하에게 생수를 건넸다. 수하는 계산대 근처에서 피난민 행렬을 지켜보던 참이었다.

네 사람은 손전등을 끈 채 한동안 말없이 거리를 내다보기만 했다. 피난민들의 수는 점점 줄어들고 있었다. '저 사람들은 어디로 가는 걸까? 안강으로 가는 사람도 있을까?' 그녀는 생각했다. 그때 한 여인이 수하의 눈에 들어왔다. 「이상한 나라의 엘리스」에 나오는 토끼처럼 이리저리 분주히 뛰어다니는 여인. 지나가는 사람들한테 마다 손전등과 사진을 들이대며 "이렇게 생긴 아이 못 보셨어요? 이렇게 생긴 아이 못 보셨어요?"라고 묻는 여인…….

수하는 고개를 돌렸다. 그때 동철이 입을 열었다.

"두 분은 어디로 갑니까?"

"안강이요."

수하가 짤막하게 대답했다.

"안강이요?"

"네."

수하는 동철이 묻지만 않는다면 딸 얘기는 꺼내지 않을 심상이었다.

"거기까진 왜요?"

"그냥……. 꼭 만나야 할 사람이 있거든요."

"중요한 사람인가 봐요?"

"네. 많이요."

수하는 고개를 끄덕거렸다. 그리고 다시 침묵. 탄산음료를 마신 자카리아의 트림 소리. 동철이 마른오징어를 뜯어 먹는 소리. 침묵 덩어리 동철의 아들.

3분 후 동철이 다시 말문을 열었다.

"저기 이런 질문 드려도 될지 모르겠지만, 혹시 아이는 없습니까?"

"있어요."

수하가 딱 잘라 대답했다.

"그래요?"

동철이 되물었다.

"네."

"아저씨는 어디로 가는데요?"

"저흰 부산으로 가는 중입니다."

"부산이요?"

"네." 그렇게 대답하고 나서 동철은 물을 한 모금 들이켰다. 자카리아는 사뭇 진지한 얼굴로 동철의 말을 귀담아 들었다. "오늘 오전에 라디오에서 들은 게 있거든요."

생각을 정리하려는 듯 동철은 잠깐 말을 멈추었다.

"배가 있답니다. 라디오 뉴스 진행자 말에 따르면 생존자들을 구조할 목적으로 군에서 운용하는 배라던데, 오직 건강한 비감염자들한테만 승선이 허용될 예정이라고 하더군요. 오늘부터 매일 낮 12시마다 부산 연안 여객터미널에서 제주도로 생존자를 이송한다더군요."

"제주도요?"

수하가 물었다. 동철은 고개를 끄덕였다.

"네. 제주도요."

"기한은요? 아무리 생존자들을 구조할 목적이라고 해도 1년 내내 배가 다니지는 않을 것 아니에요?"

"그 부분에 관해서는 별 말이 없었습니다. 그냥 출발 시간만 알려줬지 그 외에는 별다른 얘기가 없었거든요."

"혹시 그 라디오 방송 채널 몇 번이었는지 기억나요?"

수하의 질문이었다.

"아뇨. 그건 정확히 기억 안 납니다. 저도 채널 돌리다가 우연히 들은 거라."

"그럼 제주도는 괜찮다는 말인가요?"

자카리아가 끼어들었다.

"단정 짓기는 이르지만 아무래도 그런 것 같아요. 제주도에서는 아직 감염 사례가 한 건도 보고되지 않았다고 했으니까."

수하는 그 말이 사실이길 바랐다. 그러면서 한편으로는 왜 감염 사례가 제주도에서는 한 건도 보고되지 않은 건지 이해가 가지 않았다. 그녀는 다시 동철을 보았다.

"저기, 혹시 사람들이 왜 그렇게 변했는지 아세요?"

그녀의 물음에 동철은 한숨부터 내쉬었다. 옆에서 자카리아가 껌 포장지를 뜯는 소리가 들렸다. 동철의 아들은 화장실에 다녀오겠다면서 자리를 비운 상태였다.

"글쎄요. 거기까지는 확답을 못 드리겠네요. 저도 라디오로 들기만 한 처지라." 동철이 자기도 좀 알고 싶다는 듯 수하를 바라보았다. "어떤 인간은 그것들 생김새를 가리켜서 구제역이 한몫했을 거라고 하고, 또 어떤 인간은 근래 들어서 이렇게 높은 전파력을 가진 전염병은 신종 플루밖에 없었다면서 신종 플루가 분명 원인일 거라고 말하기도 하고. 말들이 다양해요."

"구제역하고 신종 플루요?"

"네. 그렇게 추측하더라고요, 다들. 뭐, 개네들 입 주변에 물집이 그렇게 잡혀 있는 거 보면 썩 틀린 말은 아닌 것 같기도 하고요."

수하는 문득 어제 자신이 처리한 광인에게 생각이 미쳤다. 워낙 순식간에 일어난 일이라 뚜렷이 기억나지는 않지만, 한 가지 확실한 것은 그 광인의 입 주변에도 크고 작은 수포들이 마치 시체에 달라붙은 따개비들 마냥 군집해 있었다는 것이었다.

"구제역 가축 매몰지에서 뭔가 문제가 생긴 게 확실해요. 말이 좋아서 확산방지가 최우선이지 기본적인 절차는 하나도 지키지 않고 막무가내로 파묻기만 파묻고. 결국 보십쇼. 우리한테 다 돌아왔잖습니까, 그 피해가? 이게 어디 말이나 된답니까? 구제역 때문에 사람이 미치다니 나 참 기가 막혀서."

동철이 격분하여 말했다. 수하는 언젠가 텔레비전에서 구제역 침출수로 인해 환경재앙이 초래될 수도 있다는 말을 들은 적이 있었다. 물론 광인과 구제역 침출수 사이에 직접적인 연관이 있다고는 할 수 없었지만, 그렇다고 소위 광인 사태가 재앙이 아닌 것도 아니지 않은가? 오히려 광인 사태가 환경재앙보다 훨씬 심각한 재앙일 터였다. '마구잡이식 살처분에서 비롯된 광인병.' 수하는 생각했다.

그새 단물이 다 빠진 듯 자카리아가 문밖으로 껌을 퉤 뱉더니 새로운 껌 하나를 입에 넣었다.

"좀 줄까요?"

그가 물었다.

"아뇨, 괜찮아요. 껌 씹으면 턱 아파서요." 수하는 고개를 저었다. 대신 그녀는 다른 것을 요청했다. "진통제 하나만 줄래요? 좀 전까지는 괜찮았는데 또 아프기 시작하네요."

두 사람은 동철 부자와 강동까지만 동행하기로 했다. 부산을 행선지로 잡은 동철 부자는 중간에 경유지로 경주를 거칠 생각이었기 때문이다. 수하는 굳이 그럴 필요가 있을까 싶었지만, 직접적으로든 간접적으로든 알려 하지는 않았다. 세상에 길은 많고, 이유와 핑곗거리도 그만큼 넘쳐나니 말이다.

일행은 7번 국도를 따라 계속 직진했다. 우측으로 연일읍과 철도가 보였고, 좌측으로는 유령 같은 피난민들의 손전등 불빛과 약간 높은 언덕이 보였다. 만일 누군가 저 언덕의 정상을 정복한다면 형산강 직할하천을 한눈에 내려다볼 수 있으리라.

'꼭 도깨비들이 단체로 이동하는 것 같네.' 피난민들의 손전등 불빛을 바라보며 수하는 생각했다. 왼쪽 다리의 통증이 다시 가라앉고 있었다.

그들이 첫 이정표를 발견한 건 그로부터 약 30분 정도 지났을 무렵이었다. 일행은 차도 우편으로 건너가 이정표의 내용을 확인해 보았다(차량 한 대가 중앙분리대를 뚫고 지나간 덕분에 건너는 데는 아무 문제가 없었다.). 거기에는 이렇게 적혀 있었다. '울산 경주 포항IC 전방 300미터' 그리고 바로 여기서부터 차도가 두 갈래로 나뉘었다. 수하의 기억에 따르면 왼쪽 길은 유강 터널이 뚫려 있는 산을 빙 도는 2차선 도로였고, 오른쪽 오르막길은 유강 터널로 이어지는 7번 국도였다. 따라서 그들이 가야 할 방향은 이미 정해져 있는 것이나 다름없었다. 그도 그럴 것이 우측 오르막길로 이동하면 꼼짝없이 터널을 지나야 할 수밖에 없는데, 이 상황에 멀쩡한 길을 놔두고 터널을 선택할 멍청이는 없을 테니 말이다.

마치 거대한 지네처럼 머리 위에 우뚝 서 있는 유강과선교를 지나 얼마간 걷자 길 왼편으로는 낚시꾼들을 위한 것으로 보이는 기다란 주차장이, 오른편으로는 영원히 기차가 달리지 않을 철도가 나타났다. 몇몇 피난민들이 조를 이루어 버려진 차량들을 뒤지고 있었다. 그들은 신사답게 차를 여는 법을 모르는 듯한 모양새였는데, 그럴 법도 했다. 열쇠가 없어서 끌고 다니지도 못할 차량에서 건질 것이라곤 차주가 습관처럼 쌓아놓은 동전 몇 개와 지폐 몇 장과 유통기한이 지나거나 임박한 껌이 전부일 테니 말이다. 한 피난민이 들고 있던 쇠 지레로 버려진 세단의 사이드미러를 부수더니 욕지거리를 해 댔다.

길에는 생명의 흔적은 남아 있지 않았지만, 죽음의 잔재는 차고 넘쳤다. 문신처럼 찍혀 있는 핏자국과 피의 족적들. 뜯어 먹히다 버려진 듯 곳곳에 널려 있는 팔 다리와 갈가리 찢긴 뱃가죽 사이로 구불구불한 내장을 드러낸 채 죽어 있는 몸뚱이들. 마지막 순간 가장 절실히 원한 게 화장실이었던 모양인지 똥오줌을 지린 채 엎어져 있는 머리 없는 남성. 어디선가 더는 못 참고 토악질을 해대는 소리가 들려왔다. 그러자 그게 신호탄이 된 듯 곳곳에서 피난민들이 그날 먹은 것들을 게워내기 시작했고, 수하는 이 아수라장에서 벗어날 수만 있다면 영혼도 팔 수 있을 것 같다고 생각했다.

부딪치고, 뒤집히고, 망가진 차량들을 지나 좀 더 걷자 길 오른쪽으로 형강리라는 작은 마을이 나타났다. 거주하는 주민이라곤 거동에 한계가 있는 노인들이나 쥐꼬리만 한 마을에서 대장질하기 좋아하는 겁쟁이들밖에 없을 것처럼 생긴 마을이었는데, 수하가 그 마을에 눈길을 준 이유는 딱 한 가지였다. 누군가 혼란을 기회 삼아 평소 악감정을 갖고 있던 집에 불을 지른 듯 주택 하나가 샛노란 불길에 휩싸여 있었던 것이다. 바람을 타고 날아든 짙은 탄내에 수하와 자카리아는 코를 막았다. 반면 동철 부자는 코를 한 번 훌쩍이기만 할 뿐이었다.

"누군지 몰라도 평소 불만 더럽게 많았나 봐요."

동철이 말했다.

"글쎄요. 어쩌면 돈 못 받은 빚쟁이가 지른 걸 수도 있죠." 자카리아였는데, 한 손으로 코를 막고 있어서 그런지 우스꽝스러운 코맹맹이 소리가 났다. "빨리 가요. 이러고 있다 날 새겠어요."

그들은 다시 이동하기 시작했다. 길이 세 갈래로 나뉜 건 형강리 마을을 떠나 1킬로미터 정도 걸었을 때였다. 일행은 걸음을 멈추고 주위를 둘러보았다. 수하의 손전등 불빛이 가운데로 뻗은 길과 오른쪽 길 사이에 세워져 있는 유금강정길 표지판과 동강서원 표지판을 비추었고, 어디로 가야 할지 생각하고 있던 바로 그때 길 왼편에서 갓난아이의 울음소리가 들려왔다. 일행의 눈길이 일제히 그쪽으로 향했다. 알고 보니 많아 봐야 이십대 초반인 듯싶은 젊은 여자가 소방도끼를 든 젊은 남자의 보호를 받으며 칭얼대는 아이를 달래고 있었던 것이다. 느닷없는 갓난아이의 울음소리에 피난민들이 못해도 한 번씩은 그 젊은 부부를 훑으며 지나갔다. 그런데 그것이 젊은 남편에게는 지독히도 불만인 모양이었다.

"뭘 보노? 아 우는 거 처음 보나!"

"그만 해, 자기야. 놀라서 더 울잖아?"

젊은 아내가 겁먹은 목소리로 말했지만, 남편의 귀에 들어올 리 만무했다. 그들을 쳐다보며 지나가던 피난민 몇이 도끼를 들고 달려오려는 젊은 남편의 몸짓에 고개를 홱 돌리며 걸음을 재촉했다. 젊은 남편이 온갖 욕설을 내뱉으며 몸을 돌렸다.

"그래서 어느 길로 가야 해요?"

뒤에서 자카리아가 물었다. 그제야 정신이 든 수하는 다시 한 번 손전등 불빛으로 삼거리를 훑은 뒤 버스 정류장이 있는 가운뎃길을 가리켰다. 물론 피난민들이 향하는 방향이었다.

"이쪽이요. 이쪽으로 가면 돼요."

길을 따라 500미터쯤 걸었을 때 이번에는 두 갈래로 나뉜 오르막길이 나타났다. 하지만 여기서부터는 수하도 잘 아는 길이라 따로 고민할 필요가 없었고, 그녀는 즉시 오른쪽으로 뻗은 1차선 길을 가리켰다. 그리고 오르막길 이후부터는 이 지역 사람이라면 모를 수가 없는 7번 국도가 앞뒤로 펼쳐졌다.

강동에 도착한 건 그로부터 20분이 지난 다음이었다.

"벌써 4시 다 됐네요."

자카리아가 손목시계를 들여다보더니 말했다. 그들은 강동 우체국 바로 옆에 위치한 어느 편의점에서 휴식을 갖던 중이었다. 잠을 잊으려는 듯 담배 한 대 피우고 오겠다던 동철이 안으로 들어왔다. 손님이 왔다면서 종이 짤랑거렸다.

"두 분은 안강에 바로 가려고요?"

담배 냄새를 풍기며 동철이 물었다.

"네." 수하는 끄덕거렸다. "아저씨는요?"

"저희도 가야죠, 경주로."

"설마 거기까지 걸어가려는 건 아니죠?"

"그걸 말이라고 해요? 중간에 오토바이라도 한 대 구해서 그거 타고 가볼 생각입니다."

그렇게 말하고 나서 동철은 맥주를 들이켰다. 수하는 그가 지금 꿩 대신 닭을 뜯고 있다고 생각했다.

"아주머니는요? 계속 그거 타고 갈 생각입니까?"

"일단은요."

수하는 어깨를 으쓱해 보였다. 계산대에 걸터앉아 있던 자카리아가 재채기를 했다. 그는 땅콩을 먹고 있었고, 동철의 아들은 계산대 아래 벽에 등을 기대고 앉은 채 잠을 자고 있었다.

"벌써 이틀이 지났네요, 광인들이 나타난 지."

수하가 말했다. 동철이 그녀의 말을 받았다.

"그러게 말입니다. 시간 참 더럽게 빠르죠?"

"그러게요."

수하는 마지못해 동의했다. '오늘도 희정이는 혼자겠지? 불쌍한 내 새끼…….'

"저기, 아저씨. 혹시 휴대폰 있어요?"

"아뇨, 전 휴대폰 안 씁니다."

"그럼 아드님은요?"

"얘는 정지됐습니다. 요금이 좀 밀려서……."

"아, 네……."

그녀는 씁쓸한 표정으로 고개를 끄덕였다. 아무래도 괜한 기대였나 보다.

"맥주 차가워요?"

땅콩을 씹으며 자카리아가 묻자, 동철은 빠르게 고개를 저었다.

"전혀요. 미지근해서 취하지도 않겠는데요."

"그거 잘 됐네요. 취했다간 광인들이 몰려와도 모를 테니까요."

수하가 말했다. 그러자 동철이 웃음을 터뜨렸다.

"광인들도 술에 취한 홀아비는 싫어할 겁니다. 왠지 알아요?" 수하는 콜라를 들이키고 나서 "아뇨. 왜요?"라고 되물었다. 자카리아가 두 번째 땅콩 통조림 사냥에 나섰다. 동철이 말했다. "홀아비는 술에 취하면 집착이 심해지거든요."

그 말에 수하는 어이없다는 듯 웃었다.

"그런가요?"

"그럼요. 아마 그건 기러기 아빠들도 똑같을 겁니다."

동철이 자카리아에게 시선을 옮겼다. 자카리아는 땅콩 통조림에 정신이 팔려 있었다.

"저 양반은 땅콩 되게 좋아 하네."

"땅콩 마시써요!"

마치 처음 한국어를 배우는 외국인처럼 자카리아가 대답했다. 수하는 소리 내어 웃었다.

4시 20분 즈음에 일행은 편의점에서 나와 7번 국도와 28번 국도의 분기점이 있는 강동IC로 향했다. 하늘은 여전히 어두웠다. 달은 창백했고, 별 무리는 구름 뒤로 모습을 감춘 채였다. 수하는 달의 위치를 보면서 다시 한 번 서두르지 않으면 제시간에 도착하기 힘들 것 같다고 생각했다. '동트기 전까지는 가야 하는데.' 그녀는 수심이 가득한 얼굴로 어둠이 내려앉은 안강을 바라보았다. 불빛 하나 없이 우두커니 서 있는 모습이 마치 역병이 휩쓸고 지나간 자리 같았다.

그들이 걸음을 멈춘 것은 길이 세 갈래로 나뉘는 지점에서였다. 가장 오른쪽에 위치한 2차선 도로는 28번 국도였다. 가운데 있는 왕복 4차선 도로는 7번 국도였으며 왼쪽 바깥에 있는 2차선 도로는 강동IC교로 이어지는 길이었다. 수하와 자카리아가 가야 할 곳은 28번 국도였다. 그리고 동철 부자의 길은 7번 국도였다. 일행은 말없이 서서 어둠에 잠긴 도로를 내다보았다. 이제 작별을 나눌 차례였다.

수하는 노파심에 동철에게 몇 가지를 알려주었다.

"이 길로 계속 가다 보면 강동대교라고 다리가 하나 나올 거예요. 그 다리를 건너세요. 7번 국도는 여기서 경주 용강동인가 거기까지 이어지니 중간에 방향 감각을 상실하지만 않는다면 오늘 저녁에는 도착하실 수 있을 거예요."

"오늘 저녁이요?"

동철이 그게 무슨 소리냐는 듯 되물었다.

"앞으로 2시간만 지나면 동이 터요. 만약 그 전에 경주까지 가려면 강동대교에서 차라도 구해야 할 텐데, 과연 멀쩡한 차가 몇 대나 있을 것 같아요?" 그녀는 편의점에서 가져온 생수를 한 모금 들이켰다. 미지근했다. 하지만 목을 축이기에는 더할 나위 없이 좋았다. 그녀는 생수병 뚜껑을 닫고 나서 이렇게 덧붙였다. "다리를 건너면 무슨 공장단지 같은 곳이 나타날 거예요. 만약 타고 갈 걸 구하지 못하면 무조건 거기로 들어가서 숨으세요. 광인들은 7시쯤에 나오니 시간은 넉넉할 거예요."

'우리도 시간이 넉넉해야 할 텐데.' 수하는 한숨을 쉬었다.

"아줌마는 어디로 가려고요?"

동철이 물었다.

"전 28번 국도로 가야죠. 안강은 저쪽에 있으니."

수하가 고갯짓으로 28번 국도를 가리켰다. 자카리아가 기침을 했다. 아쉬운 듯 동철은 한숨을 흘렸다.

"그럼 빨리 각자 갈 길 갑시다. 서로 바쁜 사람들이니."

"그래요. 그럼……" 수하는 말을 멈추고 동철을 올려다보았다. 문득 이 사람과 오래전부터 알고 지낸 사이 같다는 생각이 들었다. 이유는 모르겠지만, 그랬다. 통성명을 나눈 지 하루도 안 되었건만, 그에게서 친밀감이 느껴졌던 것이다. 수하는 웃으며 말을 이었다. "잘 가세요. 차 조심하시고요."

"아주머니도 조심해서 가세요."

동철의 대답이었다. 그러고 나서 그는 자카리아에게 시선을 돌리더니 오른손을 내밀어 악수를 청했다. 인종과 국적을 초월하고 남자들의 인사법은 똑같게 마련이었다.

"만나서 반가웠습니다."

"저도 만나서 반가웠습니다."

28번 국도를 타고 약 350미터 정도 이동했을 무렵 하늘을 올려다보니 그새 구름에서 벗어난 한 무리의 별들이 반짝이며 저들끼리 속닥거리고 있었다. 그날 그들이 잠을 청한 곳은 안강 동부정류장 바로 옆에 위치한 어느 여관이었다. 두 사람은 기절하듯 잠들었고, 수하가 정신을 차렸을 때 여관방의 벽걸이 시계는 오후 다섯 시에 근접해 있었다.

유리창 밖 하늘 위로 우중충한 먹구름 떼가 비를 흩뿌리며 지나가고 있었다.

5장

조우

1

6시 40분이 넘어서야 거리는 조금씩 한산해지기 시작했다. 하지만 놈들이 완전히 자취를 감춘 시간은 7시 30분 즈음이었다. 수하는 놈들이 어제보다 1시간 늦게 사라진 것에 대해 의구심을 품었다. 해가 없어서 귀가시간을 놓친 건지 아님 자기네들끼리 귀가시간을 늦추기로 합의를 본 건지 알 수가 없었다. 그래서 수하는 이왕이면 전자이길 바랐다. 그래야 이 숨 막히는 상황 속에서 조금이나마 마음의 위안을 얻을 수 있을 테니 말이다.

자카리아가 일어난 건 7시 10분이 조금 넘어서였다. 그는 일어나자마자 화장실로 달려가 장을 비우고 돌아와서는 또다시 땅콩을 먹기 시작했다. 아무래도 간밤에 휴게소와 편의점에서 좀 챙긴 모양이었다. 자카리아가 가방에서 육포를 꺼내 수하에게 건네주었다.

"다리는 좀 어때요?"

멍한 얼굴로 땅콩을 먹다 말고 자카리아가 물었다. 수하가 대답했다.

"괜찮아요, 지금은. 아까 진통제 하나 꺼내 먹었거든요." 조용했다. 이차원적인 원뿔 모양으로 길게 늘어진 손전등 불빛 두 개가 서로 교차하면서 넓은 V자를 만들었다. 수하는 자카리아의 눈치를 살폈다. 그러고는 조심스레 물었다. "자카리아 씨는 이제 떠나야겠네요?"

땅콩을 입으로 가져가던 자카리아의 손이 허공에서 움직임을 뚝 멈추었다. 마치 애써 숨기고 있던 속내를 들킨 듯한 모양새였는데, 그럴 만도 했다. 오늘 달이 뜨면 떠날 거라고 한 당사자가 바로 그 자신이었으니까. 그는 땅콩을 입에 넣었다. 그러고는 수하에게 무심한 눈길을 보내며 이렇게 말했다.

"딸 찾아야 한다면서요?"

전혀 뜻밖의 대답에 수하는 적잖이 당황했다. 솔직히 말해 기대한 건 사실이었다. 그에게 도움을 바란 것 또한 사실이었고, 힘들더라도 딱 하루만 더 휠체어를 밀어주길 바란 것 역시도 사실이었지만, 막상 그가 그런 식으로 대답을 내놓으니 뭐라 해야 할지 알 수 없었다.

"그렇긴 하지만, 자카리아 씨도 빨리 가야 하잖아요?"

수하가 더듬더듬 물었다. 그리고 자카리아는 이번에는 무심한 눈길 대신 무심한 말투를 보내며 다음과 같이 대답했다.

"아주머니 도와주고 떠나도 충분해요."

그는 마지막 땅콩을 입에 넣고 명태포를 뜯었다. 마치 전선에 나가기 전 미리 배를 채워놓으려는 군인 같았다.

"그래도 괜찮겠어요?" 수하가 물었다. 그러자 자카리아는 고개를 끄덕였고, 수하는 누런 명태포를 입에 넣는 그의 모습을 가만히 쳐다보았다. 꼭 아무 잘못 없는 사람한테 못할 짓을 하는 것 같아 마음이 불편했다. "고마워요, 자카리아 씨. 정말 고마워요."

수하의 말이었다. 하지만 자카리아는 고개만 끄덕일 뿐 그녀에게 어떠한 말도 하지 않았다.

그들은 밖으로 나왔다. 밤 9시 10분 전이었다. 정류장 일대는 비교적 깨끗한 편이었는데, 도로 한복판에 시내버스가 서 있다는 것만 빼면 지나다니는 데 걸림돌이 될 만한 것은 없는 듯싶었다.

28번 국도로 이어지는 사거리에서 서쪽으로 약 5분 정도 올라가자 텅 빈 택시 승차장이 나타났다. 두 사람은 거기서 잠깐 이동을 멈추었다. 대형 화물트럭 한 대와 버스 두 대가 마치 기다란 방벽처럼 도로를 가로막고 있었기 때문이다. 수하는 앞 유리창이 전부 피로 물든 채 전소되어 있는 화물트럭을 손전등으로 비추다 불빛 가장자리에 손가락 하나가 걸려든 것을 발견하고는 얼른 스위치를 내렸다. 놀란 건 아니었지만, 그렇다고 죽은 이의 손가락을 마냥 보고 있을 수는 없는 노릇이었다.

"저기로 가는 게 좋겠어요."

자카리아가 손전등으로 우측 도로변을 가리키며 말했다. 순찰차 한 대가 버스 정류장을 들이받은 채 세워져 있었는데, 휠체어가 통과하는 데 문제가 될 수준은 아니었다.

"네. 그래요, 그럼."

두 사람이 광인 무리를 발견한 건 안강 제일초등학교를 지날 때였다. 처음에는 사람들의 시체가 널브러져 있는 것인 줄 알았지만, 육중한 숨소리가 바람을 타고 전해지면서 수하와 자카리아는 저것들이 시체가 아니라는 것을 알 수 있었다. 초등학교 운동장에 널브러져 있는 수백 개의 검은 형체들은 모두 광인들이었다.

'정말이었어. 놈들한테 정말 귀소본능이 있을 줄이야.'

수하는 속으로 감탄했다. 비록 놈들이 집으로 돌아간 건 아니었지만…… 아니, 어쩌면 놈들에게 집이란 학교 운동장처럼 여럿이 함께 머물 수 있는 보금자리를 의미하는 것일지도 몰랐다. 이로써 한 가지는 확실해진 셈이었다. 땅거미가 내리면 광인들은 귀소본능에 따라 집단이동을 하고, 마땅한 보금자리가 나타나면 거기서 단체 노숙을 한다. 이를테면 운동장이라든가……

"가요. 가는 게 좋겠어요. 여기 더 있다간……"

수하는 말끝을 잇지 못했다. 휠체어가 다시 움직이기 시작했다. 왼쪽 바퀴에서 불안한 삐걱 소리가 났다.

10분 뒤 두 사람은 탄내가 진동하는 안강 중앙병원 근처에 다다랐다.

2

그들은 병원과 같은 부지에 위치한 자동차 대리점 앞에서 걸음을 멈추었다. 탄내가 몹시 심했다. 아무래도 비가 내리면서 습기를 머금은 공기가 지상으로 가라앉은 탓일 텐데, 어찌나 심하던지 한 손으로 코와 입을 막지 않고는 배길 수가 없을 정도였다.

자카리아가 손전등 불빛을 위로 올려 불에 탄 건물 외벽을 비추었다. 그리고 두 사람은 희미한 오렌지 빛깔 불빛에 들어온 거뭇거뭇한 자국을 보고 넋을 잃고 말았다. 외벽을 뒤덮은 새까만 그을음이 마치 오래전에 버려진 교도소 같았다. 유리창은 죄다 깨져서 성한 구석이 남아 있지 않았고, 창틀도 대부분 녹아내려 처음부터 다시 설치해야 할 판이었다. 병원에 가까이 다가갈수록 악취가 더욱 심해졌다.

"설마 저 안으로 들어갈 생각이라면 전 사양할게요. 저는 절대, 절대, 절대 안 들어갈 거예요."

자카리아가 말했다. 하지만 그의 뜻대로 되지는 않았다. 병원 내부로 들어선 순간 수하는 마치 지옥문이 열렸다 닫힌 자리에 온 것 같다고 생각했다. 위층으로 이어지는 계단은 간신히 그 형태만 유지하고 있을 뿐이었고, 복도는 대형 쓰레기 소각장을 방불케 했다. 곳곳에 쌓여 있는 잿더미에서 아직 온기가 느껴지는 듯했다.

'어쩌다 이 지경이 된 걸까?' 한 손으로 코와 입을 막고 수하는 생각했다. 답을 알 수 없는 의문이었다. '아니, 그 전에 누구 짓일까? 살아남은 생존자들? 아님 광인들?' 알 수 없었다. 광인들이 갈수록 인간에 가까워지고 있는 건 사실이었지만, 그렇다고 방화를 저지른 장본인이 그들일 것이라는 생각에는 도무지 신뢰가 가지 않았다. 손전등으로 왼쪽 뒤편의 계단을 비추며 자카리아가 물었다.

"어떡할까요? 계단이 다 타서 올라갈 수 없을 것 같은데?"

"복도 끝으로 가 봐요. 아마 오르막길이 있을 거예요."

우측을 가리키며 수하가 말했다.

"하지만……" 자카리아가 머뭇머뭇 말했다. "그 미친놈들하고 마주치기라도 하면 어쩌려고요?"

"그 놈들이 있었다면 벌써 튀어나왔겠죠."

수하의 일축이었는데, 일리 있는 말이었다. 아무리 정신없는 놈들이라 할지라도 이런 소각장 같은 곳에서 밤을 보낼 리는 없었다. '그리고 이런 소각장 같은 곳에서는 백날을 뒤져봐도 희정의 흔적을 찾을 수 없겠지.' 문득 그런 생각이 떠오르면서 수하는 참고 참았던 눈물을 터뜨렸다. 인정하기 싫지만…… 죽어도 인정하기 싫지만 병원 전체가 불에 타 버린 마당에 교복이라고 어찌 무사히 남을 수 있겠는가? 설령 희정이 이 안에서 죽었더라도 시신을 회수할 가능성은 그리 높지 않을 터였다. 수하는 어깨를 들썩이며 흐느꼈다. 어쩌면 자신이 너무 늦었을지도 모른다는 생각에 죄책감이 들면서 주체할 수 없는 통증이 그녀의 심장을 쥐어짰다. 거센 불길 속에서 자신을 애타게 부르는 희정의 모습이 그녀의 뇌리를 스쳤다.

'그래. 일단 희정이의 집으로 가보자. 어쩌면 집에 있을지도 몰라. 어차피 확률은 반반이잖아?' 그녀가 한 생각이었다.

그로부터 10분 뒤 밖으로 나온 두 사람은 다시 길을 걷기 시작했다.

3

누군가 죽으면서 피를 분수처럼 뿜은 듯 유리창에는 진한 핏자국이 남아 있고, 대합실에는 시체가 널브러져 있는 안강 버스 터미널을 지나 300미터가량 올라가자 안강 여자고등학교가 음산한 자태를 드러냈다. 수하는 자카리아에게 잠시 멈춰 달라고 요구했다. 자카리아가 휠체어를 멈춰주었다. 그리고 수하는 희망과 의심과 두려움이 깃든 눈으로 안강 여자고등학교의 후문을 바라보았다. 인기척은커녕 귓가를 스치는 바람마저도 침묵을 머금은 적막한 밤이었다.

"들어가 볼래요?"

자카리아가 물었다. 하지만 수하는 선뜻 대답하지 못했다. 안으로 들어가서 딸의 흔적을 찾아보고 싶은 마음이야 굴뚝같았지만, 뜻하지 않은 결과와 마주하게 될까 봐 두려웠기 때문이다. 그녀는 고개를 저었다.

두 사람은 다시 이동하기 시작했다. 그리고 230미터 즈음 올라갔을 때 그들은 다시 걸음을 멈추었다.

마치 역주행 차량을 피하려다 균형을 잃는 바람에 변을 당한 듯 버스 한 대가 쓰러져 있었다. 하얀 바탕에 앞면과 측면 하단에는 분홍색 물결이 일렁이고, 정면의 그림 위에는 영어로 ECC라 적혀 있는 버스. 처음 이 버스를 발견했을 때 수하는 모르는 버스라며 잡아떼고 싶었지만, 도저히 그럴 수가 없었다. 왜냐면 이 버스는 안강 여자고등학교에서 운영하는 통학버스였기 때문이다.

둘은 운전석이 위치한 통학버스의 앞쪽으로 다가가 손전등 불빛으로 버스 안을 비추어보았다. 어지러웠다. 곳곳에 찍혀 있는 피 묻은 손자국과 사방에 튀어 있는 핏자국. 찢어져 너덜너덜해진 교복 상의. 주인을 잃은 넥타이. 그리고 여기저기 흩어져 있는 유리파편들. 생명의 흔적이라고는 찾아볼 수 없었다.

"아무도 없는 것 같아요."

앞 유리창 너머로 버스 내부를 이리저리 살피다 손전등을 끄며 자카리아가 말했다. 수하는 그 말을 긍정적으로 받아들여야 할지 부정적으로 받아들여야 할지 알 수 없었다. 혼란스러웠다. 차라리 딸의 흔적이라도, 하다못해 딸과 동명이인인 아이의 명찰이라도 손에 넣을 수 있다면 좋으련만 현실은 그녀에게 사소한 것 하나까지도 쉽게 허락하지 않았다. 죽고 싶은 심정이었다.

"괜찮아요?"

자카리아가 물었다.

"아뇨." 수하가 답했다. "괜찮지 않아요."

눈물 한 방울이 그녀의 뺨 아래로 흘러내렸다.

4

서쪽으로 뻗은 도로를 따라 1킬로미터 즈음 이동하자 널찍한 왕복 4차선 도로가 나타났다. 28번 국도였다. 안강을 관통하는 왕복 2차선 도로가 전도된 시내버스와 화물트럭, 그리고 꼬리잡기 놀이를 하다 잠이 든 자가용 등으로 엉망진창이었다면 28번 국도는 깔끔한 편이라 할 수 있었다. 물론 그렇다고 사고 차량이 아주 없는 것은 아니었지만 말이다.

"저기로 가면 돼요?"

자카리아가 28번 국도 좌측을 가리키며 물었다. 수하는 고개를 끄덕였다. 화재 현장을 떠나면서 어디로 가면 되느냐는 그의 물음에 목적지를 알려주었던 것이다.

둘은 주변을 한번 살펴본 다음 달빛의 가호를 받으며 길을 건넜다. 그러고는 가드레일을 뚫고 논두렁에 처박힌 검은 세단 한 대와 중앙 분리선을 침범한 것을 넘어 애꿎은 왜건의 옆구리를 들이받기까지 한 SUV를 지나 곳곳에 첫 혼란의 흔적이 산재해 있는 도로를 횡단하기 시작했다.

500미터 즈음 나아갔을 때 산대리와 칠평천을 이어주는 육교가 나타나자 자카리아가 휠체어를 세우고 물었다.

"계속 직진해요?"

"아뇨." 수하는 우측 길을 가리켰다. "저기로 가면 돼요."

그들은 우측 길로 접어들었다. 두말하면 잔소리지만, 그곳은 산대리로 통하는 입구였다.

육교에서 우측으로 방향을 꺾어 450미터 남짓 올라가자 나름 산대리의 중심이라 할 수 있는 산대초등학교 앞 사거리가 나타났다. 이제는 사람이 살았던 곳이면 어디를 가도 그렇듯 이곳 또한 형편은 크게 다르지 않았다. 도로 위에서 서로 뒤엉켜 옴짝달싹 못하는 차들을 바라보며 수하는 이 좁아터진 촌구석에 무슨 차가 이리 많은지 모르겠다고 생각했다. 매번 느끼는 것이지만, 이 나라 국민들은 주차전쟁을 스스로 일으키는 것이 분명했다.

산대초등학교 앞 사거리에서 북쪽으로 180미터 가까이 올라가자 마침내 우방 아파트 앞 사거리가 나타났다. 쌀쌀한 밤바람이 수하의 머리칼을 쓸어 넘겼다. 수하는 바람 속에서 광인들의 거친 숨소리가 들리는 것 같아 소름이 끼쳤다. 실제로 그녀는 몸을 부르르 떨기도 했다.

"몇 동 몇 호라고 했죠?"

사고 차량들을 이리저리 피해가며 휠체어를 모느라 진땀을 빼던 자카리아가 무슨 뜻인지 알 수 없는 외국어로 말했다가 고개를 세차게 젓고는 다시 한국어로 물었다.

"203동 505호요."

수하의 대답이었다. 그들은 계속해서 움직였다. 아무래도 설비점검하러 왔다가 변을 당한 듯 통신사 트럭 한 대가 전봇대를 들이받은 채 굳어 있었다. 그 옆으로 인도를 침범한 택시 한 대가 보였고, 곧이어 탈출에 실패한 각양각색의 차량들이 그들 앞으로 줄줄이 이어졌다. 자카리아가 납덩어리 같은 한숨을 내뱉었다.

"그냥 부축받는 게 어때요? 그게 나을 것 같은데."

자카리아가 씩씩대며 물었지만, 길이 아주 없는 것은 아니었다. 수하는 주변을 둘러보다 전복된 버스가 바리케이드처럼 버티고 서 있는 오른쪽 인도를 가리켰다. 자카리아는 다시 한 번 납덩이 같은 한숨을 내쉬고 나서 그리로 휠체어를 몰았다. 수하의 손전등 불빛이 비좁은 차량 사이를 드나들며 하나뿐인 눈동자를 위아래로 굴려 댔다.

최초의 광기가 도래했을 당시 이곳 주민들에게는 차량을 이용할 기회조차 주어지지 않았는지 차량 몇 대가 어지럽게 널려 있는 것만 제외하면 주차구역은 그런대로 깨끗한 편이었다. 자카리아가 4, 5호 라인 입구에 휠체어를 멈춰 세웠다. 그러고는 10킬로미터를 쉬지도 않고 달린 사람처럼 숨을 몰아쉬며 아스팔트 바닥에 주저앉았다.

"많이 힘들어요?"

"그걸 말이라고 해요?"

수하의 질문에 따른 자카리아의 대답이었다. 잠시 후 그가 알 수 없는 외국어로 뭐라 중얼거렸는데, 아무래도 욕설인 듯싶었다.

두 사람은 거기서 10분간 휴식을 가진 후 4, 5호 라인 내부로 들어가 계단을 오르기 시작했다. 수하는 자카리아의 등에 업혔다. 반면 휠체어는 다시 내려와야 할 때를 대비해 공동 현관에 세워놓기로 합의를 본 채였다.

한층, 한층 희정이 사는 집과의 거리가 가까워질수록 수하는 가슴에 물 같은 것이 차오르는 느낌이었다. 그런가 하면 머릿속은 오만가지 생각들로 가득한 나머지 무엇 하나 제대로 떠올리기가 쉽지 않았다. 마치 분열이 일어난 세포처럼 수십 개로 갈라진 자아가 서로 자기 말만 들으라며 소리치는 것 같았다. 시끄러웠다.

마침내 505호 현관문이 그들 앞에 나타났다. 현관문에는 붉은 손바닥 자국이 여러 개 찍혀 있었는데, 큼지막한 남성의 손으로 보아 전남편이 아닐까 하는 생각이 들었다.

"내려주세요."

수하는 마치 새끼 코알라처럼 자카리아의 등에서 내려와 벽에 기대고 섰다.

"열쇠 있어요?"

그녀의 뒤에서 자카리아가 물었다. 수하는 두 달 전 희정에게서 받은 아파트 열쇠를 떠올리며 호주머니를 뒤졌다("저희 집 열쇠예요. 혹시 몰라서 하나 복사해 둔 건데 아무래도 저한테는 필요 없을 것 같아서요. 아주머니는 저한테 엄마 같은 분이니 선물이라 생각하고 받으세요."). 그런데…… 열쇠가 없었다. 휴대폰과 낡아빠진 가죽 지갑 말고는 아무것도 들어 있지 않았던 것이다.

"왜요? 열쇠 없어요?"

자카리아가 눈썹을 치켜세우며 물었다. 수하는 당황한 나머지 차마 고개를 끄덕일 수 없었다. 그런데 정말이지 어처구니없게도 어디서 잃어버렸는지 기억이 났다. '세상에, 내 정신 좀 봐…….' 그녀의 기억이 미친 곳은 다름 아닌 그녀가 묵었던 여관방이었다. 열쇠는 핸드백 안주머니에 있었다. 지난 1년간 두 번밖에 꺼내본 적 없는 인감도장과 함께 곤히 잠들어 있었다.

수하는 신경질적인 "으" 소리를 내며 머리를 헝클어뜨렸다. 어쩜 그리도 멍청한 짓만 골라서 할 수 있는 건지 이해가 안 갔다. '바보 같은 년. 죽어도 싼 년. 산소가 아까운 년. 죽어라, 그냥.' 수하는 한쪽 어깨를 벽에 기대고 선 채 두 손에 얼굴을 파묻었다. 그러고는 뜨끈뜨끈한 한숨을 길게 내쉬며 열이 오른 감정을 가라앉히려는데……

"누구세요?" 뒤에서 익숙한 목소리가 들려왔다. 순간 심장이 굳어버리기라도 한 듯 수하는 얼마 동안 움직이지 않고 가만히 있다 고개를 돌려 목소리의 주인공을 쳐다보았다. "맙소사."

평상복 차림의 희정이 들고 있던 장바구니와 손전등을 동시에 떨어뜨렸다.

"아…… 아줌마?" 희정이 수하를 불렀다. 하지만 수하는 입술이 떨려서, 턱이 움직이질 않아서 아무 말도 할 수 없었다. 희정이 다시 한 번 그녀를 불렀다. 아니. 물었다. 간신히 이성의 끈을 붙잡고 있는 듯한 투로. "아줌마 맞아요? 진짜…… 진짜 아줌마예요?"

"희정아……."

수하는 부러진 쪽 다리는 들고, 한쪽 어깨는 벽에 기대고 선 채 고개만 돌려 희정을 바라보았다. 그리고 희정이 달려와 그녀의 목을 힘껏 끌어안았다. 14년…… 무려 14년 만에 일이라 수하는 어떻게 반응해야 할지 몰랐다. 두려웠다. 그러면서 한 편으로는 슬펐다. 왜 아니겠는가? 딸은 여전히 엄마를 못 알아보고 아줌마라 부르는데. 하지만 지금은 그런 것을 따질 때가 아니었다. 중요한 건 희정은 살아 있다는 것이었고, 14년 만에 품에 안은 딸의 체온은 14년 전과 마찬가지로 여전히 따뜻하다는 것이었으니 말이다.

"진짜…… 진짜 아줌마 맞죠? 이거 꿈 아니죠? 아줌마 맞죠?"

희정이 흐느끼며 말했다.

"미안해, 희정아. 아줌마가 좀 더 일찍 왔어야 했는데, 어쩔 수 없었어. 미안해. 정말 미안해." 수하는 오열하기 시작했다. 두 눈을 뜰 수 없을 정도로 뜨거운 눈물이 쉴 새 없이 흘러나왔고, 목소리도 하릴없이 떨리기만 했다. 가슴이 아팠다. 지난 14년 동안 그녀를 괴롭힌 죄책감이 그녀의 심장에다 주먹질을 해댔다. "울지 마, 희정아. 이제 아줌마가 있으니 울지 마."

'미안해. 엄마가 우리 딸 가슴 아프게 해서 미안해. 그동안 엄마가 우리 딸 지켜주지 못해서 너무너무 미안해.' 수하는 속으로 그렇게 말했다. 그리고 그녀는 느낄 수 있었다. 희정의 숨결. 희정의 온기. 희정의 심장박동. 무엇 하나 변한 게 없었다. 모두 옛날 그대로였다.

"저 두고 어디 가지 마세요. 어디 가면 안 돼요. 아줌마마저 없으면 전 못 산단 말이에요."

흐느껴 우느라 희정의 발음은 알아듣기 힘들 만큼 뭉개졌지만, 그래도 수하는 알아들을 수 있었다. 엄마라면 아이의 울음소리만 들어도 어디가 어떤지 이해할 수 있었다.

"그래, 희정아. 아줌마 어디 안 갈 테니 울지 마." 수하는 약속했다. "이제 아줌마가 우리 희정이 지켜줄 테니 울지 마. 울지 마, 희정아. 울지 마."

울지 마. 그리고 미안해. 수하가 할 수 있는 말은 그 두 가지가 전부였다.

6장

먹구름 낀 하늘 아래

1

재앙이 휩쓸고 지나간 게 맞는지 의심이 들 만큼 딸의 집(더는 전남편의 집이 아니었다.)은 방금 막 이사를 온 것처럼 잘 정돈되어 있었다. 원색적인 어둠이 내려앉은 거실로 희뿌연 달빛이 뚫고 들어왔다. 세 사람은 생존자가 늘어난 것을 기념하며 간담회라도 하듯 식탁에 둘러앉았다.

수하는 왼팔로 희정의 어깨를 폭 감쌌다. 희정도 그녀의 어깨에 머리를 기대었다. 교통사고의 여파로 어깨가 쑤시듯 결리기는 했지만, 그래도 기분 좋은 통증이었다. 수하는 오른손으로 희정의 머리카락을 쓸어 넘겼다. 이틀 동안 씻을 겨를이 없었는지 머리카락을 파고든 손가락 사이로 퍽퍽한 기름기가 느껴졌다.

"머리 안 감았나 보네?"

수하가 물었다.

"못 씻었어요. 물이 끊겼거든요." 희정은 별 수 있겠냐는 투로 말했다. "그런데 아줌마는 다리가 왜 이래요? 마지막으로 봤을 때만 해도 안 이랬잖아요?"

희정의 물음에 수하는 변명거리를 찾아 퍼뜩 머리를 굴렸다. 하지만 그보다 더 신경 쓰이는 건 그 놈의 아줌마란 단어였다. 이젠 희정에게 진실을 알려줄 때도 됐건만, 어째서인지 그녀의 목구멍은 엄마란 표현을 건져 올리지 못하고 있었던 것이다. 자카리아의 하품 소리가 어둠을 가르고 지나갔다.

"그냥 좀 다쳤어."

"그냥 좀 다친 건데 깁스를 하고 있어요?" 희정이 의심을 지우지 못하는 투로 물었다. "무슨 사고라도 당하셨어요?"

"아냐. 계단에서 굴렀어."

희정의 물음에 수하는 곧장 대답해 주었다. 문득 다리에 깁스하려면 어떤 계단에서 어떤 자세로 어떻게, 얼마나 오랫동안 굴러야 할지 궁금해졌다.

"정말이에요?"

"그럼. 정말이니 걱정하지 마."

수하는 그렇게 대답하고 나서 자카리아를 쳐다보았다. 자카리아가 그녀에게 고개를 끄덕여 보였다. '때론 선의의 거짓말이 필요한 법이죠.' 그의 눈은 그렇게 말하고 있었다.

희정의 입을 통해 알게 된 전남편의 소식은 나름 충격적이면서도 한편으로는 다행스럽기 그지없었다. 지난 일요일 저녁, 그는 수하와 전화로 말다툼하고 나서 희정과 두 번째 마누라(새 엄마를 가리켜 희정은 그냥 엄마라 불렀다.)에게 온갖 욕설을 퍼붓고는 그 길로 집을 나갔더랬다. 그리고 이틀째 되던 날 오전, 문 두드리는 소리에 외시경으로 확인해 보니 그는 광인이 되어 있었다고 희정은 말했다.

"아빠가 문을 두드렸어요. 정확히 세 번. 느리지도 않고 빠르지도 않게. 똑. 똑. 똑. 그러고는 말했어요." 희정은 잠시 멈추었다 말을 이었다. "희정아, 아빠 왔다. 희정아? 희정이 안에 있니?"

희정이 어깨를 부르르 떨었다.

"무서웠어요. 꼭 제가 여기 있다는 걸 알고 있는 것 같았거든요."

희정은 고개를 숙였다. 하지만 울지는 않았다. 다행으로 여겨야 할지 불행으로 여겨야 할지 수하는 알 수 없었다. 분명한 사실은 전남편은 광인이 됐으며 아직 살아 있을 가능성이 크다는 것이었다.

"엄마는?"

수하는 그렇게 물으며 속이 뒤틀리는 것을 느꼈다. '누구더러 엄마래. 망할.'

"몰라요. 제가 집에 왔을 땐 현관문이 활짝 열려 있었거든요."

희정이 고개를 들고 대답했다.

"그래?"

"네."

희정은 고개를 끄덕였다. 그날 어떻게 살아남았느냐는 수하의 물음에 희정은 그저 운이 좋았을 뿐이라고 설명했다.

"스쿨버스가 학교 앞에서 뒤집혔거든요. 그때 전 유리창에 머리를 박으면서 기절했고요."

"세상에, 안 다쳤어?"

수하는 심장이 덜컥 내려앉는 듯했다. 하지만 희정의 말투는 상당히 일상적이었다.

"안 다쳤으니 지금 여기서 이러고 있는 거겠죠?" 희정은 이어서 말했다. "정신을 차린 건 해가 지고 난 다음이었어요. 버스에는 저 혼자밖에 없었고요. 하도 조용해서 둘러보니 저 말고는 아무도 없던 거 있죠. 선생님도, 애들도, 버스기사 아저씨도. 버스에는 저뿐이었어요."

'뭐야? 그럼 애가 기절한 줄도 모르고 다 내뺐다는 거야? 하여간 이 나쁜 새끼들.' 수하는 그날 병원에 도착하는 대로 연락 주겠다고 말한 희정의 담임에게서 큰 배신감을 느꼈다.

"제가 공동묘지에 가본 적은 없지만, 바깥에 나와 보니 공동묘지가 얼마나 조용할지 짐작이 가더라고요. 사방이 어찌나 고요하던지 정말 쥐 죽은 밤이 따로 없었거든요. 하지만 그보다 더 놀라웠던 건 거리에 사람들이 한 명도 없었다는 거예요. 그…… 광견병 걸린 거 같은 인간들까지도 포함해서 말이에요."

희정은 그 틈을 타 집으로 곧장 돌아왔다고 말했다. 그리고 수하는 문득 그저께 휴대폰에 열 통 넘게 와 있던 부재중 전화가 떠올랐다.

"희정아. 너 혹시 휴대폰 잃어버렸니?"

"휴대폰이요? 아뇨. 엄마한테 압수당했는데요."

"엄마한테? 왜?"

"아줌마하고 연락하지 말라면서요."

그렇다. 그날 수하에게 열 통 넘게 전화를 걸었던 사람은 희정이 아니라 전남편의 두 번째 마누라였던 것이다. 망할 년. 애한테서 휴대폰을 뺏어갔으면 문자라도 한통 남겨놓든가. 하긴, 그런 머리조차도 안 돌아가니 그 자식이랑 10년 넘게 산 것이겠지.

"그런데 갑자기 휴대폰은 왜요?"

희정의 질문이었다.

"아냐, 아무것도." 수하는 고개를 저었다. "그냥 한번 물어봤어. 일요일 저녁부터 연락이 없기에 잃어버린 줄 알았거든."

사실 그녀가 하려던 말은 그게 아니었지만, 상관없었다. 누가 한 말인지는 기억나지 않지만, 굳이 할 필요가 없는 말은 끄집어내는 게 아니라고 했으니 말이다.

2

수하는 희정을 데리고 작은방으로 들어갔다. 소파에서 완전히 곯아떨어진 자카리아는 도무지 일어날 기미가 보이지 않았고, 그래서 수하는 그를 깨우는 대신 희정더러 그에게 이불을 덮어주라고 했다. 이런 날씨에, 특히 이런 상황에 감기라도 걸리면 큰일이니 말이다. 희정의 부축을 받으며 수하는 침대에 엉덩이를 붙였다.

"잠깐만요."

희정은 거실로 가서 손전등을 가져왔다. 자카리아의 코 고는 소리가 이곳까지 전해졌다.

"여기가 네 방이니?"

"네, 제 방이에요."

마치 직접 둘러보라는 듯 희정이 수하에게 손전등을 건넸다. 손전등 스위치를 올리자 맞은편 벽에 걸려 있는 액자 두 개가 눈에 들어왔다. 하나는 희정의 유치원 졸업사진(귀여운 학사모를 쓰고 있었다.)이었고, 다른 하나는 엄마라는 여자와 함께 놀이공원에서 찍은 것으로 보이는 사진이었다. 한 손에 하트 모양의 풍선 끈을 쥔 채 청룡열차를 배경으로 서 있는 희정의 모습이 너무나도 행복해 보였다. 몇 살 때였을까? 무슨 날이었을까? 생일이었을까? 저 풍선은 누가 사준 걸까? 수하는 알고 싶었다.

"어디서 찍은 거야?"

수하가 다정한 어조로 물었다.

"경주월드에서요."

"무슨 날이었어?"

"아뇨. 그냥 주말이었어요. 솔직히 왜 갔는지는 기억도 안 나요."

희정의 대답이었다. 정말 기억이 안 난다는 투였다. 수하는 내심 다행이라고 생각했다. 결국 저 날은 아무것도 아니었던 것이다.

놀이공원 사진 옆으로 손전등 불빛을 옮기자 잘생긴 석고상 그림 하나가 나타났다. 수하는 흥미로운 시선으로 석고상 그림이 담겨 있는 액자를 바라보았다. 그도 그럴 것이 자신은 물론 전남편도 그림에 관해서는 문외한이나 마찬가지였으며 그림 그리는 실력도 거의 유치원생 수준이었기 때문이다.

"저거 네가 그린 거니?"

"네. 작년 여름에 학교에서 그린 거예요."

놀라움을 넘어서 경이롭기까지 했다. 부모 중 누구도 그림을 잘 그리는 사람이 없는데 어떻게 저렇게까지 그릴 수 있는 건지 궁금할 따름이었다.

"어때요? 잘 그렸죠?"

"그래. 잘 그렸네. 예고 가도 문제 없겠어." 수하의 말이었다. "차라리 예고를 가지, 그럼. 왜 인문계를 갔어?"

"저도 처음에는 예고 가겠다고 했어요. 뭐, 아빠가 화내면서 가지 말라고 하는 바람에 물거품이 되긴 했지만요. 돈도 돈이지만, 아빠는 예고 가면 다 연예인 되는 줄 알거든요."

"그게 무슨 말이야?"

"아빠는 연예인을 안 좋아해요. 아무튼 그래서 전 연예인이 되고 싶어서 가는 게 아니라 그림 배우는 게 목적이라고 했는데, 도대체 뭐가 마음에 안 들었는지 무작정 가지 마래요, 그냥. 돈이 너무 많이 든다나 뭐라나…… 결국 술 먹을 돈은 있고 딸내미 학교 보내줄 돈은 없다는 거였죠." 희정은 잠시 말을 멈추었다가 이렇게 덧붙였다. "그런 인간이 아빠였다니……."

그러고 나서 그녀가 물었다.

"그보다 아줌마 진짜 그림 못 그려요? 손 보면 못 그릴 손은 아닌데."

"사람을 작대기 다섯 개하고 동그라미 한 개로 표현할 정도니 말 다했지."

수하의 말에 희정이 웃음을 터뜨렸다.

3

새벽 4시가 다 돼가도록 수하는 잠을 이루지 못하고 있었다. 물론 시간이 시간인 만큼 눈꺼풀이 무겁기는 했지만 이상하리만치 정신은 말똥말똥했고, 이따금 찾아오는 알 수 없는 괴리감은 수하를 공허한 나락으로 빠트리기 일쑤였다. 불면증. 수하는 침대 바깥쪽으로 몸을 돌려 누웠다. 머릿속에서 꿈틀거리는 온갖 잡념들이 그녀의 신경을 물어뜯었다.

결국 잠자기를 관둔 수하는 몸을 일으켜 침대 가장자리에 걸터앉았다. 그러고는 침대 아래 바닥에 놓아두었던 손전등을 집어든 다음 스위치를 올려 희정의 석고상 그림을 비추었다. '도대체 누굴 닮아서 그림을 저렇게 잘 그리는 걸까?' 분명한 사실은 자신도 전 남편도 아니라는 것이었다. '외할아버지를 닮았나? 아빠도 그림 잘 그렸는데.' 어쩌면 그럴지도. 손전등 불빛이 다시 '아무것도 아닌 날'의 사진을 비추었다. 솔직한 심정으로 말할 것 같으면 수하는 저 사진이 정말 마음에 들지 않았다. 물론 한 손에 풍선을 들고 활짝 웃고 있는 희정의 모습은 예쁘다 못해 아름답기까지 했지만, 눈엣가시랄까? 수하는 사진 속에서 딸과 함께 웃고 있는 저 여자가 정말이지 마음에 들지 않았다. 하지만 어쩔 수 없는 일이었다. 지난 13년 동안 그녀를 대신해 희정을 돌봐주고, 그녀를 대신해 희정에게 유년 시절의 추억을 만들어준 이가 바로 저 여자 아니었던가? 아무리 열등감이 느껴지더라도 인정할 건 인정해야 했다.

문득 자신이 인생을 잘못 살아온 것 같다는 생각이 들었다. 물론 그다지 똑바로 살아온 인생이라고는 할 수 없었다. 그녀의 인생은 철도를 이탈한 열차나 다름없었다. 여자로서도 실패하고, 엄마로서도 바닥을 기는 인생의 표본. 수하는 자신이 바로 그렇다고 생각했다. 그리고 그녀는 그 옛날, 전남편이 되리라고는 꿈에도 몰랐던 남자와 마주 보고 앉아 유리잔의 물을 홀짝인 순간부터 자기 인생은 내리막길을 걷기 시작했다고 믿어 의심치 않았다. 전부 그 인간 때문이었다. 그 인간이 술에 취해 주먹만 휘두르지 않았어도, 자기 아내가 다른 남자에게 추파를 던졌다는 망상에 빠져 손찌검을 하지만 않았어도 이렇게까지 그녀의 삶이 망가지지는 않았을 것이다. 하지만 지독히도 냉정한 그녀의 이성은 한심하다는 듯 이렇게 말할 따름이었다. '징징거리지 마. 너한테도 어느 정도는 책임이 있어. 누가 너더러 억지로 그 인간하고 결혼하라 했어?' 맞는 말이었다. 농사가 망한 건 비단 전남편 때문만은 아니었다. 그녀에게도 약소하나마 책임은 있었다. 제때 비를 흩뿌리지 못한 구름처럼 약소하나마……

수하는 손전등 스위치를 내렸다. 그러자 어둠이 다시 그녀를 집어삼켰다.

4

눈을 떠 보니 어느새 오전 10시에 가까운 시간이었다. 수하는 옆자리에 희정이 있는지 먼저 확인한 다음 깽깽이걸음으로 화장실에 가서 방광 비우기 작업에 착수했다. 변기에 앉아 오줌을 누는 동안 그녀는 방향제 냄새가 참 좋다고 생각했다. 하지만 이 아파트에 관한 중요한 사실 한 가지를 기억해낸 순간 그 생각은 싹 사라지고 말았다. '이젠 마음 놓고 볼 일도 못 보겠네.' 그녀는 변기 덮개를 내려 내용물을 은폐한 후 작은방으로 돌아갔다.

온 집안이 어둑어둑한 게 마치 장마철의 늦은 오후 같았다. 비는 오지 않지만 하늘은 짙은 잿빛이고, 간간이 해가 고개를 내밀기는 해도 금방 구름에 가려 햇살이 들지 않는 그런 날씨. 빨래 때문에 스트레스받기 딱 좋은 날. 수하는 침대 머리 판에 등을 기대고 앉은 채 팔을 쭉 뻗어 기지개를 켰다. 밤새 벽돌을 나르기라도 한 듯 어깨가 천근만근이었다.

얼마 뒤 자카리아가 화장실로 가다 그녀를 발견하고는 물었다.

"일어났어요?"

"네. 잘 잤어요?"

수하도 예의상 물었다.

"네."

그가 짤막하게 대답했다.

"다리는 좀 어때요?"

"괜찮아요. 좀 덜 아프네요, 오늘은."

그녀의 말에 자카리아가 고개를 끄덕였다. 수하의 눈에는 저 행동이 몹시 기계적으로 보였다. 마치 단골 환자를 대하는 의사 같았다.

"움직일 수 있겠어요?"

누군가 현관문을 두드리기 시작한 건 바로 그때였다. 마치 조폭들한테서 사채를 빌려 쓰고 야반도주라도 한 듯 삽시간에 얼어붙은 수하와 자카리아의 눈길이 동시에 현관으로 향했다.

"희정아? 문 열어라. 아빠다!"

전 남편이었다.

똑똑. 똑똑.

"희정아? 문 열어라! 아빠다!"

5분 뒤, 희정은 눈을 뜨자마자 수하의 손을 덥석 쥐었다. 마치 간밤의 일이 꿈이 아님을 확인하려는 듯한 행동이었는데, 수하가 보기에는 그저 악몽으로부터 피신할 곳을 찾으려는 것 같았다. 수하는 희정의 손을 꼭 잡아주었다. 전남편이 다시 현관문을 두드렸다.

"희정아? 문 열어라! 아빠다!"

"아빠가 문을 부수고 들어오지는 않겠죠?"

희정이 기어들어가는 목소리로 물었다.

"그럼. 맨주먹으로 저 문 부수고 들어오려면 한 세월은 걸릴 거야."

수하의 말이었다. 그때 베란다에 나가 있던 자카리아가 불쑥 들어오더니 그녀에게 말했다.

"안 바쁘면 잠깐만 와보세요. 들어보셔야 할 게 있어요."

"들어볼 거요?"

"네."

"네. 조금만 기다리세요, 곧 갈 테니까." 수하는 그렇게 말하고 나서 침대에 누워 있는 희정을 돌아보았다. "희정아, 아줌마 잠깐 아저씨하고 얘기하고 올게. 그 동안 여기 혼자 있을 수 있지?"

"저 어린애 아니거든요?"

수하는 딸에게 미소를 지어 보였다. '그럼. 네가 누구 딸인데.' 그러고는 침대에서 다리를 내려 한쪽 다리로 일어서려는데, 희정이 느닷없이 일어나더니 그녀의 오른팔을 잡아주었다.

"부축해 드릴게요. 그러다 넘어져서 머리라도 다치면 큰일이잖아요."

자카리아가 수하를 부른 이유는 라디오 방송 때문이었다. 어디서 송출하는 것인지는 모르겠지만, 동철의 말마따나 라디오에서는 방송이 나오고 있었던 것이다. 내용은 다음과 같았다. 인간성이라고는 티끌만큼도 느껴지지 않는 딱딱한 어조의 기계 여자가 내뱉는 목소리였다.

본 방송은 실제 상황임을 알리는 데 목적이 있으며 본 방송을 듣는 분들이 계신다면 즉시 하던 일을 중단하고 방송에 귀를 기울여주시길 바랍니다.

안녕하십니까, 국민 여러분. 국민 안전처에서 알립니다. 현재 유례없는 전염병, 이른바 광인병이 전국을 휩쓸고 있는 가운데 서울을 포함한 수도권 일대와 인구 밀도가 높은 지역을 중심으로 전염병이 통제 한계 범위를 넘어서고 있습니다. 이에 따라 저희 국민 안전처는 각 지역 별로 설치된 안전 기구를 전면 폐쇄하고 민간 운송사와 군의 협력 하에 매일 낮 12시에 생존자들을 제주도로 이송하기로 결정했으니 본 방송을 듣고 계시는 국민 여러분께서는 속히 부산 연안 여객 터미널로 와주시길 바랍니다.

반복합니다.

본 방송은……

"언제부터 나오고 있었어요?"

거실 소파에 앉아서 방송을 듣던 수하가 물었다.

"저도 정확히는 몰라요. 그냥 여기 라디오가 있어서 혹시나 하고 틀어본 건데, 이 채널에서만 방송이 나오고 있었어요." 납작한 텔레비전과 케이블 수신기와 무선 라디오가 놓여 있는 거실장 앞에 서서 자카리아는 말했다. "아무래도 어제 그 아저씨가 들었다는 방송이 이건 거 같아요."

그러니까 동철의 말은 사실이었던 것이다. 하지만 수하는 이해가 가지 않았다. 왜 하필이면 제주도인지, 제주도로 생존자들을 이송시키겠다는 건 육지와는 달리 제주도는 그나마 살 만하다는 뜻일 텐데 만약 실제로도 그렇다면 어떻게 육지가 이 지경이 된 마당에 제주도만 멀쩡할 수 있는 것인지 납득이 가지 않았다. 정말로 그 전염병의 원인이, 그러니까 이른바 이 광인병이란 것의 원인이 정말로 구제역인 것일까? 얼마 전 한창 구제역으로 시끄러울 때 제주도가 구제역 청정 지역으로 선정됐다는 얘기를 들은 적 있는데, 이젠 광인병 청정 지역으로도 인정받는 것일까? 도무지 이해가 가지 않았다.

"희정아? 문 열어라! 아빠다!"

전 남편이 현관문을 두드리며 외쳤다. 한때 숱하게 들어서 이젠 꿈에서도 잊히지 않는 걸걸한 목소리. 담배를 하도 피워서 가래가 잔뜩 낀 듯한 쇳소리. 수하는 당장이라도 나가서 저 인간의 목을 부러뜨려놓고 싶은 심정이었다.

"한잔 드릴까요?"

부엌에서 물을 마시던 희정이 물었다. 물이 끊겼음을 반증하기라도 하듯 개수대에 냄비와 접시 따위가 산더미처럼 쌓여 있는 게 수하의 눈에 들어왔다. 아님 손에 물 묻히는 걸 극도로 싫어하는 그 여자의 작품이거나. *"엄마가 얼마나 게으르다고요."* 언젠가 희정이 했던 말이 수하의 귓가를 스쳤다.

"아니, 괜찮아."

수하의 대답이었다. 자카리아는 고개를 젓는 것으로 대답을 대신했다. 희정은 속이 훤히 들여다보이는 빈 유리컵을 네모난 식탁에 올려놓은 뒤 수하의 곁으로 다가와 앉았다. 전남편이 다시 한 번 문을 두드리더니 똑같은 목소리에 똑같은 말투로 똑같은 대사를 내뱉었다. 그때 문득 생각났다는 듯 희정이 말했다.

"그거 알아요? 저것들이 왜 문을 두드리는지?"

수하는 고개를 저었지만, 어쩐지 알 것만 같았다.

"아니. 왜 두드리는데?"

"안에 있는 사람이 문 열어주면 그대로 밀고 들어와서 다 때려 죽이려고요."

단순히 죽인다고 말하면 될 것을 때려죽인다고 표현하는 희정의 말에 수하는 소름이 끼쳤다. 하지만 뭐라 하지는 않았다. 자기 입으로 자기가 말하겠다는데 아줌마가 무슨 상관이냐고 하거나 아줌마가 엄마 같은 건 사실이지만 그렇다고 자기 엄마인 것은 아니지 않느냐고 따지면 수하도 할 말이 없었으니 말이다. 자카리아가 라디오 볼륨을 낮추고 희정의 말에 관심을 보인 건 그 무렵이었다.

"직접 봤니?"

"네." 희정은 고개를 끄덕였다. "시체도 봤고, 소리도 들었어요."

"언제?"

"어제요." 희정이 말했다. "소리를 들은 건 어제 이맘때쯤이었고, 시체를 직접 두 눈으로 확인한 건 두 분 오시기 한참 전이었어요."

전날 오전, 한 무리의 발소리가 5층 복도를 울리기에 숨을 죽이고 그녀는 현관문에 귀를 기울이고 있었더랬다.

"어딘가 이상했어요. 그저께 집에 왔을 땐 5층에 저만 있는 줄 알았는데, 갑자기 그 사람들이 어떤 집 현관문을 두드리던 거 있죠. 509호였어요." 마치 기억해내려니 고통스러운 듯 희정은 기다랗게 한숨을 지었다. "그다음에는 두 분도 아시겠지만, 비명소리가 들려왔고요. 세상에, 전 나이 칠십 먹은 할머니도 그렇게 크게 비명을 지를 수 있다는 것을 처음 알았어요. 어찌나 크던지 듣고 있기만 해도 간담이 다 서늘해져서 눈물이 나올 지경이었거든요."

희정은 소파에 등을 기대었다. 아직은 눈물을 흘릴 기미가 보이지 않았지만, 수하는 조만간 그녀가 울음을 터뜨릴 거라 생각했다.

"제가 아빠한테 문을 안 열어준 것도 그 때문이에요. 여기서 문을 열어주면 어떻게 되는지 귀로 듣고, 눈으로 봤으니까."

전 남편이 문을 두드렸다.

"희정아! 문 열어라! 아빠다!"

"물론 아빠가 정상이었더라도 열어주지 않았겠지만요."

어깨를 으쓱하고 나서 그녀가 덧붙인 말이었다.

아파트 일대를 점령한 광인 중에는 손에 무언가를 든 놈들도 적잖게 있었다. 대부분 야구방망이나 망치, 벽돌과 같은 둔기들이었고, 푸줏간 칼이나 식육점에서 고기를 걸어놓을 때 사용하는 쇠갈고리를 든 놈도 보였다. 수하는 한 시간 전에 들은 라디오 방송을 떠올리며 저런 놈들이 떼로 몰려들면 제아무리 공권력이라도 살아남지 못할 거라고 생각했다. 그들은 벌써 10분째 거리를 살피고 있었다.

블라인드 틈으로 거리를 내다보며 희정이 말했다.

"어제 제가 저 놈들 살펴보면서 내린 결론이 뭔지 아세요?"

"뭔데?"

수하가 물었다.

"저 놈들은 아무 목적의식이 없다는 거예요. 마치 껍데기만 남고 속은 빈 인형처럼. 그러니까 쉽게 말하자면, 주변인들 중 살아남은 사람이 있는 놈들은 아빠처럼 직접 찾아와서 들여보내 줄 때까지 문을 두드리고 그렇지 않은 놈들은 주변에 정상인이 지나갈 때까지 마냥 저러는 거죠. 해 떨어질 때까지. 아무것도 먹지 않고."

"그럼 굶는단 말이니?"

자카리아가 물었다.

"적어도 제가 알기로는 그래요." 희정이 그렇게 말하고 나서 이렇게 덧붙였다. "근데 한국말 되게 잘 하시네요?"

"같이 일하던 사람들이 한국에 왔으면 한국말로 하라고 하도 욕해댔거든."

"무슨 일 했는데요?"

수하였다.

"공장이요."

"돈은 많이 벌었겠네요?"

희정이 물었다.

"그럼. 많이 벌었지. 그렇게 뼈 빠지게 번 돈이 지금은 아무 쓸모도 없어졌다는 게 문제지만."

자카리아의 대답이었다.

그때 건물 위쪽에서 한 여자의 새된 비명소리가 들려왔다. 블라인드 뒤에 서서 거리를 내다보던 세 사람은 마치 동시에 우박을 맞기라도 한 듯 위를 올려다보았다. 하지만 그들의 눈에 보이는 건 새하얀 천장뿐이었다.

"방금 들었죠, 두 분도?"

희정이 겁에 질려 기어들어가는 목소리로 물었다. 그리고 그 순간 마네킹 같은 것이 아래로 떨어지는가 싶더니 순식간에 그들의 시야를 지나 아스팔트 바닥 위로 내리꽂혔다. 희정이 비명을 지르며 뒤로 물러났다. 수하는 그 자리에서 엉덩방아를 찧었고, 자카리아는 심장이 목젖까지 뛰어오른 듯 빠르게 숨을 내쉬며 창밖을 내다보고 있었다. 잠시 후 가까스로 몸을 일으켜 세운 수하는 한 손으로 유리창을 짚고 선 뒤 블라인드 틈으로 건물 아래를 내려다보았다.

여자였다. 청바지에 점퍼를 입은 여자가 터지고 갈라진 두개골 틈새로 뇌수와 피를 쏟으며 화단에 엎어져 있었던 것이다. 마치 먹을 것을 눈앞에 두고 이성을 상실한 하이에나 무리처럼 주변의 광인들이 그녀를 향해 헐레벌떡 달려오기 시작했다. 수하는 첫날 텔레비전에서 봤던 것처럼 저들이 여인을 먹어치우고 말 것이라고 생각했다. 물론 그녀의 예상은 정확히 적중했다. 마치 고립된 애벌레를 발견한 개미 떼처럼 순식간에 몰려든 광인들은 누가 먼저랄 것도 없이 자살을 택한 여자의 신체 부위를 꺾고, 비틀고, 씹고, 잡아 뜯기 시작했다. 희정이 헉 소리를 내며 급히 입을 막았다. 식은

땀 한 방울이 수하의 등줄기를 따라 흘러내렸고, 뒤이어 자카리아가 하얗게 질린 얼굴로 두 사람에게 말했다.

"들어가는 게 좋겠어요."

"그래요. 들어가요, 어서"

수하는 그렇게 말하고 나서 희정을 먼저 실내로 들여보낸 다음 자카리아의 부축을 받으며 거실로 들어갔다. 그녀가 마지막으로 본 광경은, 어느 노인이 죽은 여자의 갈라진 두개골 사이로 고개를 들이밀고 피와 뇌수를 핥아먹는 장면이었다.

5

하늘에 어둠이 깔리기 시작한 지 약 두 시간이 지나서야 광인들은 보금자리로 돌아가기 시작했다. 그 동안 큰 방에서 놈들이 돌아가기만을 기다리던 세 사람은 그제야 안도의 한숨을 내쉴 수 있었다. 수하는 이불 속으로 손을 집어넣어 희정의 손을 잡아주었다. 두꺼운 솜이불 밑에서 희정의 숨결이 느껴졌다.

"돌아가고 있어요."

자카리아가 베란다에서 돌아와 말했다.

"확실해요?"

"네. 확실해요." 자카리아의 확신에 찬 말투에 수하는 다시 한 번 마음속으로 하늘에 감사를, 하룻밤을 더 허락해 준 것에 대한 감사를 전했다. "이제 어떡하죠?"

"우선 뭐라도 좀 먹어요. 하루 종일 아무것도 못 먹었잖아요, 저 놈들 때문에."

수하는 일단 희정한테 뭐라도 먹이고픈 심정이었다. 자카리아도 그런 수하의 마음을 눈치 챈 듯 고개를 끄덕였다.

"그래요. 그게 좋겠네요."

하지만 분위기는 조금도 나아지지 않았다. 마치 산업혁명 이후 유럽의 어느 화가가 그린 하류층의 저녁식사 시간처럼 세 사람 중 입을 여는 이는 누구도 없었다. 수하는 고흐의 「감자 먹는 사람들」도 이보다는 밝은 분위기일 것이라고 생각했다.

"깨작거리지 말고 팍팍 좀 먹어. 배고팠을 텐데."

수하가 희정에게 말했다. 식탁 한가운데 놓여 있는 촛불에도 불구하고 희정의 얼굴은 어두침침하기 짝이 없었다.

"아줌마도 좀 드세요. 한 숟갈도 안 드셨으면서."

하지만 수하는 반찬은 입에도 대지 않고 찬밥만 깨작거리는 희정이 걱정스러웠다. 만약 그녀의 어머니, 그러니까 희정의 외할머니가 이 모습을 봤다면 "아니, 분위기가 왜 이래, 밥상머리 앞에서? 누구 죽었어?"라며 찬웃음을 흘렸을 것이다.

"자카리아 씨는 배 안 고프세요?"

"별로 먹고 싶지 않네요."

자카리아가 물 컵을 내려놓으며 대답했다. 벌써 다섯 잔째였다. 사실 식욕이 없는 건 수하도 마찬가지였다. 먹으려고 노력을 안 해본 것은 아니었지만, 매번 나무껍질을 씹는 기분이었던 것이다. 자카리아가 여섯 번째 잔을 채우는 소리가 들렸다. 더는 못 먹겠다는 듯 희정이 젓가락을 내려놓았다. 하지만 수하는 희정에게 아무것도 묻지 않았다.

이곳을 떠나자는 의견을 처음 꺼낸 사람은 자카리아였다. 그때 시간은 9시 10분이었고, 세 사람은 모두 식사에서 손을 뗀 채였다.

"떠나자고요?"

수하가 물었다.

"네."

자카리아가 수하를 보고 말했다.

"아까 라디오 방송 기억나죠? 배가 있다던?" 수하는 고개를 끄덕였다. "아주머니도 재를 찾았겠다, 자동차도 지천에 널렸겠다, 굳이 가슴 졸여가며 이 엿 같은 동네에 머물 이유는 없잖아요? 거기다 따지고 보면 못 떠날 이유가 있는 것도 아니고요."

"그렇긴 해요." 수하는 고개를 끄덕이며 머릿속으로 오늘이 며칠인지 계산해 보았다. 그런데 날짜 감각이 흐려진 탓인지 오늘 날짜는커녕 지금이 3월인지 4월인지조차 감이 잡히지 않았다. "오늘이 며칠이죠?"

"31일이요."

희정의 대답이었다. 뒤이어 자카리아가 말했다.

"딱히 기한은 안 됐지만, 라디오에서는 매일 낮 12시에 배가 다닐 거라고 했어요." 수하는 희정 한 번, 자카리아 한 번, 그리고 다시 희정을 한 번 쳐다보고는 그의 말대로 떠날 때가 왔음을 직감했다. 어둠 속에서 희정의 눈동자가 촉촉이 빛났다. 자카리아가 덧붙였다. "늦어도 오늘 밤에는 떠나야 해요."

싸늘한 밤바람이 베란다 창을 할퀴고 지나갔다.

6

"정말 부산에 가면 안전하게 구조받을 수 있을까요?"

수하에게 옷가지들을 건네며 희정이 물었다.

"아마도, 방송에서 한 말이 사실이라면. 그리고 이건 아줌마 생각인데, 군인들이 지키고 있어서 안전하지 않을까?"

"말로만 그런 걸 수도 있잖아요? 막상 갔다가 아무도 없으면 어쩌려고요?"

"방송을 괜히 할 리도 없잖니."

수하는 배낭에 희정의 옷가지들을 집어넣었다.

"그럼 길에서 만났다던 그 아저씨하고는 그때 연락이 끊긴 거네요?"

"그런 셈이지."

그 양반들은 잘 도착했으려나? 수하는 문득 궁금해졌다. 만약 동철 부자가 육지에서 탈출해 무사히 제주도에 도착했다면…… 세상에, 내가 지금 무슨 생각을 하는 거람? 수하는 의식적으로 고개를 저으며 마음을 다잡았다. 괜히 들떠서 좋을 건 없었다.

불현듯 놀이공원 사진이 떠오른 건 그 순간이었다.

"저 사진은 안 가져가?"

다비드만큼이나 잘 생긴 석고상 그림 옆의 놀이공원 사진을 가리키며 수하가 물었다. 그런데 희정이 내놓은 대답은 가히 수하의 성에 차고도 남았다.

"가져가서 뭐하게요." 사진을 거들떠도 안 보며 희정은 말했다. "과거는 과거일 뿐이잖아요. 게다가 그렇게 친한 것도 아니었고. 그냥 묻어두고 살래요."

두 사람 사이에 잠시 침묵이 흘렀다.

"물론 절 키워준 분이기는 하지만, 어차피 가져가 봤자 별로 쓸모도 없고 또……" 희정은 말을 멈추고 놀이공원 사진을 올려다 보았다. 하지만 그리 오래도록 감상하지는 않았고, 이내 수하를 향해 고개를 돌리며 이렇게 말했다. "지금은 아줌마가 있잖아요."

그녀는 수하에게 미소를 지어 보였다.

"전 그것만으로도 충분해요."

밤 10시 40분. 세 사람은 숨통을 조이는 어두컴컴한 계단을 지나 1층으로 내려갔다. 하늘에서는 새똥 같은 빗방울이 떨어지고 있었다.

7

빗방울이 조금씩 굵어지기 시작한 건 산대초등학교 앞 사거리에 다다랐을 무렵이었고, 그로부터 다시 10분 뒤 열쇠가 꽂혀 있는 차량을 발견했을 때부터는 본격적으로 퍼붓기 시작했다. 쏟아지는 비 때문에 시야도 가렸고 몸도 무거운데다, 휠체어까지 밀어야 하니 이동하기가 거의 어려웠다. 셋은 일단 차를 타고 이동하기로 결정했다. 도로에 차가 드물어 차로 이동이 가능하다 생각했고, 무엇보다 이 외에는 빗속에서 딱히 이동할 방법을 찾을 수 없었다. 손전등으로 차 안을 이리저리 비추며 몇 가지를 점검하던 자카리아는 이만하면 만족스럽다는 듯 고개를 끄덕였다. 연식은 모르지만, 겉보기만큼이나 속도 깨끗한 검은 세단이었다.

트렁크에 여행 가방과 배낭을 싣고, 휠체어는 뒷좌석에 싣는 것을 끝으로 자카리아와 희정은 차 안으로 들어왔다. 두말하면 잔소리지만 자카리아의 자리는 운전석이었고, 수하의 자리는 조수석이었다.

"날씨가 미쳤나 봐요. 아주 제멋대로 퍼붓네, 예고도 없이."

뒷좌석으로 들어와 안전띠를 매며 희정이 말했다.

"어쩔 수 없잖아. 살아남은 기상 캐스터도 얼마 없을 텐데. 그마저도 대부분은 실직 상태일 거고."

수하였다. 잠시 후 자카리아가 시동을 걸자 묵직하면서도 낮은 으르렁 소리와 함께 샛노란 빛 한 쌍이 비 내리는 어둠을 꿰뚫었다.

"가는 길 알아요?"

룸미러의 위치를 조정하면서 자카리아가 던진 질문이었다.

"네. 알아요."

그럴 수밖에 없는 것이 걸핏하면 고개를 드는 방랑벽 때문에 부산역을 찾은 횟수만 10번은 넘었으니 말이다. 부산 연안 여객 터미널은 부산역에서 그리 멀지 않았다.

억수같이 쏟아지는 빗줄기를 뚫고 자카리아가 차를 움직이기 시작했다.

8

"자카리아 씨는 뭐 하는 분이었어요, 고향에서?"

68번 지방도로와 904번 지방도로, 그리고 경주 톨게이트를 거쳐 통도사 휴게소를 지날 무렵 수하가 자카리아에게 한 질문이었다. 중간중간 차들이 길을 막을 때마다 인도나 논밭 쪽을 우회하거나 때로는 자카리아와 희정이 내려서 차들을 밀어내고 통로를 확보한 뒤에야 움직이는 과정을 거치다 보니 이곳까지 나오는 데에도 꽤 많은 시간을 지체했다. 그동안 그녀는 카오디오 채널을 이리저리 돌리며 방송 중인 채널이 있는지 확인해 보았지만, 어느 곳에서도 사람의 목소리는 들리지 않았다. 차체를 때리는 차가운 빗소리와 단조로운 타이어 소리가 자장가라도 된 듯 룸미러를 통해 뒷좌석을 보니 희정은 곯아떨어진 지 오래였다.

"왜요, 그건?"

중앙 분리대를 들이받은 채 죽어 있는 검은 자가용을 피해 운전대를 꺾으며 자카리아가 답했다.

"그냥 궁금해서요. 다리 이렇게 해준 거 보면 보통 일 하던 사람은 아닌 것 같아서요."

연신 카오디오의 채널 버튼을 누르며 수하가 한 말이었다.

고향 생각을 하려니 속에서 묵직한 덩어리 같은 것이 올라오는 듯 자카리아는 한숨을 내지었다.

"벽돌공이었어요."

"벽돌공이요?"

"네. 우리나라에선 진흙으로 집을 만들거든요. 다지고, 깨트려서." 자카리아가 말했다. "한국에 온 건 순전히 돈 때문이고요. 하루 종일 아무리 기를 쓰고 벽돌을 날라도 이곳 돈으로 천 원도 못 벌거든요. 그리고 아주머니 다리는……"

그는 잠시 말을 멈추었다가 이렇게 덧붙였다.

"우리나라에 있을 때 병원 갈 돈이 없어서 직접 배운 거고요, 동네 아저씨한테. 하루 종일 일해서 천원도 못 버는 사람들이 병원을 어떻게 가겠어요? 차라리 눈대중으로라도 배워서 직접 하는 게 더 싸게 먹히지."

수하는 "그럼 여기서 번 돈은 전부 고국으로 보냈겠네요?" 하고 물으려다 관두었다. 왜냐면…… 빤하지 않은가? 돈 때문에 왔다는 건 돈이 급히, 그것도 아주 많이 필요해서 왔다는 뜻이고, 그 돈이 흘러들어 가는 구멍에 관해서는 전적으로 수하가 알 필요 없는 문제였으니 말이다. 다시 라디오를 켜고 채널을 돌려봐도 잡음밖에 들리는 것이 없자 수하는 카오디오에서 손을 떼고 조수석 등받이에 몸을 기대었다. 가슴이 어찌나 답답하던지 마음만 먹으면 돌멩이라도 토해낼 수 있을 것 같았다. 그녀는 창밖을 내다보았다.

자카리아의 눈에는 어떻게 보일지 몰라도 최소한 그녀가 보기에 희정은 자기 친엄마에 관해서 그다지 관심이 없는 것 같았다. 물론 그녀는 수하를 친엄마처럼 따르기는 했지만, 친엄마처럼 따르는 것과 친엄마일지도 모른다고 의심을 품는 것은 엄연히 다른 것이었다. 속상했다. 선뜻 "내가 네 엄마야."라고 말하지 못하는 자신이 그렇게 한심할 수가 없었다. 도대체 뭐가 그리도 두렵단 말인가? 희정에게서 원망을 듣는 것? 아님 희정이 농담하지 말라며 진실을 대수롭지 않게 여길까 봐? 사실 수하는 둘 다 두려웠다. 그래서 그녀는 선불리 희정에게 진실을 알려줄 엄두가 나지 않았다. 자칫하면 지난 3년 동안 공들여 쌓은 희정과의 관계가 한순간에 어긋날 수도 있다는 생각에 그녀의 혀와 입술은 매번 침묵을 강요

했던 것이다. 수하는 한숨을 내쉬었다. 가슴속에 납덩이라도 들어앉은 기분이었다.

"아주머니는 뭐하셨는데요?"

자카리아가 물었다.

"전……" 끝도 없이 어둠이 이어지는 창밖을 내다보며 수하는 말했다. "작가였어요. 이제 막 첫 골을 넣었는데 그길로 레드카드를 먹고 경기장에서 퇴장당한 작가요."

그렇게 말하고 나서 문득 생각났다는 듯 그녀가 물었다.

"뭐 하나만 더 물어봐도 돼요?"

"싫다고 해도 물어볼 거잖아요? 한국 사람들 다 그러던데?" 수하는 딱히 반박할 거리가 떠오르지 않았다. "물어봐요. 말하기 힘든 것만 아니면 대답해 줄 테니."

"그때 저 왜 구해준 거예요? 잘못하면 자카리아 씨가 죽을 수도 있었는데?"

"그냥 도와주고 싶었어요." 자카리아가 말했다. "같은 라인에서 일했던 아주머니가 있는데, 이 난리에 저를 구해주려다 그놈들한테 죽었어요. 평소에도 잘해주시던 분이었는데. 아주머니를 보니 그분 생각나서 도와준 거예요. 물론 그땐 아주머니가 남자인지 여자인지도 몰랐지만요."

얼마 뒤 목적지인 부산에 가까워졌음을 알리기라도 하듯 경남은행 표지판과 부산 MBC라고 적혀 있는 표지판이 전조등 끄트머리에 걸려들었다.

9

새벽 3시 20분에 가까워서야 일행은 목적지 근처에 도착했다. 통도사 휴게소를 지나친 지 거의 1시간 만이었고, 그마저도 양산 분기점을 지나 대동 분기점으로 향하는 동안 비가 그쳤기에 가능한 것이었다. 만약 비가 그치지 않았더라면 일행은 20분 정도 더 늦게 도착했을 것이다.

부산역 방면으로 이어지는 중앙대로 남쪽으로 방향을 꺾다 말고 자카리아가 차를 세웠다. 부산에 입성한 뒤부터 쉬지 않고 라디오 채널을 돌리던 수하는 무슨 일인가 싶은 얼굴로 전조등에 비친 거리를 내다보았다. 마치 평소 교통량을 증명하기라도 하듯 수십 대의 차량이 중앙대로 위에 버려져 있었다.

"여기서부턴 걸어가야겠어요." 그가 시동을 끄며 말했다. "차가 너무 많아서 지나갈 수가 없겠어요."

그의 말은 사실이었다. 여길 지나려면 적어도 탱크나 불도저는 있어야 할 만큼 도로는 차들로 빼곡히 차 있었던 것이다. 수하는 카오디오에서 손을 뗐다.

"그래요, 그럼. 어차피 비도 그쳤으니 걸어서 가는 것도 나쁘지 않을 거예요."

"라디오는 아직 안 잡혀요?"

자카리아가 카오디오를 가리키며 물었다.

"네. 아무것도 안 잡혀요."

수하는 그를 바라보았다. 그러자 그는 머뭇거리다 다음과 같이 말했다.

"아무래도 좀 이상하지 않아요? 그 라디오 방송대로면 지금쯤 누군가를 만났어도 만났을 거고, 하다못해 그때 그 사람들처럼 그것들 피해서 도망가는 사람들을 한 번쯤은 봤어야 하는데, 아직 우린 아무것도 못 봤잖아요?"

"네. 그렇죠."

그 부분에 관해서 수하가 할 수 있는 말은 그다지 많지 않았다. 그녀는 룸미러에 비친 희정을 슬쩍 보았다. 통도사 휴게소를 지나면서부터 잠이 들었던 그녀는 여전히 세상 모르고 자고 있었다.

"부산에 들어온 지도 한참 됐어요. 그리고 아주머니를 의심하는 건 아니지만, 아주머니 말대로라면 부산항은 여기서 멀지 않았고요. 그런데도 아무것도 안 보인다는 건 말이 안 돼요." 자카리아는 분명한 불신의 뜻을 내비치며 수하를 쳐다보았다. "채널은 전부 확인해 봤어요?"

"네. 전부 확인해 봤어요."

수하는 눈앞이 캄캄해지는 기분이었다. 처음에는 단지 엄마의 자리를 되찾고자 시작한 여행이었지만, 그 과정에서 발생한 예기치 못한 변수 때문에 자신과 희정과 자카리아가 지금 부산 시내 한복판에서 이러고 있다고 생각하니 기가 막힐 노릇이었다. 하지만 방법이 없었다. 여기까지 온 이상 결과가 어찌 되든 확인은 해봐야 했다. 생각은 그 뒤에 해도 늦지 않았다.

"일단 가 봐요. 그럼 뭔가 나오겠죠."

수하의 말이었다.

자카리아가 차량 뒤편에서 도보 여행을 준비하는 동안 수하는 뒷좌석에서 한창 꿈나라 여행 중인 희정을 흔들어 깨웠다.

"다 왔어요?"

눈살을 잔뜩 찌푸리며 희정이 물었다.

"조금만 더 가면 돼. 그러니 얼른 일어나."

수하의 대답이었다.

중앙대로 남쪽으로 30분 정도 내려가자 부산역 광장이 나타났다. 수하의 기억에 따르면 이곳은 비성수기에도 항상 인산인해를 이룰 만큼 시끌벅적한 곳이었지만, 전염병이 휩쓸고 간 지금은 그저 정적만이 감도는 침묵의 지대에 지나지 않았다.

중앙대로를 지나는 동안 수하는 자동차 지옥도 이런 자동차 지옥은 없을 거라고 속으로 끊임없이 중얼거렸다. 수하의 손전등 불빛이 도로 위에 방치된 차량 사이로 빠르게 움직였다. 차 안이 피투성인 차. 유리창에 붉은 핏자국이 난잡하게 찍혀 있는 차. 문이 활짝 열려 있는 차. 앞 차의 꽁무니에 얼굴을 들이받은 차. 운전석 창에 거미줄 같은 금이 있는 차. 그리고 생선 통조림처럼 안전벨트에 묶인 채로 이승을 하직한 사람이 들어 있는 차. 끔찍했다.

약 25분 후 일행은 부산 세관 삼거리에 도착했다. 부산 연안여객터미널의 어두운 형체가 나타난 건 거기서 다시 남쪽으로 5분 정도 더 내려갔을 때였다. 그런데…… 수하가 예상했던 것과는 달라도 너무 달랐다. 번듯한 군부대는커녕 야간 경계를 서는 초병조차도 보이지 않았던 것이다. 수하는 직감적으로 무언가 잘못됐음을 느꼈다. 그리고 그녀의 직감은 조금도 틀리지 않았다. 여객터미널 안으로 들어선 순간 세 사람은 거의 동시에 코와 입을 틀어막았던 것이다. 악취가 어찌나 지독하던지 코끝이 시큰거리는 것을 넘어 아릴 지경이었다. 그들은 부랴부랴 손전등 스위치를 올렸다.

"맙소사."

수하는 탄성을 자아냈다. 뒤에서 희정이 낮은 신음소리를 냈는데, 수하에게는 그 소리가 마치 머나먼 이국땅에서 들려오는 것 같았다.

터미널 내부는 차마 눈 뜨고 볼 수 없을 만큼 참혹했다. 죽은 몸뚱이들이, 피에 전 죽은 몸뚱이들이 대합실 전체에 널브러져 있었던 것이다. 대기석에도, 바닥에 쓰러진 홍보물 비치대 위에도, 승차권 발행 창구에도, 고객 안내 데스크에도, 심지어 작동을 멈춘 에스컬레이터 위에도, 손전등 불빛이 닿는 곳이면 어디든 몸뚱이들이 있었고, 손전등 불빛이 닿지 않는 곳은 어디도 없었다. '아무리 못해도 500명은 될 거야. 저 사람들, 저 시체들…… 아무리 못해도 그쯤은 될 거야.' 손전등으로 대합실을 훑으며 수하는 생각했다.

"어떻게 된 걸까요?"

한 손으로 입을 막은 채 희정이 물었다. 하지만 그녀는 누구에게서도 이렇다 할 대답을 들을 수 없었다.

수하는 고개를 설레설레 저었다. 그녀의 머릿속에서 동철이 말했다. *"배가 있답니다. 라디오 뉴스 진행자 말에 따르면 생존자들을 구조할 목적으로 군에서 운용하는 배라던데, 오직 건강한 비감염자들한테만 승선이 허용될 예정이라고 하더군요. 오늘부터 매일 낮 12시마다 부산 연안 여객터미널에서 제주도로 생존자를 이송한다더군요."* '세상에 무슨 만우절 장난도 아니고.' 수하는 한숨을 지었다. 문득 자신이 너무나도 바보 같다는 생각이 들었다. '어떡하

지? 이젠 갈 곳도 없는데. 어떡하지? 어떡하지?'

손전등 불빛 세 개가 터미널 곳곳을 돌아다니며 사방에 널브러져 있는 시체들을 비추었다. 죽은 이들 중에는 얼룩덜룩한 군복 차림의 군인들도 있었지만, 대부분은 사복 차림의 민간인들이었다. 수하는 어쩌면 저 민간인들의 시신이 이곳을 습격한 광인들일지도 모른다고 생각했다. 그런데 생각해 보니 가능성이 꽤나 높았다. 한눈에 봐도 군복 차림의 시신보다 사복 차림의 시신들이 압도적으로 많았던 것이다. 제아무리 성능 좋은 무기로 무장했다 한들 머릿수에서 밀리면 광인들의 적수가 되지 못했다. 수하는 고개를 들어 희정을 쳐다보았다.

"이제 어떡하죠?"

희정이 물었다. 하지만 수하는 한숨만 내쉴 뿐 아무 대답도 하지 못했다.

새벽 4시 37분. 일행은 어둠에 잠긴 선착장을 한 바퀴 둘러본 다음 다시 부산역 방면으로 걸음을 옮겼다. 여객터미널 어디에도 생명의 흔적은 남아 있지 않았다.

10

30분 뒤, 부산역 광장에 도착한 일행은 우선 근처에 위치한 어느 호텔로 들어가 그날의 여정을 마무리 짓기로 했다.

부딪치고 깨지고 찌그러진 차들을 지나 150미터 정도 이동하자 짙푸른 빛깔의 하늘을 머리에 이고 서 있는 한 호텔 건물이 나타났다. 손전등 불빛에 의지해 출입문을 이리저리 살펴보던 자카리아는, 출입문을 한번 밀어보고는 다음과 같이 말했다.

"아무래도 이쪽으로는 힘들겠는데요? 다른 길을 찾는 게 낫겠어요."

그리하여 일행은 밤하늘보다 더 짙은 어둠이 들어차 있는 호텔 1층의 주차장으로 들어갔다. 거리와 마찬가지로 주차장 역시 지저분하기는 매한가지였다. 그리고 두말하면 잔소리지만, 눈길이 닿는 곳마다 혼란과 폭력의 흔적이 고스란히 스며들어 있었다. 자기들끼리 부딪치고 깨져 대열을 놓쳐버린 자동차들. 도대체 어떻게 한 건지 세단을 밟고 올라서 있는 SUV 한 대. 마치 그렇게 하면 자기가 안 보일 거라 생각한 듯 벽에 머리를 들이받은 채 옴짝달싹도 않는 쿠페. 이제는 어딜 가나 폐차장이었다.

자카리아가 걸음을 멈추더니 손전등 불빛으로 주차장 좌측의 진열창 같은 유리창들을 비추었다. 그 중 하나는 마치 비상탈출구처럼 생긴 유리창이었는데, 다시 보니 정말 출입문이었다. 문제가 있다면 육중한 승합차 한 대가 출입문을 빈틈없이 틀어막고 있다는 것이었지만. 일행은 그곳으로 걸어갔다. 수하의 허벅지 밑에서 휠체어 바퀴가 귀에 거슬리는 끽끽 소음을 내며 고요한 대기에 날카로운 생채기를 남겼다.

가까이서 살펴보니 유리창 중 하나가 완파된 것을 그들은 볼 수 있었다. 요즘은 어딜 가나 볼 수 있는 프랜차이즈 카페의 창가 자리처럼 똑같은 크기의 유리창이 일렬로 늘어서 있었는데, 그 가운데 하나가 말끔히 부서져 나가고 없었던 것이다. 일행은 그곳을 통해 안으로 들어가기로 했다.

먼저 창틀을 넘은 이는 자카리아였다. 그는 입에 손전등을 문 채 희정에게서 수하의 휠체어를 건네받은 뒤 그녀가 안으로 들어왔을 때 바로 앉을 수 있도록 휠체어를 펼쳤다. 수하를 등에 업고 있던 희정이 창틀 쪽으로 다가가 몸을 돌렸다. 자카리아가 수하의 겨드랑이에 양손을 끼워 넣었다. 수하는 행여나 부러진 다리가 창틀이나 벽에 부딪쳐 통증을 유발할까 봐 온 힘을 다해 좌측 허벅지와 정강이를 들어 올렸다. 그런데…… 그러는 것조차도 그녀에게는 너무나 고통스러웠다. 마치 살갗 아래 있는 게 두 동강 난 뼈가 아니라 두 동강 난 형광등같이 느껴졌던 것이다. 뜨거웠다. 그리고 예리했다. 용광로에 담갔다 뺀 쇠꼬챙이로 뼛속을 지지는 것처럼.

자카리아는 서둘러 그녀를 미리 세워둔 휠체어 쪽으로 질질 끌고 갔다. 그러고는 그녀를 휠체어에 앉혀 통증으로 달아오른 심신에 선선한 안도감을 안겨주었다. 희정을 끝으로 일행은 호텔로의 입성을 마쳤다.

손전등 불빛이 지독한 어둠을 이리저리 훑으며 시야를 밝혀주었다. 접수대를 비롯해 복도는 최초의 혼란과 폭력과 살인의 흔적을 고스란히 간직하고 있었다. 원래의 형체를 알아볼 수 없을 만큼 조각 난 화분들. 뿌리 내릴 곳을 잃은 채 널브러져 있는 조경식물들. 반파되거나 넘어져 있는 동그란 나무 탁자들. 그리고 드문드문 핏자국이 남아 있는 접수대와 곳곳에 피 웅덩이가 고여 있는 기다란 복도. 시체만 없을 뿐 가히 도살장을 방불케 하는 광경이었다.

복도를 따라 7미터가량 이동하자 비상계단이라고 적혀 있는 문

하나가 그들 앞에 나타났다. 마치 준비만 되면 언제든 들어와도 좋다는 듯 문은 활짝 열려 있었고, 겉보기에도 그럭저럭 깨끗해 보였다. 그들은 간단한 의논 끝에 휠체어는 두고 가기로 결정한 다음 비상출입문 안으로 들어갔다.

2층을 지나 3층, 3층을 지나 4층, 그리고 4층을 지나 5층에 이르기까지 일행은 짙은 피로감이 묻어나는 숨만 몰아쉴 뿐 어떤 대화도 나누지 않았다. 크기도 크고 무겁기도 무거운 여행 가방을 두 손에 들고, 배낭을 짊어 멘 채 계단을 올라가는 자카리아도, 수하를 부축하며 한 걸음 한 걸음 조심스레 계단 턱을 밟는 희정도, 오른쪽 발목이 부러지도록 깽깽이걸음을 반복하는 수하도, 그들에게서는 단 한 마디도 나오지 않았던 것이다. 손전등 불빛이 6F/5F라 적혀 있는 벽면의 푸른 글자를 지나쳤다.

그들이 멈춘 건 8층 비상출입문 앞에 이르렀을 때였다. 희정이 허리를 굽혀 내려갈 수 있도록 여건을 마련해 주자 수하는 두 손으로 층계참을 짚은 뒤 그대로 계단 제일 위쪽 턱에 엉덩이를 붙였다. 자카리아는 여행 가방을 바닥에 내려놓은 뒤 그대로 털썩 주저앉아 거친 호흡을 몰아쉬었고, 희정은 계단에 걸터앉아 허리를 두드려 댔다. 다들 피곤해서 그런지 몰골이 말이 아니었다.

"어떡할래요? 9층까지 올라가 볼래요?"

숨을 헐떡이며 자카리아가 물었다.

"글쎄요? 여기도 충분해 보이는데요? 이 문 열리면 그냥 여기서 방 잡아요."

희정이었다. 자카리아의 눈길이 수하에게로 향했다. 마치 "아주머니 생각은 어때요?"라고 묻는 듯한 눈빛이었다.

"희정이 말대로 해요. 여기 문 열리면 여기서 방 잡고, 안 열리면 좀 쉬다가 9층으로 올라가 봐요."

수하의 말이었다. 하지만 그들은 더 이상 계단을 오를 필요가 없었다. 마치 운명의 나침반은 처음부터 그곳을 가리키고 있었던 듯 8층 비상출입문은 잠겨 있지 않았던 것이다. 일행은 숨을 마저 돌린 다음 안으로 들어갔다.

창백한 손전등 불빛이 복도에 깔려 있는 카펫 위를 미끄러지듯 질주했다. 불그스름한 족적이 몇 군데 찍혀 있는 것을 제외하면 복도는 매우 깔끔한 편이었다. 생명의 흔적도, 죽음의 흔적도 보이지 않았다. 보이는 것이라고는 오로지 첫날의 혼란과 광기가 남기고 간 꼬리 자국뿐이었다.

8층에 있는 객실 열다섯 곳 중 그들이 선택한 곳은 810호실이었다. 더블베드 하나와 싱글베드 하나가 있고, 객실 중앙에는 안락의자 하나와 2인용 소파 하나, 그리고 자그마한 테이블이 놓여 있는 스위트룸. 일행은 그곳으로 들어갔다.

아직은 하늘이 어둑어둑했기에 손전등 없이는 객실 내부를 뚜렷이 볼 수 없었지만, 그럼에도 수하는 파도처럼 밀려오는 깔끔함을 느낄 수 있었다. 침대보가 피로 물들어 있거나 유리란 유리는 전부 박살 나 있는 등 엉망진창이었던 다른 객실들과는 달리 810호실은 (한 번쯤은 정리할 필요가 있어 보이는 더블베드와 싱글베드를 제외하고) 말끔히 정돈되어 있는 것을 넘어 어느 곳에도 피 한 방울 묻어 있지 않았던 것이다. 희정의 부축을 받으며 수하는 객실 안으로 들어갔다. 뒤에서 자카리아가 문 잠그는 소리가 들렸다. 등산용 배낭과 여행 가방을 바닥에 내려놓는 그의 몸짓에서 마치 온 세상을 다 짊어진 듯한 고단함이 묻어났다. 그는 객실 가운데 놓여 있는 안락의자로 다가가 엉덩이를 붙였다. 수하와 희정이 앉은 곳은 싱글베드 가장자리였다. 자카리아가 턱이 빠지도록 하품을 했다.

30분 뒤 동쪽 하늘이 서서히 주황빛으로 물들어갈 즈음 일행은 얼굴과 팔과 다리에 가볍게 물을 묻히며 뒤늦게나마 잠자리에 들 준비를 했다. 자카리아가 청바지를 무릎까지 걷은 채 화장실에서 나왔다. 커다란 욕조와 물뿌리개 부분이 해바라기처럼 널따란 샤워기가 설치되어 있는 고급진 화장실이었는데, 아직 단수가 되기에는 한참 이른 듯 수도꼭지를 올리자 물이 콸콸 쏟아져 나왔다. 누가 됐든 첫 번째로 잠에서 깨어나는 사람이 욕조에 물을 받아놓자는 수하의 제안에 자카리아는 굳이 그때까지 기다릴 필요가 있느냐며 욕조와 세면대에 물을 채우고 나오는 참이었다.

수하와 희정은 더블베드에 몸을 눕혔다. 자카리아가 누운 곳은 싱글베드였고, 혼자 누워서 그런지 공간이 제법 널찍하게 남았다.

"저 블라인드 말이에요. 해 떠도 계속 저렇게 쳐놓을 거죠?"

자기 몫의 싱글베드에 두 다리 쭉 뻗고 누워 있던 자카리아였다. 햇빛은커녕 바람조차도 드나들지 못할 만큼 블라인드는 빈틈없이 유리창을 가리고 있었는데, 수하의 생각이 맞는다면 적어도 태양이 완전히 가라앉을 때까지는 저렇게 블라인드를 쳐놓아야 할 터였다.

"네. 솔직히 저렇게 해놓는 것 말고는 방법이 없잖아요?"

수하가 대답해주었다.

"답답하겠네요. 한동안은."

한숨을 쉬며 자카리아는 수하의 말을 받았다.

"어쩔 수 없잖아요. 살려면."

희정이었다.

세상이 망해도 살아남을 아날로그 벽시계의 톱니바퀴 소리가 연이어 째깍거렸다. 째깍 1초. 째깍 2초. 째깍 3초. 째깍 4초. 째깍 5초……. 그리고 일행은 침대 아래로 녹아내리듯 잠의 늪으로 빠져들었다. 좋은 꿈꾸라며, 혹은 잘 자라며 인사도 잊은 채. 그렇게 40분이 흘렀다.

객실 문이 한 차례 열리고 닫혔다.

11

"아줌마? 아줌마?"

그날 오후, 희정이 다급한 목소리로 수하를 잠의 늪에서 끄집어냈다. 수하는 희정의 목소리가 들려오는 방향으로 고개를 돌렸다. 오른편이었고, 하마터면 잠결에 딸이란 단어를 입에 올릴 뻔했다.

"왜 희정아?"

"아저씨가 없어요."

희정이 말했다. 두 눈을 감은 채 귀만 열어두고 있던 수하는 처음에는 그게 무슨 소리인가 싶었다. 하지만 이내 졸음이 싹 가시면서 정신이 번쩍 들었고, 그녀는 상체를 벌떡 일으켜 희정을 쳐다보았다.

"뭐? 그게 무슨 소리야? 아저씨가 없다니?" 수하가 물었다. "자카리아 아저씨 말이야?"

"네." 희정은 고개를 끄덕였다. "저도 방금 일어나서 알았어요."

"화장실에도 없어?"

"네, 없어요. 혹시나 싶어서 확인해 봤는데 화장실에도 없더라고요. 현관에 신발도 두 켤레 뿐이고요."

수하는 이해할 수 없었다. 희정이 불안한 듯 오른손으로 왼팔을 문질렀다.

"지금 몇 시니?"

"3시 다 돼가요."

"벌써?"

"네."

수하는 어깨 너머로 고개를 돌려 유리창이 있는 아래쪽을 내려다보았다. 투명한 유리창 너머로 태평양처럼 맑고 푸른 오후의 하늘이 보였다. 시계를 보니 오후 3시 10분 전이었다.

'그래. 이젠 떠날 때도 됐지.' 수하는 마치 모기의 날갯짓을 좇듯 멍하니 허공을 응시했다. 사실 생각해 보면 그리 놀랄 일도 아니었다. 그녀도 알다시피 자카리아한테는 돌봐야 할 가족이 있었고, 또 한국은 더 이상 그한테 코리안 드림이 되지 못했으니 말이다. 희망이 사라진 땅에서는 하루 빨리 떠나는 게 상책이다.

수하는 생각했다. '그 사람은 할 만큼 했어. 부목도 그렇고, 혜진이를 대신해서 날 안강까지 데려다준 것도 그렇고 충분히 할 만큼 했다고. 이젠 그 사람을 보내줘야 할 때야.' 물론 자카리아도 마음이 편치만은 않았을 것이다. 하지만 중간에 뒤돌아보지는 않았으리라. 왜냐면 그한테는 돌아가야 할 가족이 있었으니까. 가족이 있는 남자는 아무리 오랜 세월이 걸리더라도 결국에는 자신이 있어야 할 곳으로 되돌아가기 마련이었다.

"그래도 이건 두고 갔네요."

희정이 테이블 한복판에 놓여 있던 진통제를 들어 보이며 한 말이었다.

자카리아가 떠났다는 사실을 받아들이고 나자 현실적인 문제들이 더욱 현실적으로 다가왔다. 벌써 30분째였다. 처음에는 대수롭지 않게 여겨졌던 일들이 마치 나뭇가지를 타고 일렬로 이동하는 일개미들처럼 꼬리에 꼬리를 물고 이어지자 걷잡을 수 없이 심각해졌던 것이다.

'저 어린 것을 데리고 앞으로 어떻게 살아가지? 바깥엔 놈들이 득실대고 난 휠체어 없이는 움직이지도 못하고(화장실 정도는 혼자 힘으로도 갈 수 있지만). 만에 하나 놈들이 우릴 찾아내면 그땐 어떡하지? 그냥 유리창 너머로 같이 몸을 던져야 하나? 두 손 꼭 붙잡고? 다음 생엔 절대로 이런 세상에 태어나지 말자고 기도하면서? 이런 세상에. 이거 완전 궁지에 몰린 개 신세잖아?' 수하는 한숨을 쉬며 창밖을 바라보았다. 초조하고 불안한 마음에 손톱이라도 물어뜯고 싶었지만, 그녀는 그럴 수 없었다. 왜냐면……

"아줌마, 이것 좀 보세요."

저 어린 것도 저렇게 아무렇지 않은 척 행동하는데, 그녀라고 못할 건 없지 않은가?

수하는 고개를 돌려 희정을 쳐다보았다.

"왜, 희정아?"

"이거요."

희정이 손바닥만 한 종이 한 장을 내밀었다. 아니, 그건 손바닥만 한 크기로 접혀 있는 종이였다.

"뭐야, 이게?"

종이를 건네받으며 수하가 물었다.

"아저씨가 남긴 거예요. 배낭에서 찾았어요."

희정의 말에 수하는 잠시 머뭇거렸다. 하지만 그건 아주 잠시일 뿐이었다. 그녀가 종이를 펼치고 첫 문장을 읽기까지 걸린 시간은 10초도 안 되었다.

말도 없이 떠나서 죄송합니다.

하지만 저도 어쩔 수 없다는 걸 아주머니께서 이해해 주셨으면 좋겠습니다.

사실 여기까지 오는 동안 고민 많이 했습니다. 오늘 떠나야 할지 말아야 할지…… 아무래도 이젠 정말 떠나야 할 때가 온 거 갖습니다.

아주머니한테 필요한 건 모두 두고 가겠습니다. 약하고 차 열쇠는 배낭 앞주머니에 넣어났고 음식은 큰 주머니에 넣어났습니다. 아마 한 3일 동안은 걱정 없이 지낼 수 있을 겁니다.

그리고 다리. 제가 의사가 아니라서 모르겠지만, 아마 다 나을 때까지 한 몇 개월은 걸릴 겁니다. 그러니 관리 잘 하세요. 뼈가 삐딱하게 붙어서 나중에 못걸으면 안 되니까요.

지난 4일 동안 감사했습니다. 아주머니는 제가 만난 한국 사람들 중 가장 친절한 분이었습니다.

나중에 기회가 되면 연락드리겠습니다.

자카리아

삐뚤빼뚤 초등학생 습작 글처럼 적어놓았지만 자카리아의 진심이 담긴 글이었다. 수하는 편지를 다시 곱게 접어 희정에게 건네주었다.

"어떻게 할까요?"

희정이 물었다.

"그냥 배낭에 넣어놔."

'아님 종이비행기 접어서 날려 보내든가. 그럼 언젠가는 주인한테 돌아가겠지. 바람 따라 세월 따라 날아다니다가…….' 수하는 노래를 흥얼거리며 배낭이 있는 곳으로 걸어가는 희정의 뒷모습을 쳐다보다 다시 창밖으로 시선을 돌렸다. 더 콜링의 「웨어에버 유 윌 고」. 언젠가 그녀도 들어본 적 있는 노래였다.

이곳의 광인들은 안강의 광인들보다 시간을 좀 더 엄수하는 편이었다. 벽걸이 시계가 6시 정각을 가리키자 부산역 뒤편의 철도에 흩어져 있던 광인들이 역사 안으로 몰려들기 시작했던 것이다. 수하는 마치 하루 일과를 마치고 퇴근길에 오른 70년대 후반의 공장 노동자들을 보는 것 같다고 생각했다.

20분 뒤, 직선거리로 150미터 정도 떨어져 있는 대로에서 광인 한 무리가 북상하고 있는 것이 수하의 눈에 들어왔다. 얼핏 봐도 800명은 넘을 듯한 규모였는데, 문제는 저 무수히 많은 검은 점들이 도대체 어디로 향하고 있는 건지 그들로서는 알 길이 없다는 것이었다. 블라인드 밖으로 두 눈만 내밀고 있던 수하는 무의식적으로 블라인드 자락을 움켜쥐었다. 겁에 질린 심장이 산 채로 기름 솥에 갇힌 개구리처럼 펄떡펄떡 뛰어댔다.

"도대체 어디로 가는 걸까요?"

희정이 물었다.

"아줌마도 잘 모르겠어. 안강에 있던 놈들하고 생활 방식이 똑같다면 자러 가는 것일 텐데…… 목적지가 어딘지는 모르겠어."

수하의 대답이었다.

"암만 좋게 생각하려 해도 꺼림칙한 건 어쩔 수 없네요." 입안이 바싹 타들어간 듯 희정은 혀로 입술을 적셨다. "특히 마음에 안 드는 건 저 단체 행동이에요. 안강에 있던 놈들도 그렇고 저 놈들도 그렇고, 왜 단체로 움직이는 걸까요? 쪽수로 봐서는 굳이 그럴 필요도 없어 보이는데."

"아마 본능 같은 걸 거야." 수하는 말했다. "단적인 예를 들자면, 정어리 같은 물고기들은 무리를 짓는 방식으로 스스로를 방어하거나 먹잇감을 사냥하거든. 참치나 전갱이 같은 녀석들은 아예 자기네들끼리 뭉쳐서 무리 하나를 대량으로 사냥하고. 그리고 생각해 보면 알겠지만, 혼자 있는 것보다는 비슷한 부류의 녀석들하고 같이 있는 게 훨씬 안전하지 않겠어?"

"그렇죠, 그야 당연히." 희정은 고개를 끄덕였다. "그럼 최소한 과격파한테 사냥 당할 확률은 떨어질 테니까요."

"과격파라니? 무슨 소리니, 그건?"

"말 그대로 과격파요. 여기저기 쏘다니면서 어떻게든 저 놈들 머릿수 줄이려고 피똥 싸는 도망자들. 물론 실제로 본 적은 없지만, 어딘가에 있지 않겠어요?"

희정은 눈썹을 치켜세우며 수하를 쳐다보다 다시 블라인드 너머로 시선을 옮겼다. 다리에 문제가 있는 듯 절름발이 광인 열댓 명이 철로 위를 느릿느릿 걷고 있는 게 보였다. 하지만 저들을 도와주려는 이는 누구도 없었다. 마치 낙오자에게 베풀 자비는 없다는 듯 무리는 저들에게 어떠한 도움의 손길도 내밀지 않았다.

"어쨌든 상당히 불쾌하네요. 저렇게 무리를 지어 다닌다는 건 어느 정도의 사회적 본능이 남아 있다는 건데…… 만일 그게 사실이라면 우린 지금 무인도에 갇혀 있는 거나 다름없잖아요?"

희정이 말했지만, 수하는 아무 대꾸도 하지 않았다.

"그 아저씨는 어떻게 됐을까요?"

희정이 툭 내뱉듯 물었다.

"글쎄."

수하는 이제 자카리아에 관한 생각은 별로 하고 싶지 않았다. 왜냐면…… 그건 자카리아의 운명이니 말이다. 기도야 얼마든지 해줄 수는 있지만, 그 이상으로 두 사람이 해줄 수 있는 일은 아무것도 없었다.

"무사하셨으면 좋겠어요."

희정이 말했다. 수하는 아무 대꾸도 하지 않았다.

잠시 후 대로를 종단하던 마지막 무리의 꼬리가 시야에서 사라지자 수하는 블라인드를 쳤다. 벽에 걸려 있는 시계를 보니 어느덧 바늘이 저녁 7시 5분을 가리키고 있었다.

12

두 시간 후 땅콩 통조림과 육포 한 팩과 마른오징어 한 마리로 끼니를 때운 두 사람은 침대에 누워 이런저런 얘기를 나누고 있었는데, 식후담화치고는 상당히 잔잔한 분위기였다. 짙은 어둠 속에서 반짝이는 눈 두 쌍이 허공을 응시했다.

"아줌마, 뭐 하나만 물어봐도 돼요?"

"물어봐."

"아줌마 저 처음 만난 날 기억하죠?"

"그럼. 기억하지, 당연히." 수하는 생각했다. '난 아마 영원토록 그 날을 잊지 못할 거야. 영원토록.' "왜?"

"그냥 기억하나 싶어서요."

희정이 대답했다. 수하는 직감적으로 희정이 하려던 말은 그게 아니었음을 알아차렸다.

"그러지 말고 말해봐. 아줌마가 대답해 줄 수 있는 거면 대답해 줄 테니까."

하지만 희정은 쉽사리 입을 열려 하지 않았다. 수하는 희정이 어떤 질문을 던질지 예상해 보았다. *그날이 몇 월 며칠이었죠? 아줌만 그날 어디 가는 길이었어요? 아줌만 그날 제가 거기 있을 거란 사실을 알고 있었어요? 정말 우리 아빠하고 친구 맞아요?* 그런 것들이라면 수하는 주저하지 않고 받아칠 자신이 있었다.

이윽고 희정이 머뭇거리며 물었다.

"아줌만 그때 어디 가던 길이었어요?"

"어디 가긴. 자러 가는 길이었지. 그때도 지금처럼 방랑 벽이 심했거든."

"그래요? 그것참 신기하네요." 희정이 꿈을 꾸는 듯한 어조로 말을 이었다. "저라면 아무리 방랑 벽이 심해도 안강 바닥으로는 눈길도 안 줄 것 같은데."

그렇게 말하고 나서 희정은 잠깐 말을 멈추었다 수하에게 이렇게 물었다.

"그날 비 왔었죠?"

"응." 수하는 몸을 일으켜 세운 뒤 침대 머리판에 등을 기대었다. "아주 억수같이 쏟아졌었지."

수하는 3년 전 그날 그 순간을 똑똑히 기억하고 있었다. 쏟아지는 것을 넘어 퍼붓는 빗줄기. 좌우를 바쁘게 오가며 그녀의 신경을 거슬리게 하는 와이퍼. 한밤중 우산도 없이 버스 정류장에 서 있던 중학생 여자아이. 밤 10시가 다 됐을 무렵이었다. 버스 정류장은 반대편 차선에 있었고, 그녀는 단속 카메라가 있건 말건 불법 유턴을 감행한 뒤 소녀 앞에다 차를 세웠다. 그러고는 조수석 창을 내리고 물었다. "학생, 우산 없어?" 하지만 아이는 수하의 물음에 선뜻 대답하려 하지 않았다. 꼴이 말이 아니었다. 마치 저 혼자 물 폭탄을 맞기라도 한 듯 아이는 머리끝부터 발끝까지 안 젖은 곳이 없었고, 추위에 오들오들 떨고 있었다. 수하가 다시 물었다. "어디 살아? 아줌마가 태워다줄까?" 그러자 아이는 이렇게 되물었다. "제가 뭘 믿고 아줌마 차에 타요? 아줌마가 누군 줄 알고?" 그리고 수하는 이렇게 답했었다. "그러지 말고 타, 어서. 기회 있을 때 타는 게 좋을 걸? 내가 알기론 지금은 버스가 끊겼거든. 택시도 야간 할증이 붙을 거고. 너 차비는 있어?" 아이는 우물쭈

물하며 대답하지 못했다. 마치 돈이 없는 건 사실이지만, 알량한 자존심이 주머니 사정을 밝히는 걸 허락하지 않는 듯. 그래서 수하는 더 이상 묻는 대신 팔을 뻗어 조수석 문을 열어주었다. 그러고는 아이를 향해 말했다. "타."

그날 그녀가 전남편의 아파트로 태워다준 아이의 이름은 희정이었다.

"처음 만났을 땐 중학생 1학년이었던 애가 벌써 고등학생이 됐다니. 시간 참 빠르단 말이야."

"그러게요. 벌써 고등학생이라니." 천장을 올려다보던 희정은 수하를 향해 돌아누웠다. "아줌마."

"응?"

수하는 희정을 바라보았다.

"우리 아빠하고 친구라 했죠?"

"응." 수하는 고개를 끄덕이며 속으로 중얼거렸다. '친구는 아니지, 엄밀히 말하면.' "왜?"

"그럼 우리 아빠 결혼식 때도 왔었겠네요? 친구였으니."

"가긴 했었지."

'하객 입장은 아니었지만.'

"어땠어요? 제 친엄마?"

수하는 머릿속이 새하얘지다 못해 온 몸에 소름이 끼치는 것이 마치 얼음물이라도 뒤집어쓴 듯한 기분이었다. 뭐라 대답해야 할지, 무슨 말을 해야 할지 알 수 없었다. 새까맣던 머릿속이 순식간에 밝아지면서 의식이 통째로 날아간 것만 같았다. 아무 소리도 들리지 않았다.

"아줌마? 듣고 있어요?"

"어. 듣고 있어." 수하는 더듬더듬 말하며 고개를 끄덕였다. 그러고는 입에서 나오는 대로 아무렇게나 말을 이었다. "예뻤어. 그래. 예뻤어, 너 닮아서. 원래 여자들은 결혼식 날이 제일 예쁘다고 하잖아?"

그런데 희정은 별안간 웃음을 터뜨렸다. 수하는 혹여나 자신이 말실수했나 싶어 기억을 되짚어 보았다. 하지만 아무리 생각해 봐도 자신은 농담 비슷한 것조차 꺼낸 적이 없었다.

"저 닮아서 엄마가 예뻤다고요? 제가 엄마를 닮은 게 아니고요?" 희정은 깔깔 소리 내 웃으며 엄지손가락으로 눈가에 맺힌 눈물을 훔쳤다. "한 번씩 아줌마 말실수하는 거 보면 웃겨 죽겠다니까요. 세상에, 엄마가 저를 닮았다니."

수하는 가슴을 쓸어내렸다. 다행이었다. 그렇게까지 큰 실수는 저지르지 않은 것 같아 얼마나 다행인지 몰랐다. 제기랄…….

"그럼 제 친엄마 이름이 뭐였는지는 기억나요? 아빠가 한 번도 말해준 적이 없었거든요."

희정이 생글거리는 얼굴로 물었다. 수하는 고개를 저었다. 문득 이번이 몇 번째 거짓말인지 모르겠다는 생각이 들었다.

"미안, 희정아. 네 친엄마 이름이 뭐였는지는 기억이 안 나네. 너무 오래 돼가지고. 학창 시절 친구들 이름도 잘 기억 안 나는 판에 잠깐 본 신부 이름이 기억날 리가 없잖니? 솔직히 말하면 얼굴도 가물가물하고."

수하는 희정을 보며 싱긋 웃었다. 그녀의 속에서 이만 솔직해지는 것이 어떻겠냐는 목소리가 들려왔다. 하지만 수하는 그럴 수 없었다. 적어도 지금은…… 적어도 아직은 자신의 정체를 밝히고 싶다는 용기보다 그래서는 안 된다는 두려움이 훨씬 앞섰던 것이다. 수하는 믿었다. 언젠가는 기회가 올 것이라고, 언젠가는 적당한 시기가 와서 자신과 희정을 자리에 앉힐 거라고 그녀는 믿어 의심치 않았다.

"그럼 몇 살이었는지도 기억 안 나겠네요?"

희정이 물었다. 애써 아쉬움을 감추는 것인지 아님 정말 아무렇지 않은 것인지 분간이 안 가는 말투였다. 수하는 생각했다. '그래. 나이 정도는 괜찮을지도.'

"그건 기억나." 수하는 희정에게 미소를 지어 보였다. "나하고 동갑이었거든."

최소한 그 부분에 한해서 수하는 거짓말을 하지 않았다고 자부할 수 있었다.

그날 밤 11시, 수하는 불현듯 이대로 있어서는 안 되겠다는 생각이 들었다. 두 사람의 유일한 보호자나 다름없던 자카리아가 떠나면서 삶의 무게를 온전히 떠맡게 된 탓도 있지만, 구조대가 언제 올지 혹은 오기나 할 것인지도 모르는 마당에 이렇게 누워서 시간을 죽일 수는 없었던 것이다. 게다가 지금은 광인들도 전부 자고 있지 않은가? 휠체어를 1층에 버려두고 온 터라 움직이려면 꼼짝없이 부축을 받아야 한다는 게 마음에 걸리기는 했지만, 그래도 8층 정도는 돌아다녀 봐야 했다. 두 사람은 현관 한쪽 벽에 꽂혀 있는 손전등('호텔 소유이므로 퇴실 시 반드시 제자리에 올려놔 주세요.'라고 적힌 스티커가 붙어 있었다.)을 하나씩 들고 객실을 나섰다.

두 사람이 처음 방문한 객실은 807호실이었다. 수하가 팔을 뻗어 객실 문을 잡아당겼다. 익숙하면서도 낯선, 마치 오래된 통나무집에서나 날 법한 낡은 소음이 두 사람을 반겼다.

"으, 이 소리 너무 싫어."

희정이 어깨를 부르르 떨며 말했다. 수하가 손전등으로 객실 내부를 비추었다.

"그럼 아줌마는 여기서 잠시만 기다리세요. 길어도 5분이면 될 거예요."

"혼자서 괜찮겠어?"

"그럼요. 제가 무슨 애도 아니고. 저 이래 봬도 담력 장난 아니에요."

희정이 수하에게 미소를 지어 보였다. 마치 자신을 믿어보라는 듯이.

희정이 객실로 들어가 쓸 만한 물건을 찾는 동안 현관 바닥에 앉아서 기다리기로 한 수하는 불만 가득한 눈길로 자신의 왼발을 내려다보았다. 문득 그날 교통사고만 당하지 않았더라도 이런 일은 없었을 텐데 하는 생각이 들었다.

첫술에 배부를 수 없다는 말처럼 두 사람은 807호실에서 아무것도 건지지 못했다. 그들한테 소득이 생기기 시작한 건 805호실부터였다. 희정이 805호실에서 들고 나온 물건은 트럼프 카드 한 세트와 건전지로 작동하는 휴대용 라디오였다. 물론 그 밖에도 물건의 종류는 다양했다. 이를테면 아직 배터리 잔량이 3분의 2나 남아 있는 엠피쓰리 플레이어라든가 리모컨에 들어 있던 건전지라든가 호텔 전화번호가 찍혀 있는 깨끗한 수건이라든가…….

희정이 802호실에서 찾아낸 여행 가방을 수하 앞에 내려놓으며 한껏 미소를 지었다.

"이거 좀 보세요. 왠지 쓸모 있을 것 같지 않아요?"

"그러게."

바퀴 돌아가는 소리가 시끄럽다는 것만 빼면. 수하는 고개를 끄덕였다.

"아, 그리고 이것도요." 마치 아직 더 보여줄 것이 남았다는 듯 희정이 바지 오른쪽 주머니에 손을 집어넣더니 호각 한 개를 꺼냈다. "어때요? 경보기로는 딱 좋을 것 같지 않아요?"

"글쎄."

수하는 고개를 한쪽으로 기울였다.

"왜요? 별로예요?"

희정이 물었다. 수하는 고개를 저었다.

"아니, 그건 아냐. 그건 아닌데……"

그녀가 말끝을 흐리며 눈을 피하자 희정이 다시 한 번 미소를 지어 보였다. 마치 '걱정 마세요.'라고 말하는 것 같으면서도 한편으로는 '사실 저도 별로 믿음이 가지 않아요.'라고 말하는 것 같은, 그런 미소였다.

"도움이 될 거예요." 희정이 입을 열었다. 수하는 여전히 반신반의하는 눈빛으로 희정을 쳐다보았다. "솔직히 없는 것보다는 낫지 않겠어요? 나중에 무슨 일이 생길지도 모르고. 일종의 보험이라고 생각하세요."

희정이 그렇게 말하며 호각을 다시 바지 주머니에 집어넣었다. 수하는 그런 희정의 모습을 가만히 바라보기만 할 뿐 아무 대꾸도 하지 않았다.

20분 뒤, 굳게 닫혀 있는 710호실 앞에서 희정이 물었다.

"어떻게 할까요? 오늘은 여기까지만 할까요?"

"왜? 힘들어?"

"아뇨. 그렇게 힘들지는 않은데, 이러고 계속 돌아다니면 아줌마 발목 아플 거 아니에요?"

'힘들단 말이네.' 수하는 속으로 그렇게 생각했지만, 그렇다고 희정의 말이 틀린 것은 아니었다. 사실 그녀도 알고 있었다. 혹사당한 오른쪽 발목에서 뜨끈뜨끈한 통증이 이글거리는 것을. 휴식이 필요했다. 생각 같아서는 한층 더 내려가 보고 싶었지만, 욕심내서 좋을 것은 없었다.

"그래, 그럼." 수하는 고개를 끄덕였다. "오늘은 여기까지만 하자. 어차피 시간은 내일도 있으니."

수하는 생각했다. 시간은 언제나 자기들 편이라고. 시간만큼은 반드시 자기들 편이어야 한다고.

13

"아줌마? 아줌마?"

그로부터 사흘째 되던 날 밤 10시, 갈수록 늘어만 가는 무기력감을 이기지 못하고 침대에서 무의식의 망망대해를 돌아다니던 수하는 눈살을 찌푸리며 피로가 뚝뚝 묻어나는 목소리로 물었다. 하루 종일 한 것이라고는 침대에 누워 빈둥거린 것밖에 없는데, 이

놈의 피로는 도무지 어디서 오는 건지 이해가 가지 않았다.

"왜 희정아?"

"일어나보세요. 급한 거예요."

"왜? 무슨 일인데?"

게슴츠레 뜬 눈으로 희정을 올려다보며 수하가 물었다. 그러자 희정은 다짜고짜 무언가를 내밀었는데, 그것은 다름 아닌 엠피쓰리 플레이어와 이어폰이었다. 손바닥만 한 크기의 액정에서 뿜어져 나오는 건조한 푸른빛이 수하의 눈알을 콕콕 찔러 댔다.

"방송이에요. 방송이 나오고 있어요."

수하는 처음에는 그게 무슨 소리인가 싶었다. 하지만 생각지도 못한 언어적 자극이 고막을 거쳐 뇌로 전달되면 대부분이 그렇듯 그녀는 눈을 번쩍 뜨며 상체를 일으킬 수밖에 없었다. 졸음이 순식간에 달아난 눈길로 수하는 희정을 올려다보았다.

"뭐라고? 방금 뭐라고 했어?"

바들바들 떨리는 목소리로 수하가 물었다. 하지만 희정은 대답 대신 그녀의 손에 엠피쓰리 플레이어와 이어폰을 쥐여 줄 뿐이었다. 마치 자기가 길게 늘어놓는 것보다 직접 한 번 들어보는 것이 훨씬 도움될 거라는 듯이. 그녀가 짤막하게 덧붙였다.

"백문이 불여일견이라잖아요. 일단 한 번 들어보세요."

수하는 자기 손에 들려 있는 자그마한 크기의 전자기기를 물끄러미 내려다보다 고개를 들어 창밖을 보았다. 꽤 오랫동안 잔 것 같은데 아직도 한밤중이라니 믿기지가 않았다. 수하는 다시 희정을 올려다보았다. 애원과 갈망과 기대가 한데 어우러진 희정의 눈동자가 밤하늘의 죽어가는 별처럼 반짝였다.

"얼른요."

마치 자신을 믿어보라는 듯 눈 하나 깜빡이지 않고 말하는 희정. 그리하여 수하는 반신반의하는 심정으로 양 귓구멍에 이어폰을 꽂았다.

정말로 라디오 방송이 흘러나오고 있었다.

안녕하십니까, 국민 여러분. 국민 안전처 대변인 이소정입니다. 역사상 유례없는 전염병, 이른바 광인병이 통제 범위를 벗어나 억제할 수 없는 지경에 이른 지 어느덧 수일이 지났습니다. 그동안 저희 국민 안전처는 중앙재난안전 대책본부를 가동함은 물론 현재 제주도청에 마련되어 있는 재난안전 대책본부에서 비상근무체제를 3단계로 유지하고 있지만, 갖은 노력에도 불구하고 이 잔악무도한 전염병은 조금도 수그러들 기미를 보이지 않고 있습니다. 그에 따라 저희 국민 안전처와 제주도로 피신해 있는 대통령 권한 대행 및 일부 여야 관계자들은 뼈를 깎는 고심 끝에 피난민 구조 활동을 전면 중단하기로 결정을 내렸습니다.

육군 53사단과 민간 여객선사의 협력 하에 이루어졌던 여객선을 통한 피난민 구조 활동은, 극심한 인명 피해와 병력 손실, 그리고 전염병이 배를 타고 섬으로 유입될 수도 있다는 가능성이 제기됨에 따라 잠정적으로 중단될 것입니다. 실례로, 지난 4월 1일 피난민 구조를 목적으로 부산으로 향했던 블루스카이 호는 선내에서 감염이 발생한 나머지 지금까지도 해상을 떠돌고 있습니다. 감염자들의 공격이 잇따라 발생하면서 검역을 시행하지 않고 다수의 피난민들을 승선시키다 보니 그만 발병 단계에 이른 감염자까지 배에 올랐던 것입니다. 그러니 만약 구조를 기대하며 부산 연안 여객터미널로 오고 있는 분들이 계신다면, 발걸음을 돌려주시길 바랍니다.

아울러 저희 국민 안전처는 여러분을 저버리지 않을 것임을 약속드립니다. 가용한 수단과 방법을 모조리 동원해서라도 저희는 방법을 찾을 것입니다. 물론 대부분의 사회 기반이 무너져 내리고, 가용한 인적 자원 역시도 부족한 것이 사실이지만, 그래도 저희는 포기하지 않을 것입니다. 그러니 어딘가에서 이 방송을 듣고 있을 국민 여러분께서도 부디 포기하지 마시길 바랍니다.

마지막으로 방송을 끝내기에 앞서 국민 여러분께 한 가지 당부의 말씀을 드리겠습니다. 가족이나 친척, 친구, 애인 등 만약 함께 있는 이들 중 중상해나 질병에 걸린 환자가 있다면 즉시 격리시키길 바랍니다. 현재 울릉도에서 진행 중인 동물 실험 데이터에 따르면, 면역력이 약해진 환자의 경우 호흡기로도 감염이 가능하다는 분석 결과가 나왔습니다. 그러니 부디 바라건대, 함께 있는 이들 중 부상자나 환자가 있다면 즉시 격리시키길 바랍니다.

부산은 더 이상 안전한 곳이 아닙니다. 만약 구조를 기대하며 부산으로 오고 있는 분들이 계신다면 속히 발걸음을 돌려주시길 바랍니다. 반복합니다. 부산은 더 이상 여러분의 기대를 충족시켜 줄 수 없습니다.

이상 국민 안전처 대변인 이소정이었습니다.

방송은 거기서 끝이었다. 수하는 치지직 소리가 5초가량 이어지다 방송이 다시 처음부터 시작되는 것을 확인하고는 귀에서 이어폰을 뽑았다. 결국 그녀의 예상대로였다. 그들은 정말로 구조 활동에서 손을 뗐던 것이다. 심장과 비슷한 크기의 돌덩이가 명치 아래로 떨어지는 듯한 느낌이 들었다.

"다 들었어요?"

희정이 물었다. 수하는 엠피쓰리 플레이어의 화면을 잠금으로 돌려놓고 나서 희정을 올려다보았다. 건전지 모양 테두리 안에 네 개여야 할 막대가 두 개밖에 서 있지 않던 것이 그녀의 눈에 선했다.

"응. 다 들었어."

수하는 고개를 끄덕였다.

"어땠어요?"

희정이 다시 한 번 물었다.

"그게……"

하지만 수하는 대답을 마무리 지을 수 없었다. 그녀가 입술을 떼려는 순간 마치 조용히 하라는 듯 누군가 현관문을 두드렸던 것이다. 마치 거미줄에 맺힌 이슬방울처럼 어둠 속에서조차도 맑게 빛나는 두 사람의 눈동자가 동시에 현관으로 향했다.

안에서 아무 소리도 없자 이상하게 여긴 듯 미지의 인물이 다시 한 번 현관문을 두드렸다. 그리고 다음 순간 수하와 희정은 불청객의 정체가 누구인지 알 수 있었다.

"아주머니, 저 좀 도와주세요. 여기서 나가고 싶은데 길을 모르겠어요."

자카리아였다.

7장

광인들

1

처음 이틀 동안 수하가 희정에게 한 세 가지 거짓말(하나. "너나 먹어. 아줌마 배 안 고파." 둘. "너나 마셔. 아줌마 목 안 말라.") 중 가장 터무니없는 거짓말은 바로 이것이었다. "걱정 마. 지금은 저래도 조만간 제풀에 지쳐서 나가떨어질 테니까. 자기가 무슨 기계도 아니고 그래봤자 광인인데, 별수 있겠어?"

하지만 수하는 처음부터 알고 있었다. 자카리아는 떠나지 않으리라는 것을. 그리고 그녀의 예상은 정확히 들어맞았다. 벌써 엿새째 달이 중천에 떠올랐는데도 자카리아는 여전히 객실 문 반대편에서 떠날 생각을 않고 있었던 것이다. 빌어먹을, 정말이지 대단한 광인이 아닐 수가 없었다.

"아주머니, 저 좀 도와주세요. 여기서 나가고 싶은데 길을 모르겠어요."

문을 정확히 세 번 두드리고는 자카리아가 말했는데, 부정확한 발음만큼이나 듣기 불편한 목소리였다.

수하는 기름이 반쯤 남은 라이터를 켜 시계를 올려다보았다. '새벽 3시 40분.' 그럼 그렇지. 그날도 전날과 다를 바 없었다. 한 네 시간은 잔 것 같은데 실제로 잠을 이룬 시간은 세 시간도 채 되지 않았던 것이다.

"아주머니? 제 말 듣고 계세요?"

객실 문 반대편에서 자카리아가 물었다. 마치 술에 취한 듯 흐느적거리는 말투가 수하는 꼭 해파리 같다고 생각했다. '해파리처럼 술에 취하다.' 자못 신선한 비유였다. 개처럼 취한다는 말은 자주 들어 봤어도(가끔 개 대신 원숭이가 사용되기도 하지만) 해파리처럼 취한다는 말은 한 번도 들어보지 못했으니 말이다.

그나마 다행스러운 사실은, 저녁이 돼야 활동을 시작한다는 점만 제외하면 자카리아의 행동 양식은 지극히 단순하면서도 반복적이라는 것이었다. 희정에게서 마지막 라디오 방송을 들었던 날, 자카리아는 밤 10시가 다 되었을 때 돌아왔다. 하지만 다음날부터 자카리아는 저녁 7시 무렵부터 문을 두드리기 시작했고, 그때부터는 매번 똑같은 시간에 돌아와 문을 두드려 댔다. 그의 귀가 시간은 새벽 6시였다. 언제나. 마치 퇴근 시간이 되면 상사가 뭐라 지껄이든 귓구멍 틀어막고 엘리베이터로 달려가는 회사원처럼. 자카리아는 그랬다. 왜 하필이면 밤에만 활동하는 것인지는 모르겠지만, 그에 대한 수하의 추측은 이랬다.

최초의 혼란 이후 대부분의 시간을 밤늦게까지 깨어 있었으니까.

한 번은 자카리아가 낮 시간을 어디서 보내는지 알아봐야겠다는 생각에 희정의 부축을 받으며 4층까지 내려가 본 적도 있었다. 하지만 그들은 거기서 발길을 돌려야 했다. 수하가 힘들어한 탓도 있지만, 그녀가 계단에 앉아 쉬는 사이 1층까지 내려갔다 온 희정이 사색이 된 얼굴로 다음과 같이 말했던 것이다.

"그 놈들 안에 들어와 있어요. 벽 뒤에 숨어서 살짝 훔쳐보기만 했는데, 한 세 명 정도가 로비에서 어슬렁거리고 있었어요."

그들은 다시 8층으로 올라왔다. 그날도 자카리아는 어김없이 7시부터 문을 두드리기 시작했고, 수하는 그가 아마 7층과 3층 사이의 어느 객실에서 낮 시간을 보낼 것이라고 잠정적으로 결론을 내릴 수밖에 없었다. 아님 위층에서 지내거나.

"아주머니, 부탁이에요. 저 좀 도와주세요. 여기서 나가고 싶은데 길을 모르겠어요."

지난 5일간 그랬듯 그날도 전부 똑같은 대사들뿐이었다. "아주머니, 저 좀 도와주세요. 여기서 나가고 싶은데 길을 모르겠어요." "아주머니? 제 말 듣고 계세요?" "아주머니, 부탁이에요. 저 좀 도와주세요. 여기서 나가고 싶은데 길을 모르겠어요." 아주머니. 아주머니. 아주머니. 아주머니. 아주머니…… 망할, 여기가 무슨 식당도 아니고. 왜 그 끔찍한 테이블 버튼도 누르지 그래? 띵동띵동띵동띵동! 수하는 소리라도 지르고 싶은 심정이었다.

물론 그녀에게 자카리아는 분명 고마운 사람이었다. 혜진과 함께 광인들한테서 그녀를 구해주고, 부러진 왼쪽 다리에 응급처치를 해주고, 골절 부위가 어긋나지 않도록 자전거 바퀴살로 부목을 만들어주고, 자살한 혜진(부디 지금은 행복하길)을 대신하여 그녀를 안강까지 데려다주고…… 거기다 서툰 한국어 실력으로 때 아닌 웃음까지 선사해 주지 않았던가?

"아주머니, 저 좀 도와주세요. 여기서 나가고 싶은데 길을 모르겠어요."

자카리아가 흐느적거리는 말투로 첫 대사를 읊조리는 동안 수하는 라이터를 끄고 다시 침대에 몸을 눕혔다. 아직 졸음이 채 가시지 않았을 때 잠을 이루고 싶었기 때문이다.

"아주머니, 부탁이에요. 저 좀 도와주세요. 여기서 나가고 싶은데 길을 모르겠어요."

눈을 감고 조금 기다리자 자카리아의 목소리가 서서히 작아지기 시작했다. 그리고 목소리가 완전히 사라진 순간 그녀는 포항 시내 한복판에 서 있었다. 무수히 많은 사람들이 목도리를 두른 채 그녀 곁으로 지나갔다. 그 중에는 두꺼운 점퍼 차림도 있었고, 전생에 각선미를 뽐내지 못해 한이라도 맺힌 듯 짧은 치마 바람으로 거리를 활보하는 젊은 여성도 있었다.

콘 아이스크림을 할짝거리며 희정이 물었다.

"아주머니는 아이스크림 별로 안 좋아하시나 봐요?"

"그러는 너는 이 추운 날씨에 그게 목구멍으로 넘어가니?"

어깨를 잔뜩 움츠린 채 받아치는 수하였다. 희정이 미소를 한껏 머금은 얼굴로 대답했다.

"그럼요. 아이스크림은 여름보다 겨울에 먹어야 맛있거든요. (몸을 부르르 떨며) 으, 추워."

그때 누군가 희정의 어깨를 밀치고 지나가는 바람에 콘에서 아이스크림이 떨어지고 말았다. 수하는 공중에서 뱅글뱅글 돌며 추락하는 하얀 아이스크림 덩어리를 보고 마치 야구공 같다고 생각했다. 그리고 다시 고개를 들었을 때 거리에는 그녀밖에 서 있지 않았다.

바람에 섞여 날아온 희미한 목소리가 그녀에게 속삭였다.

"아주머니? 제 말 듣고 계세요?"

2

"저기, 아줌마?"

커튼 사이로 바깥을 내다보던 희정이 잔뜩 위축된 목소리로 수하를 불렀다.

"왜? 무슨 일 있어?"

"지금이 몇 시죠?"

"7시 다 됐는데?"

"아무래도 직접 와서 보셔야 할 것 같아요."

그때까지만 해도 수하는 희정의 목소리가 왜 저렇게까지 위축된 건지 알지 못했다. 하지만 창가에 선 순간 그녀는 정확히 알 수 있었다.

족히 500명은 넘을 광인 무리가 아직 지상에 남아 있었던 것이다. 불현듯 수하의 머릿속에 아주 낯익은 광경 하나가 떠올랐다. 마치 비릿한 고기 냄새를 쫓듯 허공에 대고 코를 킁킁거리던 놈들과 다리 달린 식물처럼 고개를 치켜들고 빗물을 받아마시던 놈들…… 그녀의 기억에 따르면 그 당시 놈들이 자취를 감춘 시간은 저녁 7시 50분 즈음이었고, 희정과 만났을 즈음엔 저녁 8시가 조금 넘어서야 하나둘씩 돌아가기 시작했다. 하지만 안강에 있을 때도 그렇고 부산에 도착한 뒤에도 그렇고 수하는 단 한 번도 놈들의 귀가시간이 늦어진 것에 대해 심도 있게 생각해 본 적이 없었다. 게다가 이곳의 광인들은 어제까지만 해도 출퇴근 시간을 칼같이 지키지 않았던가? 당최 납득이 가지 않는 일이었다.

아무튼 500명 남짓한 광인들이 아직 지상에 남아 있다는 것은 두 가지를 의미했다. 하나, 놈들 사회에 어떤 변화가 생겼거나 둘, 놈들도 안강의 친구들처럼 밤잠을 줄이기로 작정했거나. 우스운 점은 이러나저러나 결국 피해자는 수하와 희정이라는 것이었다. 이런 젠장맞을. 빨리 들어가서 발 닦고 잠이나 잘 것이지.

마치 저주받은 유령 군단처럼 어스레한 달빛을 받으며 어슬렁거리는 놈들을 수하는 비관적인 눈빛으로 바라보았다. 궁지에 몰린 쥐가 어떤 기분일지 알 것 같았다.

복도 끝에서 자카리아의 울음소리가 들려온 건 그로부터 세 시간 정도 지났을 무렵이었다.

희정이 손전등으로 시계를 비추더니 이렇게 말했다.

"도대체 저 새끼는 왜 해 떠 있을 때 안 돌아다니고 한밤중에 돌아다니는 거야? 짜증나, 진짜."

짜증이 치미는 건 수하도 마찬가지였다.

3

다음날 오후, 뒷맛이 이상해 다시 화장실로 가보니 과연 느낌대로였다. 변기에 물이 3분의 1도 안 차 있었던 것이다. 오후 3시에 가까운 시간이었다. 수하는 혹시나 싶은 마음에 세면대의 수도꼭지는 물론 목욕간의 수도꼭지도 비틀어 보았지만, 결과는 암담했다. 어느 수도꼭지에서도 물이 나오지 않았다.

그녀는 물기가 바싹 마른 욕조 가장자리에 엉덩이를 붙였다. 서 있기가 조금 힘들었다. 이럴 줄 알았으면 세면대에라도 물을 채워 놓는 건데 하는 뒤늦은 후회의 음성이 그녀의 귓가에 맴돌았다.

"그때그때 할 일을 미루는 사람은 언젠가 후회하게 돼 있어. 그게 인생이야." 그녀의 어머니가 입버릇처럼 하던 말이었다. 물론 그렇다고 그녀가 그때그때 할 일을 미룰 만큼 게으르다는 건 아니었지만…… 요 며칠 사이 게을러진 건 사실이었다. 아니, 그건 게을러진 거라 할 수 없었다. 그녀는 엄연한 환자였고, 환자한테 휴식은 특권이다. 아파서 일을 미루는 사람한테 이래라저래라 잔소리를 할 수는 없는 법이다. 그러므로 그녀는…… 스스로 나태해졌다는 것을 인정할 수밖에 없었다. 부러진 건 다리지 두개골이 아니지 않은가? 욕조에 물을 받는 것쯤이야 희정한테도 얼마든지 시킬 수 있는 일이었고, 그 아이도 충분히 해낼 수 있는 일이었다(수업시간에 자리에서 일어나 발표를 하는 것보다 쉬울 터였다.). 따라서 잘못은 전적으로 수하한테 있었다. 적어도 그녀가 생각하기에는 그랬다.

(혹자는 말했지. 애한테 무슨 잘못이 있냐고.)

"아줌마, 안 나오세요?"

희정이 그녀를 불렀다. 아직 무슨 일이 생겼는지 전혀 모르는 눈치였다.

"금방 갈게, 희정아. 잠시만 기다려."

말은 그렇게 했어도 수하는 여전히 욕조 가장자리에 엉덩이를 붙인 채였다.

문득 여기서 지내는 동안 두 사람이 머리를 감으면서 하수구로 흘러 보낸 물이 몇 리터나 될지 궁금해졌다.

'모르긴 몰라도 어마어마할 거야, 그렇게 오랫동안 물이 나왔던 걸 보면.' '그런데도 물을 받아놓을 생각을 전혀 못하다니. 정말 대단하다, 대단해. 그래서 이제 어떡할 건데?' 그녀가 스스로에게 물었다. '그러게. 이제 어떡하지?'

마치 거울 속 자신과 대화를 나누듯 수하는 대답하지 못했다.

4

한 시간 후 문득 생각났다는 듯 희정이 물었다.

"아줌마도 여행 다니는 거 좋아하세요?"

"그럼 여행 다니는 거 싫어하는 사람도 있니?"

수하가 약간 퉁명스러운 목소리로 되물었다. 물론 이에 대응하는 희정의 목소리도 그다지 밝다고는 할 수 없었다.

"……아줌마? 아줌마?"

희정이 다시 그녀를 불렀다. 마치 무슨 생각을 그렇게 하냐는 투였다.

"왜?"

마치 책만 펴놓고 정신은 잠시 딴 데 있다 온 사람처럼 수하는 얼른 희정을 쳐다보았다.

"제 목소리 못 들으셨어요?"

"아니, 들었는데."

대개 수업 시간에 딴 생각을 하다 걸린 학생들은 똑같이 수업을 들은 누구보다도 수업 내용에 대해 더 잘 알고 있게 마련이다.

"그럼 제가 뭐라고 했는데요?"

"방에 콕 처박혀서 컴퓨터가 세상의 전부인 줄 아는 멍청이들은 여행 다니는 거 별로 안 좋아한다고 그랬잖아. 아냐?"

정답이었다. 물론 희정은 멍청이들을 바보들이라고 표현했지만, 멍청이나 바보나 의미는 거기서 거기니 다를 건 없었다.

"듣고 계셨네요?"

내심 놀랐다는 듯 희정이 반응했다.

"듣고 있었지, 그럼 안 듣고 있을 줄 알았니?"

"솔직히, 네. 안 듣고 있을 줄 알았어요."

"아가씨, 제가 이래 봬도 귀는 아직 한창 젊거든요?"

수하가 말했다. 사실 희정이 웃길 바라는 마음에서 내뱉은 말이었지만, 희정은 눈웃음은커녕 입술도 실룩이지 않았다.

수하는 한숨을 쉬었다. 이곳에서 갇혀 지내는 동안 그녀는 걸핏하면 한숨을 쉬었고, 횟수도 점점 잦아졌다. 그리고 지금은 거의 습관이나 다름없었다. 그렇다. 습관처럼 한숨을 쉬는 게 아니라 습관 그 자체였다.

"다리는 좀 어때요? 며칠 전부터 갑자기 아프다고 하셨잖아요?"

희정이 건조한 목소리로 물었다. 어쩜 그녀의 귀에만 그렇게 들렸는지도 모르겠다.

"괜찮아, 지금은. 아마 낫는다고 그런 걸 거야."

"지금 막 괜찮아졌다는 거예요? 아니면……"

"아까부터 괜찮았어. 희정아, 아줌마 몸은 아줌마가 잘 아니 넌 걱정하지 마."

침대 머리판에 등을 기대고 앉은 채 수하는 대답했다.

"정말요?"

그러자 희정이 영 믿음이 가지 않는다는 눈빛으로 그녀를 쳐다보았다. '저럴 땐 지 아빠하고 똑같다니까.'

"그럼. 정말이지. 아줌만 거짓말 안 해."

수하는 특히 거짓말이란 단어를 강조했다. 희정은 여전히 믿음이 가지 않는다는 눈초리로 그녀를 바라보았지만, 그뿐이었다.

그로부터 30분 뒤, 베개 대신 두 팔에 이마를 얹은 채 한동안 꿈쩍도 않던 희정이 갑자기 자리에서 일어나 앉더니 이렇게 말했다.

"가서 세수라도 좀 해야겠어요. 안 그래도 자카리아 아저씨 때문에 밤에 한숨도 못 자는데 낮잠까지 자버리면 큰일이에요."

"저기, 희정아……"

'쉿. 말하면 안 돼. 조용하라고. 제발 부탁인데, 그 경박한 입 좀 닥치란 말이야!' (누구보다도 희정을 끔찍이 아끼는) 그녀의 자아가 경고조로 속삭였다. 물론 내면의 목소리라고 전부 귀 기울일 필요가 있는 건 아니지만…… 어쩔 수 없었다. 지금 같은 상황에서는 어떤 것도 최선의 선택이 되지 못했다.

"아줌마? 아줌마?"

희정이 그녀를 불렀다.

"응?"

"왜 말을 하다가 마세요? 무슨 걱정거리 있어요?"

"아냐, 아무것도." 수하는 고개를 저었다. "요 며칠 잠을 못 자서 그런가 봐."

"정말이에요?"

"응. 정말이야."

수하는 고개를 끄덕이며 싱긋 미소를 지어 보였다.

"그러니 얼른 가서 세수나 하고 오셔요, 아가씨."

나중에 깨달은 사실이지만, 가끔은 문제와 직면하는 것도 최선의 선택이 될 수 있었다.

5

물이 끊겼다는 것을 깨닫고 나서도 희정의 표정은 크게 변화가 없었다. 그래서 수하는 더욱 걱정스러웠다. 차라리 얼굴에 그림자라도 깔려 있었다면 그녀가 대비를 할 수 있었을 텐데, 희정의 얼굴에는 그림자는커녕 그늘도 깔려 있지 않았던 것이다. 불길한 징조였다.

"희정아?"

수하는 조심스레 딸의 이름을 불러보았다. 하지만 희정은 그녀를 물끄러미 바라보기만 할 뿐 아무 대답도 하지 않았다. 마치 영혼이 빠져나간 인형 같다고 수하는 생각했다.

희정의 얼굴이 일그러지기 시작한 건 그 순간이었다. 하지만 수하의 간을 오그라들게 한 건 그 순간이 아니었다. 바로 다음 순간이었다. 그녀가 뭐라 물을 겨를도 없이 희정이 두 손으로 머리를 감싸고는 목청껏 비명을 질렀던 것이다.

마치 심장이 얼어붙는 기분이었다. 물론 수하도 희정의 히스테리성 발작(이유는 모르겠지만 그렇게 믿고 싶었다.)이 더 심해지기 전에 손을 써야 한다고 생각하기는 했지만, 상황이 상황이다 보니 몸이 말을 따라주지 않았다. 그녀는 속으로 셋을 셌다. 그리고 희정에게 다가가 두 손으로 그녀의 양 어깨를 잡고 마구 흔들었다.

"갑자기 왜 이래, 희정아? 왜!"

목구멍 밖으로 튀어나오려는 심장을 애써 짓누르며 수하가 물었다.

"이거 놔요. 이거 놓으라고요!"

하지만 희정은 막무가내로 그녀한테서 벗어나려 했다. 수하는 하는 수 없이 그대로 희정을 끌어안고는 마치 결박하듯 오른손으로 왼쪽 손목을 꽉 움켜쥐었다. 비정상적인 흥분을 가라앉히는 데 끌어안는 것만큼 효과적인 방법은 없다는 누군가의 말이 머릿속에서 뱅글뱅글 맴돌았다.

"진정해, 희정아. 일단 진정하고……"

"왜요? 제가 왜 진정해야 하는데요? 제가 왜요!"

희정이 새된 목소리로 외쳤다.

마치 고압 전선에 감전된 듯 그녀의 몸이 부들부들 떨렸다.

"일단 진정하고 아줌마 말 들어, 희정아."

"싫어요. 이거 놔요. 이거 놓으라고요, 진짜!"

'안 돼, 목소리가 너무 커. 이 정도 크기라면 저 밑에서도 들릴게 분명해. 그러니 희정아, 제발. 목소리 좀 낮춰, 제발.' 수하는 두 눈을 꼭 감았다. 이 와중에도 희정이 받았을 충격을 헤아리기보다 광인들한테 더 이상 시달리고 싶지 않다는 생각을 하는 자신이 너무도 가증스러웠지만, 그녀도 사람인 이상 어쩔 수 없었다. 일단은 살고 봐야 하지 않겠는가?

"이렇게 살아서 뭐하게요? 우리 가망 없다는 거 아줌마도 잘 알잖아요? 아줌마도 모르는 거 아니잖아요?"

보통 급성 히스테리가 그렇듯 희정은 이제 흐느끼기 시작했다. 핏방울처럼 뜨거운 눈물방울이 수하의 오른쪽 어깨를 적셨다.

"아줌마도 알아, 희정아. 아줌마도 아니까 일단 진정해. 진정하고 아줌마 말 들어."

마치 희정이 젖먹이였을 시절로 되돌아간 기분이었다. *뚝해, 희정아. 뚝. 아이고, 이쁜 내 새끼. 배고팠어? 이리 와, 맘마 줄게.*

희정의 숨소리가 조금씩 잠잠해지기 시작했다. 뜨거웠다. 마치 펄펄 끓는 물 주전자를 가슴에 끌어안고 벌을 받는 듯한 기분이었다. 희정이 꺽꺽거리는 소리로 말했다.

"이제 놔주세요. 부탁이에요."

수하는 희정이 숨을 쉴 수 있도록 팔에서 힘을 빼주었다. 그러고는 한결 진정된 마음으로 그녀와 시선을 마주했다. 붉은 고통과 투명한 슬픔으로 얼룩진 희정의 두 눈이 마치 루비 수정처럼 빛났다(왜 아름답다는 생각은 시도 때도 없이 드는 걸까?).

"이제 좀 괜찮아진 것 같아?" 수하가 물었다. 희정은 고개를 끄덕이는 것으로 대답을 대신했다. 수하가 다시 물었다. "어깨는 좀 어때? 아줌마가 좀 세게 붙잡은 것 같은데……"

"괜찮아요."

희정은 직접 어깨를 으쓱해 보이기도 했는데, 수하가 보기에도 괜찮은 것 같았다.

"그럼 아줌마 이제…… 앉는다? 그래도 괜찮지?"

그렇잖아도 오른쪽 다리가 통증을 호소하던 참이었다.

"네. 괜찮으니 앉으세요."

그렇게 말해주다니 몸 둘 바를 모르겠구나, 얘야. 생각 같아서는 녹차라도 한 잔 마시며 놀란 가슴을 가라앉히고 싶었지만, 수하한테는 그럴 만한 여유가 없었다. 지금 그녀한테는 연녹색의 뜨거운 물 한잔보다 아직 희정의 정신에 남아 있을 바퀴벌레 같은 발작의 잔재를 뿌리 뽑는 게 급선무였기 때문이다. 그러려면 우선 희정과 대화를 나누어야 했다.

하지만 막상 대화를 시도하려니 어떤 말을 먼저 꺼내야 할지 확신이 서지 않았다. 희정이 자기 말을 끝까지 들어줄지도 의문이었다. 들어주기는 할까? 마음의 문을 닫지만 않았다면.

수하는 어쩌면 본능에 맡기는 편이 좋을지도 모르겠다고 생각했다. 마치 그녀가 밥상에 4년 된 노트북을 올려놓고 밤새도록 자판을 두드리듯 말이다. '작가들한테는 본능과 직관력이야말로 가장 뛰어난 무기라잖아.'

그러자 기적적이게도 일이 조금씩 풀려나가는 듯싶었다.

"물 안 나오지?"

당연한 질문이었고, 희정의 대답도 당연했다.

"네. 안 나오더라고요."

여전히 울음기가 녹아 있기는 했지만, 그래도 그녀의 품에서 꺽꺽거릴 때보다는 듣기 좋았다.

"아줌마도 아까 알았어. 물이 안 나온다는 걸." 그렇게 말하고 나서 수하는 희정의 눈치를 살폈다. 붉게 달아오른 얼굴 때문인지 마치 감정 조절이 서툰 사람처럼 보였다. "많이 놀랐지?"

"왜 말씀 안 해주셨어요?"

희정이 단도직입적으로 물었다.

"말 안 한 게 아니라 못한 거였어."

"왜요?"

"그야……" 그녀의 본능이 벽에 부딪혔다. "별로 좋은 소식도 아닌데 말해서 뭐하나 싶기도 했고 또…… 안 그래도 우리 둘 다 힘든데……"

"아줌마." 희정이 그녀의 말을 잘랐다. 일순 수하는 그녀한테서 전남편의 목소리가 들린 것 같다고 생각했다. "이건 힘든 게 아니에요. 희망이 없는 거지."

수하의 가슴이 철렁 내려앉았다. 하지만 반박할 수가 없었다. 적어도 희정의 말은 사실이었으니까. 이건 힘든 게 아니라 희망이 없는 것이었다. 힘든 것과 희망이 없는 것은 하늘과 땅 차이다. 전자는 몸만 죽었음을 의미하지만, 후자는 마음까지도 죽었음을 의미하니 말이다. 마음은 영혼과 같다. 영혼이 죽은 몸은 살아도 산 게 아니다.

가지고 있는 연장을 모두 이용해 보아도 뚫고 나갈 방도가 보이지 않자 본능은 슬그머니 수하의 이성에게 지휘권을 넘기고 벽 뒤로 숨어버렸다.

"저도 인정하고 싶지 않았는데, 이제는 저도 어쩔 수 없어요. 이렇게 목숨만 달랑 붙어 있는 인생은 살아도 산 게 아니라고요."

"그래서…… 그래서 지금 죽고 싶다는 거니?"

수하가 물었다. 분노인지 슬픔인지 구분이 안 가는 감정이 그녀의 목구멍까지 차올랐다. 희정은 잠시 아무 말도 않았다. 그리고 두 사람은 거기서 대화를 끝내야 했다. 지금은 대화하기에 좋은 시간이 아니었다. 감정을 가라앉히고 이성의 열을 식힌 다음……

"그럴 수 있다면요."

그 순간 이성이 폭발한 수하는 튀어 오르듯 자리에서 일어나 희정의 뺨을 후려쳤다. 그러자 마치 세상이 바다 밑으로 가라앉은 듯 묵직한 침묵이 공기 중으로 떠올랐다.

눈물 섞인 목소리로 수하가 입을 열었다.

"말이 너무 심한 거 아니니?" 하지만 희정은 묵묵부답이었다. 그녀의 얼굴이 미역 줄기 같은 머리카락에 가려 보이지 않았다. "누군 안 힘든 줄 알아? 아줌마도 힘들어. 아줌마도 힘들어 죽겠다고."

그녀는 씩씩거리며 어깨를 들썩였다.

"그래도 아줌만 너 하나 보고 이렇게 버티고 있는데, 어쩜 넌……"

수하는 아랫입술을 잘근 깨물었다. 이제 와서 이런 생각을 한다는 게 정말 우습고 바보 같았지만, 상황이 더 악화되기 전에 서둘러 이성을 되찾아야 했다.

잠시 후 희정이 눈물을 훔치고는 예의 그 루비 같은 눈으로 수하를 쳐다보았다. 얼어붙은 사파이어만큼이나 눈빛이 차가웠다.

"희망이 없는 건 사실이잖아요?" 희정이 착 가라앉은 (그리고 잔잔한 분노가 흐르는) 목소리로 말했다. "솔직히 말씀드릴게요. 저 더 이상 이렇게 못 살겠어요. 숨 막혀 죽을 것 같다고요."

수하는 입을 다문 채 이성이 돌아오기만을 기다렸다. 그동안 희정의 얼굴은 점점 더 붉게 달아올랐는데, 마치 '당신이 미리 말만 해줬더라도 이러진 않았을 거야.'라고 말하는 것 같았다.

"아줌만 어떻게 생각하실지 모르겠지만, 아무튼 전…… 그래요. 물도 안 나오고 희망도 없는 이런 지옥 같은 곳에서 하루하루 썩느니 차라리……" 희정이 말을 멈추었다. 하지만 수하는 희정의 입에서 어떤 말이 나올지 이미 알고 있었고, 그 말은 수하의 가슴에 커다란 대못이 되어 박히고 말았다. 그녀의 뺨을 후려치는 데 사용한 오른손이 하릴없이 떨렸다. "다른 사람들처럼 빨리 죽는 게 낫지."

두 사람의 대화는 거기서 끝이었다. 수하의 가슴 속에는 아직 하지 못한 말들이 한 뭉텅이나 남아 있었지만, 참아야 했다. 여기서 상황을 더 악화시켜봤자 좋을 것도 없거니와 굳이 대화를 유도해서 사태를 키울 필요도 없었으니 말이다.

그녀가 아무 말도 않자 희정도 더 이상 하고 싶은 말이 없다는 듯 화장실을 향해 획 돌아섰다. 물론 수하도 마음 같아서는 어딜 가냐며 확 붙잡고 싶었지만, 그녀 스스로도 잘 알다시피 그녀는 그럴 만한 처지가 되지 못했다. 딸의 뺨을 후려친 엄마가 과연 무슨 수로 딸의 마음을 돌려세운단 말인가? 여자는 여자가 잘 안다는 말처럼 딸에 관해서 이 세상 누구보다도 잘 알고 많이 아는 사람은 어머니뿐이다. 그리고 그런 관점에서 볼 때 수하의 성적은 4년 전이나 지금이나 크게 다르지 않았다. 그녀는 여전히 딸에 대해 아는 것보다 모르는 게 더 많은 엄마였다.

희정은 그렇게 뒤 한 번 돌아보지 않고 화장실로 들어가 버렸다. 수하는 아마 그 순간을 영원히 잊지 못할 것이다. 희정이 처음으로 그녀에게 경계선을 그은 날인데 어떻게 잊을 수 있겠는가? 기억을 모조리 상실하지 않는 이상 그건 불가능할 터였다.

한동안 그녀는 잊고 있었다. 고독이 무엇인지. 외로움이 무엇인지. 시끌벅적한 식당에서 일을 마치고 새벽 늦게 집으로 돌아와 동이 틀 때까지 원고와 씨름을 하고 비로소 잠자리에 들었을 때 가슴 깊은 곳에서부터 느껴지던 적막감이 무엇이었는지 그녀는 잊고 있었다. 그래서일까? 이제야 그녀는 잘 알 것만 같았다. 그토록 수많은 밤을 뜬눈으로 지새울 수밖에 없었던 이유를 말이다.

다시 혼자가 됐음을 실감하며 수하는 침대 가장자리에 주저앉았다. 하지만 소리 내어 울지는 않았다. 눈물을 흘리기에는 그녀 스스로가 생각해도 너무 한심했기 때문이다.

'울기만 해봐. 넌 울 자격도 없어.'

수하는 흘러나오던 눈물마저도 쏙 들어갈 정도로 어금니를 꽉 깨물었다.

6

그로부터 해가 질 때까지 그녀는 내리 잠만 잤다. 그녀가 다시 눈을 떴을 때 창밖의 하늘은 어두운 단풍 빛깔이었고, 객실은 어둑어둑한 것을 넘어서 아예 박쥐가 들어와 살아도 문제없을 만큼 사방이 짙은 그림자로 가득 차 있었다. 마치 검은 차광 테이프로 도배한 차 안에서 자다 일어난 기분이었다.

'맙소사, 내가 얼마나 오랫동안 이러고 있었던 거지?' 문득 정신이 번쩍 든 수하는 상체를 비스듬히 일으켜 세워 시계를 올려다보았다. 시곗바늘의 째깍째깍 소리가 마치 전선 위에서 평화로운 아침을 일그러뜨리는 까마귀의 까악까악 소리처럼 끔찍하게 들렸다. '6시 40분? 세상에……' 그녀는 심장이 아래로 푹 꺼지는 듯했다. '참 잘하는 짓이다. 네 딸내미는 아직 저 안에 틀어박혀 있는데 넌 여기서 잠이 오냐? 잠이 와?'

그녀의 입술 사이로 묵직한 한숨이 흘러나왔다. '잠이 왔으니 잤겠지. 그럼 잠이 안 오는데 억지로 잤을까 봐? 내가 무슨 걸핏하면 잠으로 현실 도피하는 그런 인간인 줄 알아?' 물론 그녀는 그런 인간이 아니었다.

거리는 여전히 놈들로 가득 차 있었다. 규모는 첫날과 비슷했는데, 어쩌면 한 놈도 빠지지 않고 전부 그대로일지도 모르는 일이었다. 수하는 철도를 빼곡히 채운 거대한 규모의 검은 유령 무리를 내려다보면서 마치 집단 자살을 앞둔 광신도 무리 같다고 생각했다.

물론 그녀의 생각처럼 저 망할 자식들이 전부 시체가 되어 거리에 드러눕게 된다면 그것만큼 좋은 일도 없을 것이다. 그래야 이 죽지 못해 사는 듯한 생활에서 벗어나 남은 인생을 딸과의 추억으로 가득 채울 테니 말이다. 그녀한테는 아직 이행해야 할 소임이 산더미같이 남아 있었다. 우선 딸한테 저녁도 차려줘야 하고 또…… 낮에 결판을 내지 못한 카드 게임도 마저 끝내야 했다. 현재까지 점수를 합산하면 희정이 그녀보다 13점이나 앞섰지만, 상관없었다. 사실 점수는 중요치 않았다. 중요한 건 카드 게임 그 자체였다. 희정과 마주 보고 앉아 카드를 뒤섞고, 각자 원하는 카드가 나오면 미소를 머금고 그렇지 않으면 입술을 삐죽 내밀고, 다시 이긴 사람이 카드를 뒤섞고…… 그게 바로 수하가 원하는 것이었다. 틀어진 딸과의 관계를 회복하고 유지하는 것. 그러기 위해선 그녀가 먼저 한 발짝 다가가야 했다. 경계선 따위 엿 먹으라지.

하지만 생각과는 달리 몸이 말을 들어주지 않았다. 침대 밖으로 다리를 내리기가 무섭게 왼쪽 정강이에서 찌릿한 통증이 느껴졌던 것이다. 원인은 그녀도 몰랐다. 영양 결핍으로 면역력이 저하되면서 피부에 염증이 생긴 것일 수도 있고, 어쩌면 골절 부위에 고름이 차면서 통증이 차츰 심해지는 것일 수도 있었다.

정확한 원인이야 어찌 됐든 그녀는 가급적 좋은 쪽으로 생각하려고 노력했다. 통증 부위에 손을 갖다 대자 미약하지만 분명한 열기가 느껴졌다. 반면에 염증은 만져지지 않았다. '분명 낫느라고 그런 걸 거야. 신경 쓸 거 없어.' 그녀는 생각했다. '우리 몸에서 열이 나는 이유는 항체가 병균에 맞서 싸우기 때문이라고 책에서도 그랬잖아? 그러니 걱정하지 마.' 그녀는 통증 부위에서 손을 뗐다. 못내 불안하기는 했지만, 그래도 손에 만져지는 염증이 없다는 점에서는 위안 아닌 위안을 얻을 수 있었다.

손전등을 켜서 시계를 보니 어느새 6시 50분이었다.

똑똑.

"희정아?"

다시 똑똑. 똑똑똑.

묵묵부답이었다. 순간 불길한 예감이 든 건 사실이었지만, 그럴 리가 없었다. 희정은 그 정도로 약한 아이가 아니었다. 비록 겉보기에는 순두부처럼 물러 터졌을지 몰라도 수하가 아는 한 희정은 누구보다 강한 아이였고 뻔뻔한 아이였다. 삶을 비관한 자살 같은 건 그 아이와 어울리지 않았다.

"희정아, 아줌마랑 얘기 좀 해. 너한테 할 말 있단 말이야."

똑똑똑. 용기 있는 여섯 번째 시도. 그러나 희정은 이번에도 묵묵부답이었다.

그때 마치 오래된 흑백 필름처럼 불분명한 기억 하나가 그녀의 뇌리에 떠올랐다. '설마.' 수하는 반신반의하는 심정으로 문 손잡이를 비틀어 보았다. 그러는 동안에도 그녀의 마음 한구석에서는 불신의 목소리가 괜한 짓 말라며, 지금이라도 안 늦었으니 이쯤에서 그만두는 게 어떻겠냐고 속삭였지만, 수하는 개의치 않았다.

'상처받는 게 두려울 것 같았으면 애당초 문을 두드리지도 못했을 거야.' 지당하신 말씀.

그녀의 용기에 하늘도 탄복한 듯 문은 아주 부드럽게 열렸다. 노을빛으로 타오르는 양초 불꽃이 그녀에게 반갑다는 인사를 건넸다. 마지막으로 호텔을 수색했던 날, 3층에서 건진 것이었다.

희정은 두툼한 파자마를 입은 채 욕조에 웅크리고 누워 있었다. 수하는 혹시라도 그녀가 깰까 조용히 욕조로 다가가 가장자리에 엉덩이를 걸쳤다. 그러고는 희정의 얼굴을 가만히 내려다보았다.

"아주머니, 저 좀 도와주세요. 여기서 나가고 싶은데 길을 모르겠어요."

현관문 밖에서 자카리아가 그녀에게 말을 걸었다. '미안한데 잠시만 그 입 좀 다물어 줄래요? 지금 내 딸이 자고 있단 말이에요.' 물론 그렇게 말해도 자카리아는 알아듣지 못할 것이다. 영혼까지 병든 자가 어떻게 사람의 말을 알아듣겠는가?

인기척을 느낀 듯 희정이 몸을 뒤척이자 수하는 얼른 자리에서 일어났다. 잠이 덜 깬 목소리로 희정이 물었다.

"여기서 뭐하세요?"

생각하기에 따라 긍정적인 의미도 될 수도 있고, 부정적인 의미도 될 수 있는 질문이었다. 수하는 머뭇거리다 다음과 같이 대답했다.

"그냥, 조용하기에 뭐하나 싶어서……" 잠시 침묵. "문도 안 잠겨 있고……"

"저한테 할 말 있다면서요?"

수하는 누군가 불쏘시개로 등을 찌르기라도 한 듯 깜짝 놀랐다. 잠결에 내 목소리를 들은 걸까? 아님 자는 척하고 있었던 걸까? 어느 쪽이 됐든 수하는 쥐구멍에라도 숨고 싶은 심정이었다. 본심을 들켰다는 생각에 얼굴이 절로 화끈거렸다.

"어, 그래. 할 말. 있지, 그럼. 있고말고." 하고 싶은 말이야 오만가지가 넘지. 그걸 다 말하려면 아마 한 백 년은 걸릴걸? 하지만 그중에서도 수하가 정말 하고 싶은 말은 세 손가락으로도 꼽을 수 있을 만큼 적었다. 수하는 침을 꼴깍 삼켰다. 침에서 단맛이 감돌았다. "일단 그러고 누워 있지 말고 일어나 앉아 봐, 희정아." 단호하면서도 부드러운 그녀의 말에 희정은 순순히 응했다. 하지만 태도만큼은 무척 조심스러웠다. 마치 상대방한테 큰 잘못을 저지르기라도 한 듯 두 다리를 모으고 앉더니 고개를 숙이고 가만히 있었던 것이다. 오렌지 주스 빛깔 불꽃이 벽에다 희정의 그림자를 커다랗게 새겨 넣었다. 그녀가 조심스레 운을 뗐다. "있지, 아까 일은 아줌마가 생각이 짧았던 것 같아. 아줌마가 너한테 미리 말해줬어야 하는 건데."

오른쪽 다리가 또다시 통증을 호소하기 시작했다.

'괜찮아. 안 죽어. 그러니 안심해.'

"기분 많이 나빴지?" 그녀가 물었고, 희정은 듣는 둥 마는 둥 반응이 시원찮았다. "미안해. 아줌마가 잘못했어."

그 순간 수하는 심장 근처에서 비롯된 뜨거운 무언가가 혈관을 타고 전신으로 뻗어나가는 것을 느꼈다. 심장도 거칠게 두방망이질 치기 시작했다.

"아줌만 단지 네가 절망을 딛고 일어서길 바라는 마음에서……" 그녀는 얼른 입을 다물었다. 그건 진실이 아니라 진실을 표방한 변명이었기 때문이다. "아니…… 솔직히 말할게. 그땐 아줌마가 경황이 없었어. 너무 충격적이기도 했고. 내…… 나한테는 딸이나 다름없는 아이 입에서 그런 말이 나올 줄은 상상도 못했거든."

이번엔 진실이었다.

"그때 아줌마가 참았어야 하는 건데. 근데 너도 알다시피 사람이 화가 심하게 나면 감정 조절을 하고 싶어도 못하잖아? 속으로는 이게 아닌데, 이러면 안 되는데 하면서도 겉으로는 인상을 잔뜩 쓰면서 상대방 가슴에 상처가 될 말들만 골라서 하고. 심하면 손찌검도 하고."

'내가 재 뺨을 때리다니. 세상에, 그건 미친 짓이었어.' 그녀는 인정했다. 그 당시 그녀는 음식 앞에 이성을 상실한 원숭이였다.

"그래서 아줌마가 생각할 땐 그게 문제였던 것 같아. 감정 조절을 하지 못했던 거. 그리고 가급적 대화로 풀려고 노력했어야 하는 건데 그러지 않은 거. 그리고 또……" 수하는 희정을 힐끔 보았다(언제부턴가 그녀는 변기 위에 앉아 있었는데, 언제 거기에 엉덩이를 붙였는지는 그녀도 몰랐다.). "아줌마가 네 뺨을 때렸던 거."

그녀는 마치 인생의 종착역을 한 정거장 남겨둔 할머니가 장성한 손녀를 바라보듯 애틋한 눈길로 희정을 바라보았다.

"아줌마가 잘못했어, 희정아. 미안해." 갑자기 코끝이 시큰거렸는데 당연한 반응이었다. 눈가에 눈물도 살짝 맺힌 듯했다. 손가락 끝이 파르르 떨리는 게 느껴졌다. 할 말 다했으면 이제 그만 일어나라고 몸이 보내는 신호였다. "나오고 싶을 때 나와. 강요 안 할 테니."

자리에서 일어나며 수하는 말했다. 그리고 그녀가 등을 돌리자 희정이 발목을 붙잡듯 말했다.

"제가 잘못했어요, 아줌마." 수하는 문지방까지 10센티미터 정도 남겨놓고 걸음을 멈추었다. 문득 자카리아의 목소리가 들려왔다. "다 제 잘못이에요. 아줌만 잘못한 거 하나도 없단 말이에요."

저 말이 과연 진심일까? 물론 진심이었다. 만일 누군가 어떻게 아느냐고 묻는다면, 그녀는 이렇게 대답할 터였다. '당신은 이해 못 하겠지만, 엄마들은 듣기만 해도 알아요.' 그게 엄마들의 특권이니까. 그녀가 고개를 돌리려는 순간 희정이 뒤에서 그녀를 끌어안았다.

"미안해요. 미안해요, 아줌마. 제가 잘못했어요. 다 제 잘못이에요."

희정이 애써 울음을 참는 목소리로 말했다. 수하는 딸한테 '괜찮아. 엄만 다 이해해.'라고 말해주고 싶었지만, 용기가 나지 않았다. 그래서 그녀는 대신 왼손으로 딸의 두 손을 포개듯 잡아주었다.

자식한테 받은 상처만큼 묻기 어려운 상처는 없고, 자식한테 받은 상처만큼 묻기 쉬운 상처는 없다고 했던가? 수하는 그제야 그 말이 무슨 뜻인지 알 것 같았다.

7

창밖을 내다보고 수하는 나지막이 욕설을 내뱉었다. 어제와 비슷한 규모의 광인들이 아직 지상에 남아 있었던 것이다. 저녁 9시가 다 된 시간이었다.

"틀림없어요. 저 놈들 잠을 줄이기로 한 게 확실해요." 옆에서 블라인드 틈새로 거리를 내다보며 희정이 말했다. 수하는 짐승이나 다름없는 놈들이 그럴 리 없다면서 반대 의견을 표명하고 싶었으나 그 역시 논리적인 의견은 되지 못했다. 우리한테 말도 건넬 줄 아는 놈들이 저들끼리 합의 하나 못 볼까 봐? "근데 잠을 줄여서 뭐하려는 거지?"

희정이 중얼거렸다.

"자기들 딴에는 이유가 있겠지. 우리처럼 숨어 지내는 사람들을 압박하려는 것일 수도 있고. 아니면 주행성이던 놈들이 조금씩 야행성으로 바뀌는 것일 수도 있고."

'이유야 뭐든 별로 알고 싶지 않아.'

"기분 나쁜 놈들."

희정이 몸서리를 치고는 침대로 몸을 던졌다.

문밖에서 자카리아의 말소리가 들려왔다.

그날 놈들이 지하로 돌아간 시간은 밤 10시가 다 되어서였다.

"도대체 우리더러 뭘 어쩌라는 거야, 이제? 여기서 영원히 썩으라는 거야? 골방의 시체처럼?"

희정의 말이었다.

물론 골방의 시체처럼 썩는다는 말은 몇 번 들어봤어도(그 중 두 번은 어머니한테서 들었다.) 실제로 골방의 시체처럼 영원히 썩고 싶지는 않았다. 그건 전혀 인간답지 못한 죽음인데다 먼 훗날 이곳을 방문할게 될지도 모르는 사람들한테 예의가 아니었기 때문이다.

그런데 죽어서까지 예의를 지킬 필요가 있을까? 글쎄, 그건 학교에서 가르쳐준 적이 없어서 모르겠는데…… 나중에 저승사자가 데리러 오거든 한번 물어봐야겠다.

수하는 마지막 무리가 역사 안으로 들어가는 것을 확인한 다음 블라인드를 쳤다. 숨이 탁탁 막히는 어둠 속에서 시곗바늘이 10시 30분을 가리키고 있었지만, 수하와 희정은 볼 수 없었다. 사실 보고 싶지도 않았지만. 지금이 며칠인지도 모르는 마당에 시계가 무슨 소용이란 말인가?

수하가 침대에 앉자 희정이 물었다.

"배 안 고파요? 오늘 한 끼밖에 안 드셨잖아요?"

“안 고파. 전혀.” 희정의 말대로 그날 그녀가 먹은 건 빵 한쪽이 전부였다. 물론 그녀도 배가 고팠다. 하지만 이 세상에 배가 안 고파서 음식을 안 먹는 사람은 없듯 그녀한테도 나름의 사정이 있었다. 그 사정이란…… “몇 끼 굶는다고 죽는 거 아니니까 그렇게 쳐다보지 마, 희정아.”

“제가 어떻게 쳐다봤는데요?”

“마치 아줌마가 죽을병에라도 걸렸다는 듯이 쳐다봤잖아. 아냐?”

“아닌데요?”

“그래? 그럼 어떻게 쳐다봤는데?”

“저도 기억 안 나요, 어떻게 쳐다봤는지.” 희정이 수하 쪽으로 몸을 돌려 누우며 대답했다. “그러지 말고 뭐라도 좀 드세요. 빵도 아직 많이 남았잖아요?”

‘넌 그게 많이 남은 거니? 아까 보니 반도 안 남았던데.’

“아줌마 걱정은 하지 말고 당신 걱정이나 하셔요, 아가씨. 한창 키 클 나이에 그렇게 못 먹어서 어떡해?”

“전 저 알아서 먹어요. 그리고 키 얘기는 반칙이에요.”

“아줌마도 아줌마 알아서 먹으니 신경 쓰지 마. 그리고 아줌만 어렸을 때부터 못 먹는 게 습관이 돼서 하루 이틀 정도는 적게 먹어도 배 안 고파.”

스스로 생각하기에도 참 어처구니없는 변명이었지만 희정이 더 이상 캐묻지 않게 하려면 그 방법밖에 없었다.

“에이, 그런 사람이 어딨어요, 이 세상에?”

“미안하지만 제가 바로 그런 사람이네요, 이 아가씨야.”

순간 수하는 자신의 승리를 예감했고, 그녀의 예감은 정확히 들어맞았다. 승산이 보이지 않은 듯 희정이 화제를 돌린 것이었다.

"다리는 좀 어때요? 아직도 따가워요?"

"글쎄, 아까보단 좀 덜한 것 같은데 아직 그러네."

부목으로 둘러싼 왼쪽 다리에서 통증이 느껴지기 시작한 건 그날 해 질 녘부터였다. 처음에는 이따금 찾아오는 현기증처럼 금방 사라질 줄 알고 신경 쓰지 않았으나 두 시간이 지나도록 통증은 사라지지 않았고, 심지어 한 시간 전부터는 불에 데기라도 한 것처럼 따끔거리기까지 했다.

즉 수하가 방금 한 말은 거짓말이었다. 통증이 덜하기는 개뿔. 너만 없었으면 아마 방바닥을 굴러다녔을 게다.

"그거 혹시 덧난 거 아니에요?"

"너 안 그래도 겁 많은 아줌마한테 겁주는 거니?"

"아마도요?"

두 사람 모두 상대방이 웃길 바라는 마음에서 그런 말을 했을 테지만, 둘 중 웃는 사람은 아무도 없었다.

"아주머니, 저 좀 도와주세요. 여기서 나가고 싶은데 길을 모르겠어요."

대화에 끼어들고 싶어 안달이 난 자카리아였다.

"자고 일어나면 괜찮아질 거야. 늘 그랬으니까."

늘 그렇지는 않았다. 적어도 신종 인플루엔자에 걸렸을 때는. 그때는 정말 잠들면 깨어나기가 무서울 만큼 온몸 구석구석 안 아픈 곳이 없었다. 그래서 수하는 당시 병원 의사한테 타미플루와 진통제(그것도 초강력!)를 함께 복용해도 괜찮은지 물었다가 이런 소리를 들었다. "속 버리고 싶으면 드셔도 좋습니다." 망할 자식. 모르긴 몰라도 집에 들어가면 분명 찬밥 신세일 거야. 그런 걸 농담이라고 하다니.

"그것도 어렸을 때부터 그런 거예요?"

"아마?" 수하가 말했다. "그런데 빨간 약을 바르기 시작한 뒤부터는 잘 안 먹히더라고, 이상하게."

'그야 빨간 약은 암세포도 없앨 만큼 효능이 뛰어나니까 그렇지. 그게 괜히 세기의 발명품 소리 듣는 줄 아나?' 수하의 전남편이었다면 그렇게 받아쳤을 것이다.

"그거 농담이에요?"

무뚝뚝한 말투로 희정이 물었다.

"글쎄, 한 오십 프로는?"

사실은 육십 프로였다.

"그것참…… 재밌네요."

말은 그렇게 하면서도 여전히 웃지 않는 희정이었다.

8

다음날 새벽, 가까스로 잠든 그녀를 세 시간 만에 다시 현실로 끄집어낸 것은 다름 아닌 왼쪽 다리의 통증이었다. 불과 몇 시간 전까지만 해도 발목에서 머물던 통증이 지금은 정강이 전체를 집어삼킨 것으로도 모자라 무릎 바로 아래까지 영역을 넓히고 있었던 것이다.

식은땀으로 온몸이 젖은 채 수하는 인상을 찌푸리며 상체를 일으켜 세웠다. 그러고는 두 손으로 왼쪽 허벅지를 힘껏 움켜쥐었다. 물론 그런다고 없어질 통증은 아니었지만 말이다.

'진통제. 진통제!' 그녀는 왼손으로 협탁 첫 번째 서랍을 열어 뒤지기 시작했다. 하지만 불행히도 진통제는 한 알도 남아 있지 않았다. 수하는 입 밖으로 신음 소리가 새어나가지 못하도록 어금니를 꽉 깨물었다. 이런 개인적인 문제로 희정을 깨우고 싶지는 않았다.

그때 자카리아가 문을 두드리며 그녀의 신경을 긁기 시작했다.

"아주머니, 저 좀 도와주세요. 여기서 나가고 싶은데 길을 모르겠어요."

수하는 두 손으로 왼쪽 허벅지를 움켜쥔 채 고개를 푹 숙이고는 두 눈을 질끈 감았다. 뱃속에서 뜨거운 열기가 부글부글 끓어오르는 듯했다.

"아주머니? 제 말 듣고 계세요?"

'이런 씹할, 제발 부탁이니 그만 좀 해! 거기서 천날 만날 그런다고 내 맘이 바뀌는 것도 아니니 이제 그만 꺼지란 말이야!' 그녀는 그렇게 외치고 싶은 것을 간신히 참으며 현관문 쪽을 노려보았다. 빌어먹을 통증 때문에 두 눈을 뜨고 있기조차도 힘겨웠다.

결국 그녀는 조용한 곳으로 자리를 옮겨 골절 부위를 살펴보는 것이 좋겠다고 결론을 내렸다.

'정신 똑바로 차려. 이러다 정말 큰일 날 수도 있으니 정신 똑바로 차리란 말이야.' 협탁 첫 번째 서랍에서 라이터(자카리아가 돌아오기 전, 호텔 1층 로비에서 가져온 것으로 외관이 무척 고급스러운 지포 라이터였다.)를 꺼내며 수하는 생각했다. 그러고는 정신을 가다듬고 침대에서 일어나려는데, 순간 기침이 튀어나왔다. 그녀는 희정한테서 몸을 돌려 앉은 채 기침 소리가 함부로 튀어나가지 못하도록 오른손으로 입을 빈틈없이 틀어막았다. 그렇게 기침을 연달아 7번이나 한 뒤에야 그녀는 겨우 침대에서 일어나 화장실로 갈 수 있었다.

9

화장실 문을 잠그고, 양초에 불을 붙이자 지하 감옥 같던 공간이 금세 환해졌다. 수하는 주황빛 불꽃이 포근하게 빛나는 양초를 욕조 가장자리에 쓰러지지 않게 잘 세워놓은 다음 화장실 바닥에 엉덩이를 붙이고 앉았다. 복도 저편에서 자카리아의 목소리가 어렴풋이 들려왔다.

그동안 붕대를 제때 갈아주지 못한 탓에 부목의 상태는 영 형편없었다. 물론 그만큼 악취도 끔찍했다. 마치 목욕과는 담을 쌓고 지내는 일용직 노동자한테서나 날 법한 냄새가 골절 부위에서 진동했던 것이다. 끔찍했다.

'내가 생각이 짧았지. 이럴 줄 알았으면 새 붕대도 챙겨오는 건데.' 고개를 반대편으로 돌린 채 숨을 크게 들이마시며 수하는 생각했다. 붕대를 벗길수록 심해지는 냄새 때문에 눈물이 날 지경이었다.

또다시 정강이 통증이 수직 상승 직선을 그리며 치솟기 시작했다. 수하는 마치 독사의 독이 혈관을 타고 온몸으로 퍼지는 것을 막으려는 사람처럼 두 손으로 왼쪽 허벅지를 힘껏 움켜쥐었다. 하지만 소용없는 짓이었다. 이미 그녀도 잘 알다시피 그런다고 해서 없어질 통증은 아니었으니 말이다. 그녀는 아주 작은 신음소리조차도 새어나가지 못하도록 오른손으로 입을 빈틈없이 틀어막았다. 하늘이 무너지는 한이 있어도 희정한테 자신이 아프다는 것을 알려서는 안 됐다.

"아주머니, 저 좀 도와주세요. 여기서 나가고 싶은데 길을 모르겠어요."

자카리아가 정확히 문을 세 번 두드린 다음 말했다. 이번에는 목소리가 좀 더 뚜렷했다. 수하는 성대가 갈라지도록 기침을 하며 자카리아의 목소리가 들려온 방향을 흘겨보았다. 그리고 아무 생각 없이 오른쪽 손바닥을 들여다보았는데…… 온몸의 근육이 단단히 얼어붙고 말았다.

마치 분무기로 뿌린 듯 다량의 검붉은 핏방울이 손바닥에 묻어 있었다.

수하는 경직된 시선으로 자신의 손바닥을 내려다보았다. 문득 엎친 데 덮친 격이라는 문구가 급행열차처럼 떠올랐는데, 그녀가 생각하기에는 개소리 같았다. 왜냐면 그녀는 각혈 증세를 일으킬 만한 어떤 고질병도 가지고 있지 않았고, 또 사실상 왼쪽 다리가 제 기능을 하지 못한다는 것만 제외하면 규칙적으로 생리도 할 만큼 매우 건강한 축에 속했기 때문이다. 그런 건강한 여자가, 밑구멍도 아니고 윗구멍으로 피를 토한다는 건 상식적으로 말이 안 되는 일이었다.

'놀라지 마. 놀랄 것 하나도 없어. 그러니 진정해. 진정하고, 우선 입가에 묻은 침부터 닦아.' 터무니없는 짓이라는 것을 잘 알면서도 수하는 자신의 이성이 시키는 대로 행동할 수밖에 없었다. 왜냐면 그녀는 진심으로 그렇게 믿고 싶었기 때문이다. '이건 피가 아니라 침이야, 침. 내가 요즘 잠을 못자서 그렇게 보일 뿐이지 이건 침이라고. 알겠어?' 하지만 현실은 그녀가 아는 것만큼이나 솔직하고 매몰찬 곳이었다.

믿어지지 않았다. 마치 여느 날과 다름 없이 잠에서 깨어났을 뿐인데 우편으로 시한부 인생을 선고받은 것처럼 세상 모든 일이 불공평하게만 느껴졌다.

하지만 그렇다고 손바닥에 묻어 나온 피를 무조건 시한부 인생과 연관 지어서 생각할 수는 없는 노릇이었다. 단순히, 정말 단순히 생각해 기침을 하다 목구멍에 상처가 생긴 것일 수도 있지 않은가? 그녀는 어렸을 때부터 유난히 잔병치레가 잦은 여자였다. 한때는 담배도 피웠고, 일이 뜻대로 풀리지 않으면 술로 밤을 새우기도 했을 만큼 나름 문제가 많다면 많은 여자였다. 따라서 목구멍에 상처쯤은 얼마든지 날 수 있었다. 아버지가 생전에 늘 했던 말처럼 사람의 몸은 개미보다도 약하니 말이다.

수하는 누가 볼 새라 얼른 오른쪽 허벅지에 피를 문질러 닦은 다음 계속해서 붕대를 풀어나갔다. 그리고 곧이어 부목의 첫 번째 뼈대("뼈가 잘 붙어야 할 건데……. 아프진 않아요?" 그녀의 마음 한 구석에서 자카리아가 물었다.)가 모습을 드러냈는데, 일순 그녀는 심장이 골반을 뚫고 지하로 내려앉는 것만 같았다.

종아리 바깥쪽이 원인을 알 수 없는 크고 작은 멍 자국들로 뒤덮여 있었던 것이다.

10

물론 단순한 멍 자국으로 치부할 수도 있었다. 하지만 수하가 볼 때 이건 단순한 멍 자국으로 치부해도 좋을 만큼 간단한 문제가 아니었다. 왜냐면 멍이 들었다는 건 피부 아래의 혈관이 터졌다는 얘긴데, 그녀의 눈에 비친 멍 자국은 종아리 전체를 완전히 뒤덮고도 남았기 때문이다. 게다가 방금 전에는 기침하면서 손에 피까지 묻어 나오지 않았던가? 그 정도면 충분히 심각하다고 봐도 무방했다.

"도대체 뭐가 어떻게 되려고 이러는 건지 원……"

마치 한 손에 3분의 1쯤 타들어간 담배를 들고 얘기하듯 그녀가 중얼거렸다.

그녀는 타일 벽에 뒷머리를 기댄 채 욕조 가장자리에서 용의 심장처럼 빛을 내뿜는 양초를 바라보았다. 그러고는 글쟁이다운 상상력을 곁들여 속으로 중얼거렸다. '피까지 토한 걸 보면 단순히 건강상의 문제는 아닐 거야. 어쩜 MRI를 찍어 봐야 할 정도로 심각한 문제일지도 몰라.' 그녀의 눈길이 다시 멍투성이 종아리 쪽으로 향했다. '문제는 몸 어디가 어떻게 고장 난 건지 나도 모른다는 거지. 이 몸뚱어리를 이끌고 40년 이상을 살아온 나조차도.'

"아줌마? 안에 있어요?"

화장실 문을 두어 번 두드리고 나서 희정이 물었다. 목소리가 잠겨 있는 것으로 봐서는 아무래도 방금 막 잠에서 깬 모양이었다.

"어, 아줌마 여기 있어. 왜? 화장실 급하니?"

마치 아무 일도 없다는 듯 태연한 말투로 수하가 물었다. 문득 화장실 문을 잠가놓길 잘했다는 생각이 들었다.

"아뇨. 그냥…… 자다가 옆이 허전해서요. 그래서 깼나 봐요, 중간에. 그건 그렇고 (턱이 찢어질 것만 같이 하품하는 소리) 혹시 그 안에서 저 몰래 우는 건 아니죠?"

"얘는, 아줌마를 뭐로 보고. 그렇잖아도 아가씨 때문에 힘들어 죽겠으니 걱정하지 말고 가서 잠이나 자세요, 네?"

"굳이 그렇게 말 안 해도 지금 다시 자러 갈 생각이었거든요? 아무튼 아줌마도 거기 오래 있지 말고 얼른 나와서 주무세요. 혼자 침대에서 자기 싫어요."

혼자 침대에서 자기 싫다는 희정의 말에 수하는 잠시 머뭇거리다 미소를 머금고는 이렇게 대답했다.

"알았어. 금방 갈 테니 너도 얼른 가서 자."

"빨리 와야 해요. 알았죠?"

"알았어."

수하는 이번에도 웃으면서 대답했지만, 사실 속으로는 울고 싶은 심정이었다. 그도 그럴 것이 희정과 대화를 나누는 동안 그녀의 마음 한구석에서는 이제 겨우 여섯 살밖에 안 된 작은 여자아이가 어두컴컴한 집 안을 돌아다니며 엄마를 애타게 찾고 있었기 때문이다. *엄마. 어디써, 엄마? 내가 잘못해써, 엄마. 아프로 엄마 말 잘 드르께. 그러니 도라와, 도라오란 마리야. 엄마. 내가 잘못해써, 엄마. 엄마……* 수하는 가슴이 아팠다. 심장의 온기만큼이나 뜨거운 눈물 두 줄기가 코 양 옆으로 흘러내렸다.

"안녕. 안녕. 나 없어도 되니? 아플 때는…… 꼭 내게 연락해. 미안. 미안. 나쁘지, 내가? 고마운 너를…… 지키지…… 못하고…….”

수하는 다시 벽에 뒷머리를 기댄 채 곁눈으로 촛불을 바라보며 이승환의 「잘못」을 웅얼거렸다. 그리고……

“아주머니, 저 좀 도와주세요. 여기서 나가고 싶은데 길을 모르겠어요.”

벌레조차 함부로 드나들지 못할 만큼 좁아터진 문틈으로 자카리아의 목소리가 파고들었다. 수하는 코로 한숨을 쉰 다음 고개를 약간 숙여 부목을 벗기다 만 종아리를 내려다보았다. 그런데 이상했다.

어떻게 된 일인지는 몰라도 더 이상 골절 부위에서 통증이 느껴지지 않았다.

11

“좋은 게 좋은 거랬다고, 안 아프면 그걸로 끝이지 뭐가 그렇게 문제니, 너는?”

그 옛날 큰 오빠는 30분 가까이 복통을 호소하다 갑자기 배가 아무렇지 않다는 수하에게 그렇게 말했었다. ‘좋은 게 좋은 거랬다고, 안 아프면 그걸로 끝이지 뭐가 그렇게 문제니, 너는?’ 그렇다. 좋은 게 좋은 거고, 안 아프면 그걸로 끝이다. 하지만 그 시절 수하의 나이는 고작 10살이었으며 (먼 훗날 글쟁이가 될 것을 감안하더라도) 비슷한 또래의 아이들만큼 호기심도 강했다. 궁금한 게 생기면 꼭 알고 넘어가야 직성이 풀리는, 밤을 꼬박 새우더라도 궁금한 건 참지 못하는…… 수하는 그런 아이였다.

"아니, 이상하니 그렇지. 배가 그렇게 아팠는데 갑자기 괜찮아진 거 보면 큰 오빠는 안 이상해?"

10살의 수하가 물었다.

"하나도 안 이상해."

"왜? 왜 안 이상해?"

그녀가 다시 묻자 큰 오빠는 귀찮다는 듯 한숨 섞인 목소리로 이렇게 대답했다.

"오빠는 그런 거 궁금해할 나이 지났거든. 그러니 수하야, 오빠 이제 공부해야 하니 빨리 나가줄래?"

'공부는 무슨. 맨날 이상한 잡지나 보면서.' 아마 저 서랍 어딘가에 꽁꽁 숨겨져 있을 것이다. 그 이상한 잡지. 파란 배경에 빨간 수영복 차림의 라면 머리 여자가 다리를 살짝 벌리고 서 있는 그 이상한 잡지. 언제든 기회만 생기면 수하는 물어볼 것이다. 아주 구체적으로 '그 잡지'가 '무슨 잡지'냐고 말이다.

"큰 오빤 왜 그런 거 궁금해할 나이가 지났는데?"

수하의 마지막 물음에 큰 오빠는 짜증이 치민 나머지 뒤에서 라디오를 듣고 있던 큰 언니에게 수하를 데리고 나가라고 말했다.

"오빠가 좀 알아서 해. 나 지금 라디오 듣고 있는 거 안 보여?"

물론 큰 언니 수진은 수하 편이었다. 가재는 게 편이라고 했던가? 어쩌면 동병상련이라는 말이 더 어울리겠다.

그때, 흑구(눈과 털이 흑진주처럼 새까맣다고 해서 수하가 붙여준 이름이다.)한테 잔반 처리를 맡기고 돌아온 엄마가 방 안을 한 번 들여다보더니 큰 언니에게 말했다.

"수진아, 오빠 공부하게 동생 데리고 저 방으로 가, 얼른."

"엄마, 전 그냥 라디오 듣고 있었는데요? 떠든 건 수하하고 오빠지 전 조용히 있었어요."

"잔말 말고 나오랄 때 나와. 수하, 너도. 큰 오빠 공부하는 데 방해하지 말라고 저번에 엄마가 말했지?"

하지만 수하는 대답 대신 마치 할 말이 있다는 듯 엄마를 가만히 올려다보기만 할 뿐이었다.

"뭘 그렇게 멀뚱멀뚱 서 있어? 얼른 나와, 언니하고."

"네."

수하가 대답했다. 그리고 다시 방안을 들여다보았는데, 마치 금방이라도 집을 뛰쳐나갈 것처럼 수진의 표정이 좋지 않았다. '큰 오빠하고 말다툼할 때도 저 표정이었는데.'

"나도 아들로 태어날걸."

수진이 라디오를 집어 들며 중얼거리는 것을 수하는 똑똑히 들었다. 하지만 엄마와 큰 오빠는 아무것도 듣지 못한 듯 큰 언니를 나무라지 않았다(나이를 좀 더 먹은 뒤에야 깨달은 거지만, 그건 정말로 못 들은 게 아니라 마지못해 못 들은 척한 것이었다.).

"수하야 가자. 언니가 옛날 얘기 들려줄게."

수진이 수하의 머리를 쓰다듬으며 말했다.

"정말?"

금세 기분이 좋아진 수하는 수진을 올려다보며 미소를 활짝 지었다.

"그럼. 정말이지. 자, 가자, 얼른. 큰 오빠 **공부**한다." 수진이 물었다. "오늘은 무슨 얘기 들려줄까?"

"재밌는 걸로! 난 재밌는 거면 다 좋아."

10살 수하가 폴짝폴짝 뛰며 대답했다. 그리고 꿈은…… 거기서 끝이었다.

그녀가 눈을 뜨고 나서 제일 먼저 한 행동은 창밖으로 지나가는 우중충한 먹구름 떼를 바라보는 것이었다. 이유라고 할 것까지는 없었다. 단지 잠에서 깨어나 의식이 선명해지기 시작하면서 우연히 저 우울하기 짝이 없는 풍경이 눈에 들어온 것일 뿐이었다. '비가 오려나 보네. 기분 나쁘게시리.' 마치 막노동꾼의 담배 연기처럼 창백한 먹구름 떼가 하늘을 빈틈없이 틀어막은 것을 바라보며 수하는 생각했다.

시계가 이상하다는 사실을 깨달은 건 그로부터 10분 정도 지났을 무렵이었다. 처음에는 초침이 너무 느리게 움직여서 그렇게 보이는 것인 줄 알았는데, 다시 보니 시곗바늘이 아예 움직이지 않았던 것이다. 이런, 젠장. 지나가던 쥐새끼가 다 웃겠군.

수하는 반쯤 포기한 심정으로 현관문을 향해 고개를 돌렸다. 그러고는 잔뜩 가라앉은 목소리로 희정을 불렀다.

"희정아?" 순간 온몸에 소름이 돋는 듯했다. 마치 두터운 솜뭉치로 귓구멍을 틀어막기라도 한 듯 자기 목소리 말고는 어떤 소리도 들리지 않았기 때문이다. "희정아?"

다시 딸의 이름을 불러보았지만, 똑같았다. 이 객실 안에서 입술과 성대를 움직여 목소리를 내는 사람은 오로지 그녀뿐이었다.

"희정아! 화장실에 있니?" 조용했다. 이해할 수 없는 정적만이 감도는 가운데 수하는 마침내 말로 표현하기 힘든 불길한 무언가를 느꼈다. 가슴이 금방이라도 터질 것만 같았고, 기도가 금방이라도 숨구멍이 막힌 고래의 정수리처럼 부풀어 오를 것만 같았다.
"장난치지 말고 얼른 대답하는 게 좋을 거야. 희정아?"

수하는 마치 자신이 불안에 떨고 있다는 것을 숨기려는 듯 애써 목소리를 밝게 포장도 해 보았다. 하지만 불안감을 완전히 숨기지는 못했다. 그녀의 의도와는 달리 목소리가 너무도 낯설게 느껴졌던 것이다.

수하는 하는 수 없이 침대 밑으로 다리를 내려 직접 화장실로 가봐야겠다고 마음을 먹었다. 물론 희정은 화장실 안에 있을 것이다. 화장실 안에서 신나게 똥을 싸는 중이거나 어쩌면 오줌을 누고 얌전히 뒤처리를 하는 중일지도 모른다. 단지 그 아이한테서 대답이 들려오지 않는 이유는 귓구멍에 꽂아놓은 이어폰 때문일 것이다. 엠피쓰리 플레이어의 볼륨을 지나치게 높여놓은 탓에 엄마의 목소리를 듣지 못한 것이다.

……제기랄. 작가란 직업은 이래서 문제다. 상상력이 몹시 지나친 나머지 그 상상력에 기대어 믿음을 만들고, 상황이 여의치 않으면 자기합리화도 서슴지 않으니 말이다. 수하는 이러한 문제 때문에 그토록 많은 사람들이 작가라는 직업을 꺼리는 것이라고 생각했다. 그리고 동시에 그녀는 자기가 지금 무슨 생각을 하고 있는지 전혀 인지하지 못했다. 머릿속이 텅 빈 기분이었다.

'진정해. 희정이는 분명 저 안에 있을 거야. 저 안에서 똥을 누고 있거나 아님 오줌을 누고 있을 거라고. 어쩌면, 어쩌면 화장을 고치고 있을지도 몰라. 그래, 맞아. 그러고 보니 저번에 3층인가 4층에서 화장품 세트 몇 개를 챙겼다고 했지? 아마 그거 시험해 보는 중일 거야. 분명해. 그러니 겁먹지 마. 겁먹을 것 없어.'

침대에서 화장실까지 가는 길이 이토록 멀 줄은 꿈에도 몰랐다. 마치 꿈꾸듯 화장실 앞에 도착한 수하는 문을 두드리기 전, 만일의 사태에 대비해 가슴 깊숙이 숨을 집어넣었다. '희정이는 이 안에 있을 거야. 솔직히 따지고 보면 그 애한테 달리 갈 곳이 있는 것도 아니잖아?' 어떻게 생각해 보면 다소 잔인한 말이긴 했지만, 그래도 사실은 사실이었다. 물론 그건 희정이만 아니라 수하한테도 해당하는 사항이었지만 말이다.

그녀는 이제 오른손을 들어 올렸다. 그러고는 주먹을 쥐려는데…… 낯설지 않은 것들이 눈에 띄었다. 모두 언젠가 한 번씩은 본 적 있는 것들이었다. 그것도 아주 가까이에서. 그게 언제였는지는 정확히 기억나진 않지만……

아니. 기억났다. 그녀가 처음 그것들을 가까이에서 본 건, 사태 초기 여관 객실을 나서면서였다. 당시 그녀는 커다란 거울을 두 손으로 든 채 객실 현관에 서 있었고, 문이 열리는 순간 그녀는 젖 먹던 힘까지 다해 거울을 휘둘렀다. 그때 그녀는 똑똑히 보았다. 마치 심각한 화상을 입기라도 한 듯 커다란 물집이 들쭉날쭉 솟아 있던 광인의 입 주변을……."

물집이 울퉁불퉁 솟아오른 손등을 멍하니 바라보며 그녀는 생각했다. '말도 안 돼. 그럴 리 없어. 내가…… 아냐. 이건…… 아닐 거야. 그럴 리 없어. 아냐. 아냐……'

"아냐!"

그녀가 소리쳤다.

하지만 그녀가 보고 있는 것은 분명 현실이었고 사실이었다. 부정할 수 없는 진실이었다.

수하는 무너지듯 그 자리에 주저앉았다. 문득 어쩌면 저 안에 희정이 없을지도 모른다는 생각이 들었다. 물론 수하는 그렇게 생각하고 싶지 않았다. 이미 수천 번도 넘게 되새겼다시피 희정은 그녀의 딸이고, 그녀는 희정의 엄마인데 도대체 무엇 때문에 희정이 그녀를 떠난단 말인가? 희정은 그런 아이가 아니었다. 누가 뭐래도 희정은……

그녀의 딸이었다.

그리고 그 순간

12

"아줌마예요?" 화장실 안에서 희정의 목소리가 들려왔다. 겁을 먹어서 그런지 울음기가 역력한 목소리였다. 희정이 다시 물었다. "아줌마?"

바닥에 주저앉은 채 손등만 쳐다보던 수하는 그제야 자신이 틀렸다는 것을 깨달았다. 희정은 화장실에서 똥을 누는 중도 아니었고 오줌을 누는 중도 아니었다. 그렇다고 박정현의 노랫말처럼 오늘부터 새로운 사람이 되기 위해 화장을 고치는 중도 아니었다. 물론 희정은 저 안에 있었다. 저 안에 있었지만…… 결코 앞의 세 가지 목적 때문에 들어가 있는 것은 아니었다.

"아줌마 맞아요?" 희정이 물었다. "맞으면 대답해 보세요. 안 그랬다간……"

"맞아." 얼른 눈물을 훔치고, 코를 삼킨 뒤 수하가 대답했다. "아줌마 맞으니까 걱정 말고 문 열어, 희정아."

그때 멀리서 묵직한 천둥소리가 들려왔는데, 마치 가루우유를 먹고 설사병에 걸린 환자의 배에서 나는 꾸르륵 소리 같았다.

"증명해 보세요." 희정이 말했다. "아줌마가 정말 아줌마라는 것을 한번 증명해 보라고요."

뜬금없는 질문이긴 했지만, 수하가 이해해야 했다. 아니. 마땅히 그래야 했다. 지금 저 아이는 '친구 같은 아줌마'가 광인으로 변했을지도 모른다는 불안감 때문에 죽을 것처럼 떨고 있다. 광인은 그녀도 경험해 봤고, 저 아이도 경험해 봤지만 실상 그녀가 경험한 건 얼마 되지도 않는다. 반면에 희정은 광인으로 변한 친아빠한테 직접적으로 시달리지 않았던가? 똑, 똑, 똑. *희정아, 아빠다. 안에 있는 거 다 안다.* 똑, 똑, 똑. *희정아, 아빠다. 안에 있는 거 다 안다.* 똑, 똑, 똑. *희정아……*

그녀가 이해해야 했다. 이해가 안 가더라도 이해해야만 했다.

"아줌마 맞아, 희정아. 아줌마 맞으니까 이제 그만 문 열어."

"그러니 증명해 보시라고요."

수하는 문득 턱 바로 아래까지 숨이 차오르는 듯했다.

희정이 말을 이었다.

"만일 지금 그 자리에서 증명하지 못하시면……" '안 돼. 부탁이니, 희정아. 그 얘기만은 하지 마, 제발……. 엄만 너한테 그런 소리 듣고 싶지 않아.' "저 여기서 확 죽어 버릴 거예요."

수하는 이제 어떻게 대응해야 할지 알 수 없었다. 그녀가 남들보다 글재주가 뛰어난 것은 어느 정도 사실이었지만, 그렇다고 말재주까지 뛰어난 건 아니었다. 그녀의 말재주는 지극히 평범했다.

평범했고 또…… 평범했다.

그런데 어째서인지 이제는 그만 가면을 벗고 싶다는 생각이 들었다. 죽음에 준하는, 아니…… 죽음과 다름없는 현실이 목전에 닥쳐서 그런 건지 아님 이대로 딸의 기억 속에 자신이 아줌마로 남게 될까 봐 두려워서 그런 것인지는 모르겠지만, 이제는 가면을 벗고 자신의 진짜 모습을 보여주고 싶다는 충동이 마구 들끓었다. 그래서 수하는 그렇게 했다.

"그래. 그래, 희정아. 난 아줌마가 아니야. 난……" 수하는 고개를 들고 화장실 문을 올려다보았다. 그러고는 용기를 그러모아 이렇게 말했다. "난 네 엄마야."

눈물 한 방울이 그녀의 뺨 아래로 흘러내렸다.

"네가 물었었지? 네 친엄마 얼굴 기억나느냐고? 그래, 기억나. 왜냐면 네 아빠랑 결혼한 게 나였으니까. 네 아빠랑 결혼해서 너를 낳은 사람이 바로 나니까." 대답을 아끼는 건지 아님 신중에 신중을 기하는 건지 수하로서는 알 길이 없었지만, 그래도 일단은 되는 데까지 해봐야 했다. "미안해, 희정아. 엄마가 웬만하면 일찍 말해주려 했는데, 그럴 용기가 없었어. 내 새끼가 나를 원망할까 봐, 왜 자기를 버리고 떠났느냐고 따질까 봐, 나 때문에 네가 얼마나 힘들었는지 아느냐고 물을까 봐…… 그래서…… 그래서 말 못했어. 미안해. 엄마가 정말 미안해. 다 엄마 잘못이야. 전부 다 엄마가……"

"거짓말하지 마요." 화장실 안쪽에서 희정이 말했다. "아줌마가 제 엄마라고요? 웃기지 마세요. 제가 그딴 거짓말에 넘어갈 거 같아요? 아줌만 저희 엄마 아니에요. 아줌마가 저희 엄마일 리 없다고요!"

희정이 불안에 찬 목소리로 고함을 질렀다.

"아빠가 저한테 뭐라 그랬는지 아세요? 저한테는 엄마가 없다고 했어요. 저 낳아준 엄마는 제가 아주 어렸을 때 딴 남자랑 눈맞아서 집 나갔다고 했단 말이에요!" 수하는 그때 기회가 있을 때 그를 죽여 버렸어야 했다고 생각했다. 딸의 집에서 전남편이 문을 두드렸을 때 자카리아를 이용해서라도 전남편의 혓바닥을 잘라버렸어야 했다고 생각했다. "왜 그랬어요? 왜…… 왜 떠난 거예요? 도대체 저를 왜 버린 거예요, 왜!"

"아냐, 희정아. 엄만 널 버리지 않았어. 엄만……" 수하는 차오르는 눈물이 목소리를 삼켜버리지 못하도록 숨을 가다듬었다. "그저 방법이 없었던 것일 뿐이야. 네 아빠가 무서워서…… 법이 나한테 너 키워도 된다고 허락을 안 해줘서…… 그래서 네 곁에 있지 못했던 거야. 네 곁에 있기 싫어서 있지 않았던 게 아니야, 희정아."

희정은 대답이 없었다. 수하는 물집이 울퉁불퉁 솟아오른 손으로 화장실 문을 짚었다.

"그러니 희정아, 이 문 좀 열어봐. 이 문 열고, 엄마하고 얘기 좀 하자, 희정아. 응?"

그녀의 진심이 통한 걸까? 잠시 후 잠금이 풀리면서 딸깍 소리가 나더니 화장실 문이 열렸다. 수하는 희정을 올려다보았다. 마치 때가 되면 언제든 내려치겠다는 듯 희정은 두 손으로 변기 물탱크 덮개를 들고 서 있었다.

"희정아……"

"한 발짝이라도 다가오면……" 수하의 말을 자르고 희정이 말했다. "이걸로 죽여 버릴 거예요."

반은 눈물에 젖고, 반은 배신감에 젖은 눈길로 희정은 수하를 내려다보았다. 하지만 어쩔 수 없는 노릇이었다. 광인으로 변하고 있는 마당에 달리 무슨 방도가 있겠는가? 희정이 저러는 것도 당연한 일이었다.

"희정아, 엄마야. 엄마라고."

"시끄러워요." 수하는 입을 다물었다. "아줌만 우리 엄마가 아니에요. 아줌마가 정말 우리 엄마라면…… 증거 대보세요."

"증거?" 마치 혼란에 휩싸인 듯 수하는 눈동자를 이리저리 굴려 댔다. 그런데 떠오르지 않았다. 생물학적 증거는 둘째 치고 마땅히 내놓을 물리적 증거조차 하나도 떠오르지 않았던 것이다. 그때 아주 오래된 기억 하나가 수면 위로 떠올랐다. 전남편이 알려줬을지는 의문이었지만. "너 태어난 병원, 고려산부인과였지? 태어난 시간은 오후 1시 45분……"

하지만 시간은 그녀의 편을 들어주기 싫은 모양이었다.

갑자기 목구멍 깊은 곳에서 메슥거리는 느낌이 전해지더니 위산처럼 뜨거운 무언가가 식도를 타고 목젖까지 넘어왔다. 그리고 수하는 바닥이 흥건해지도록 피를 토했다. 희정이 새된 비명을 지르며 뒷걸음질쳤다. 수하는 침 섞인 피를 입술 아래로 길게 늘어뜨리며 자신의 목구멍에서 쏟아져 나온 피 웅덩이를 내려다보았다. 빨갰다. 온통 새빨간 것이 마치 온몸의 혈액을 전부 쏟아낸 것 같았다.

수하의 두 눈이 희정을 올려다보았다. 마치 자신에게 변명할 기회를 달라는 듯. 하지만 희정은 하얗게 질린 얼굴로 수하를 내려다보기만 할 뿐이었다.

수하가 손바닥으로 입가를 훔치고 말했다.

"희정아, 엄마가 다 설명할게. 그러니까 이게 어떻게 된 일이냐면……"

"저 다 알고 있어요." 마치 가위로 싹둑 자르듯 희정이 수하의 말을 끊었다. "그럼 어떻게 되는지 다 알고 있다고요. 제가 모를 줄 아세요?"

비록 목소리가 바들바들 떨리기는 했지만, 희정은 멈추지 않고 말을 이었다.

"다 그렇게 변했어요. 유진이, 하연이, 경아, 수정이, 은진이, 하진이, 수학 쌤, 물리 쌤, 국어 쌤. 전부 증상이 똑같았다고요. 모두들 자긴 아니라고, 믿어달라고, 자긴 절대 그놈들처럼 되지 않을 거라고 했지만 결국 변했어요. 하나같이 피를 토하고 얼마 안 가 죽었다 깨어나더니 주변에 있는 사람들을 전부 죽이기 시작했단 말이에요." 희정이 울음기 섞인 목소리로 말했다. "아마 아줌마도 똑같이 말할 거예요. 절 해치지 않을 거라고. 그놈들처럼 되지 않을 거라고. 제발 믿어달라고."

붉게 달아오른 희정의 눈 밑으로 수정처럼 맑은 눈물 두 줄기가 흘러내렸다. 수하는 숨을 헐떡이며 딸한테서 눈을 떼지 않았다. 왼쪽 정강이가 두 동강 날 것만 같이 아팠다.

"미안해요, 아줌마. 어쩌면 아줌마가 진짜 제 친엄마일 수도 있지만…… 그런다고 아줌마가 그놈들처럼 변하지 않는 건 아니에요." 희정이 말했다. "죄송해요. (마치 이러면 안 된다는 것을 본인 스스로도 잘 안다는 듯이 고개를 젓고는) 다른 방법이 있었다면 저도 이러지 않았을 거예요."

그러고는 두 눈을 질끈 감고 변기 물탱크 덮개를 머리 위로 들어 올렸다.

13

어찌 보면 당연한 일이겠지만, 희정은 물탱크 덮개로 수하를 내려치지 못했다. 물론 당연한 일이었다. 그녀는 희정의 엄마이고, 희정은 그녀의 딸인데 어떻게 딸이 엄마의 머리를, 그것도 변기 물탱크 덮개로 내려친단 말인가? 가당치도 않은 일이었다.

대신 희정은 수하 앞에 무릎을 꿇고 앉았다. 마치 무의식중에 자신의 잘못을 깨달은 어린 수녀라도 된 듯. 하지만 수하가 기억하기에 희정은 잘못한 것이 없었다. 변기 물탱크 덮개로 자신을 위협하며 한 발짝이라도 다가오면 이걸로 죽여 버리겠다고 협박했던 거? 그 정도는 그녀도 충분히 예상한 바였다. 게다가 딸한테 그런 소리를 들었다고 해서 쉽게 상처를 받을 그녀도 아니었다. 사실 그 정도는 얼마든지 한 귀로 듣고 한 귀로 흘릴 수 있었다. 귀가 두 개인 것도 다 그런 이유 때문에서 아니겠는가? 중학교 졸업 후 28년을 살아오면서 한 가지 깨달은 것이 있다면 귀를 두 개씩 달고 태어났다고 해서 가슴에 상처가 될 말까지 새겨들을 필요는 없다는 것이었다.

수하는 내장이 끊어질 듯한 통증을 애써 외면하며 희정을 향해 고개를 들었다. 속에서 무언가가 끊임없이 부글부글 끓었는데, 아무래도 느낌이 좋지 않았다. 이대로 가다간 두 번째 분출은 고

사하고 어쩌면 세 번째 분출까지도 이어질지 모르는 일이었다. 머릿속에서 새빨간 점멸등이 쉴 새 없이 깜빡거렸다.

그녀와 눈이 마주치자 희정이 눈물을 글썽이더니 이내 거미처럼 긴 두 팔로 수하의 목을 끌어안았다(영원히 내려놓지 않을 것 같던 물탱크 덮개를 내려놓은 것도 그때였다.). 그러고는 당장이라도 울음을 터뜨릴 것 같은 목소리로 이렇게 말했다.

"미안해요. 미안해요, 아줌마. 제가 잠깐 정신이 나갔었나 봐요." 수하가 듣기에는 진심이었다. 이 세상 어느 엄마가 안 그렇겠냐마는. "그러면 안 되는 거였는데. 더군다나 아줌마한테는 특히 그러면 안 되는 거였는데. 죄송해요. 제가 잘못했어요."

수하의 목을 끌어안은 채 희정이 말했다. 수하는 오른손으로 딸의 등을 쓸어내려 주었다. 브래지어 훅이 손바닥 밑에서 느껴졌다.

"괜찮아. 엄만 다 이해해." 수하가 말했다. "많이 놀랐지, 우리 딸? 엄마가 놀라게 해서 미안해. 엄만 그럴 의도가 아니었는데……"

그 순간이었다. 수하는 서둘러 희정을 떼어낸 다음 오른손으로 입을 막은 채 황급히 뒤로 몸을 돌렸다. 입에서 손을 떼자 마치 막혔던 배수로가 뚫리기라도 한 듯 무지막지한 양의 혈액이 그녀의 목구멍에서 쏟아져 나왔다. 또 다른 피 웅덩이가 순식간에 바닥을 채워 나갔다.

그렇게 두 번째 토악질을 끝낸 뒤 수하는 한쪽 팔로 바닥을 짚은 채 반대쪽 손으로 입가의 피를 훔쳤다. 심장이 두방망이질 칠 때마다 덩달아 욱신거리는 머리 때문에 두 눈이 마치 전자레인지에 갇힌 옥수수 알갱이처럼 터져버릴 것만 같았던 것이다. 전남편이어도 괜찮으니 누가 타이레놀 좀 한 알 건네줬으면 싶었다. 한 알로 진정될지는 미지수였지만.

뒤에서 겁먹은 눈빛으로 이를 지켜보던 희정이 물었다.

"아줌마, 괜찮아요? 등이라도……"

"아니. 안 괜찮아."

수하가 말했다. 고개를 저을 힘도 나지 않았다. 목젖 근처에서 '빌어먹을, 죽겠네, 진짜.'란 말이 대머리 독수리처럼 원을 그리며 날아다녔다.

멀리서 하늘이 복통을 호소하는 소리가 들려왔다. 부러진 생선 가시 같은 번개도 번쩍였는지는 모르겠지만, 아마 번쩍였을 것이다. 천둥은 언제나 번개를 뒤따르는 법이니까.

"희정아?"

문득 그런 생각이 들었다. 오늘이 됐든 내일이 됐든(내일이 될 가능성은 그녀가 로또에 당첨될 확률만큼이나 낮았지만) 언젠가는 그녀도 거리 생활을 택한 저 개자식들처럼 변하고 말 것이다. 그건 방아쇠를 당기면 총알이 나간다는 것만큼이나, 그리고 총알에 맞으면 더럽게 아프다는 것만큼이나 간단명료하면서도 명백한 사실이었다. 물론 그게 오늘이 될지 내일이 될지는 아무도 몰랐다. 하지만 수하가 생각하기에 내일이 될 가능성은 0에 가까웠다. 그러므로 그녀는 가능한 한 희정을 자신한테서 멀리, 아주 멀리 떨어뜨려 놔야 했다. 안 그랬다가는…… 안 그랬다가는……

어떤 끔찍한 일이 벌어질지 그녀도 장담할 수 없었다. 그러기 전에 희정을 자신에게서 떨어뜨려놔야 했다.

수하는 가까스로 몸을 일으킨 뒤 벽을 짚으며 현관으로 터벅터벅 걸어갔다. 그녀는 현관문의 잠금을 풀었다. 희정이 지금 뭐하는 짓이냐고 물었고, 수하는 그녀에게 따라오라고 말했다. 희정이 머뭇거리며 그녀를 따라 나섰다. 수하가 걸음을 멈춘 것은 복도 끝자락에 위치한 비상출입문 앞에서였다. 그녀는 문을 살짝 열어 비상출입로가 깨끗한지 확인해 보았다. 마치 뇌를 갉아먹는 기생충이 두개골 안에서 알을 까기라도 한 듯 머리가 쑤시는 통에 두 눈을 똑바로 뜨고 있기가 힘들었지만, 그래도 6층까지는 깨끗한 것 같았다. 수하는 숨을 헐떡이며 뒤를 돌아보았다. 혹사당한 심장이 목구멍을 틀어막을 듯 팔딱팔딱 뛰어댔다. 희정이 복도 한가운데 서서 겁에 질린 얼굴로 수하를 쳐다보고 있었다.

"괜찮아, 희정아. 이리 와. 엄마가 부탁할 게 있어서 그래." 하지만 희정은 선뜻 복도 카펫에서 발을 떼지 않았다. 수하가 무슨 짓을 하려는 것인지 눈치 채기라도 한 걸까? 어쩌면. 그렇게 눈치가 느린 아이는 아니었으니까. 하지만 수하는 더 늦기 전에 희정을 자신한테서 떨어뜨려놔야 했다. 그리고 그러려면 자신이 못된 엄마가 되는 수밖에 없었다. 생각 같아서는 정말 그러고 싶지 않지만…… 그게 현실이었다. 수하는 다시 한 번 희정에게 손짓을 해보였다. "괜찮으니까 걱정 말고, 어서 이리 와봐, 희정아. 엄마가 너한테 부탁할 게 있어서 그래."

그래. 부탁이지. 어떻게 보면.

"무슨 부탁이요?"

희정이 한 발짝 뒤로 물러나며 물었다. 겁에 질린 눈빛이 마치 우리에서 쫓겨나 도살장으로 끌려갈 것을 눈치 챈 송아지 같았다.

"있어. 간단한 거야. 엄마가 언제 너한테 이상한 부탁한 적 없잖아?" 먼 곳에서 천둥이 묵직한 신음을 흘리며 으름장을 놓았다. 뒷걸음쳤던 희정이 한 발짝 앞으로 다가왔다. 문득 닐 암스트롱의 유명한 한 마디가 수하의 뇌리를 스쳤다. "얼른, 희정아. 이리 와봐. 엄마가 앞이 잘 안 보여서 그래."

희정이 그녀에게로 다가왔다. 그녀의 곁에 섰고, 수하는 마치 죽음의 순간을 코앞에 둔 말기 암환자처럼 힘겹게 고개를 들고 희정을 바라보았다.

"지금부터 엄마가 하는 얘기 잘 들어." 수하가 말했다. "여기서 나가."

"네?"

부탁이야, 희정아. 한 번 말할 때 알아들어, 좀.

"여기서 나가라고."

"그게 무슨 소리예요, 갑자기? 여기서 나가……"

"여기서 나가라고!"

수하는 목에 핏대를 세워가며 윽박을 질렀다. 그러자 겁을 먹은 듯 희정이 어깨를 움츠렸다.

"네 친구들도 전부 변했다면서? 전부 엄마하고 증상이 똑같았다면서?" 입가에 흘러내리는 피를 훔칠 겨를도 없이 수하는 말을 이어나갔다. "네가 말했지, 아마 엄마도 똑같이 말할 거라고? 그래. 맞아. 엄마도 마음 같아선 네 친구들이 말했던 것처럼 말하고 싶어. 널 해치지 않을 거라고. 엄만 그놈들처럼 되지 않을 거라고. 제발 믿어달라고."

수하는 고개를 저었다.

"하지만 너도 알잖아? 말은 그렇게 해도 결국에는 다 똑같이 변한다는 것을 너도 알잖아, 희정아?" 제발 안다고 해줘. 부탁이야. 네가 정말로 엄마를 생각한다면 몰라도 안다고 해줘. "그러니 어서 나가. 엄만 더 이상 너 책임질 수 없어."

그렇게 말하고 나서 수하는 반대편으로 고개를 돌렸다. 가슴과 배 중간 지점에서 또다시 뜨거운 무언가가 부글부글 끓기 시작했던 것이다. 비릿하고 역한 피 냄새가 식도를 타고 목젖까지 전해졌다.

"네. 알았어요." 마침내 희정이 입을 열었다. 마치 칠이 다 벗겨진 금속 두상처럼 차가운 얼굴을 하고서는. "아줌마가 정 원한다면 그렇게 할게요. 대신 두 번 다시 저 찾아오지 마세요."

14

밖으로 나가는 희정을 수하는 붙잡고 싶었지만, 그래서는 안 될 일이었다. 자신은 이미 돌아올 수 없는 강을 건넌데다 (원치도 않았고 의도치도 않았지만 어쨌든) 여기서 마음을 약하게 먹으면 결국 상처를 받는 건 희정이라는 사실을 그녀는 누구보다도 잘 알고 있었기 때문이다.

더 늦기 전에 희정을 보내줘야 했다.

아마 희정은 잘해 낼 것이다. 외모나 성향은 그녀를 닮았을지 몰라도 저 아이의 몸속에는 전남편의 피도 함께 흐르고 있었으니 말이다. 그러니 다른 건 몰라도 생명력 하나는 기가 막히게 끈질길 것이다. 독일군을 피해 폐허 속으로 숨어든 피아니스트 스필만만큼이나. 그 지옥 같은 쇼생크에서 교도소장을 엿 먹이고 똥통에서 기어 나와 새로운 삶을 시작한 앤디만큼이나.

'제기랄. 희정이는 절대 잘해 내지 못할 거야. 절대, 절대절대절대! 그 아이한테는 내가 필요해. 내가 필요하다고, 내가, 내가, 내가!' 수하는 울음을 터뜨렸다. 생각 같아서는 희정의 발소리가 아래층으로 완전히 사라질 때까지 송곳니로 아랫입술을 깨물어서라도 참고 싶었지만, 때로는 사람의 힘으로도 어찌할 수 없는 게 눈물 아니던가? 눈물은 염산보다도 강했다.

잠시 후 세 번째 분출이 시작되었다. 골절 부위에서도 뼈가 끊어질 듯한 통증이 느껴졌는데, 차라리 다리를 잘라내고 싶을 정도였다.

변기에 고인 피 웅덩이를 내려다보며 그녀는 생각했다. '그 남자는 어떻게 됐을까?' 이젠 이름도 기억나지 않고, 어떻게 생겼는지조차도 기억나지 않는 그 남자. 하지만 언제 어디서 어떻게 만났는지는 지금도 선명히 기억나는 그 남자. 그리고 그의 아들. 인연. 뜻하지 않았던 만남. ……동철 부자. 마치 벼락이라도 맞은 듯 수하는 그 두 사람의 얼굴이 뚜렷이 기억났다. '지금쯤 그 두 사람은 어디서 뭘 하고 있을까? 구조대를 기다리고 있을까? 아님 제주도에서 컵라면을 먹고 있을까?' 모든 건 당사자들만이 알 것이다.

얼마 뒤 네 번째 분출이 이어졌다. 수하는 객실 바닥이 온통 자신이 쏟아낸 피로 가득 찬 것을 확인하고는 침대로 엉금엉금 기어갔다. 정신을 잃더라도 화장실 앞에서 잃고 싶지는 않았기 때문이다.

창밖으로 굵은 빗줄기가 쏟아지고 있었다. 번개가 창백한 섬광을 번뜩이며 지상 어딘가에 날카로운 흉터를 남겼고, 구름이 또다시 복통을 호소했다.

마치 이제 막 진흙탕에서 빠져나온 참전 용사처럼 수하는 두 팔과 오른쪽 다리를 이용해 침대 위로 기어 올라갔다. 심장이 터질 듯이 아니, 터지고도 남을 듯이 쿵쾅거렸다. 눈에 띄는 모든 사물이 두 개로 겹쳐 보이기 시작했고, 심지어 화장대 위에 놓여 있는 둥근 거울로 고개를 돌렸을 때는 자신이 세 명으로 겹쳐 보이기까지 했다. 이것도 그 유명한 광인 병의 힘일까? 아마도.

수하는 다시 한 번 엉금엉금 기며 화장대로 다가갔다. 그러고는 부들부들 떨리는 팔로 간신히 화장대를 짚고 서서 둥근 양면 거울을 뚫어져라 들여다보았다.

세 명의 자신이 보였다. 단언컨대 거울은 분명 하나였다. 하지만 그 속에서 그녀와 눈을 마주하고 있는 그녀의 수는 분명 셋이었다. 수하는 문득 화가 치밀었다. 분노가 치밀었다. 그리고 혐오스러웠다. 끔찍한 피부병에 걸려 온몸에 진드기를 달고 다니는 동네 똥개만큼이나 자신이 혐오스러웠다.

그래서 그녀는 거울을 집어던졌다. 아주 있는 힘껏 집어던져 조각을 맞추지도 못할 정도로 산산조각을 내버렸다. 전화기도 집어던졌다. 3월 28일 이후로 쓸모가 없어진 얇은 텔레비전도 벽에서 떼어내 바닥에 내동댕이쳤다.

"죽어. 죽어! 죽어!"

화장대 위로 상체를 숙인 채 마치 저주를 퍼붓듯 수하는 울부짖었다. 그러면서 본능적으로 생각했다. '난 죽고 싶지 않아. 더 살고 싶어. 더 살고 싶단 말이야.'

하지만 그녀한테는 이제 젓가락질할 기운조차 남아 있지 않았다. 두 손으로 화장대를 짚고 똑바로 서려는 순간 오른쪽 다리가 휘청하더니 그대로 중심을 잃고 고꾸라지고 말았던 것이다. 안 좋은 신호였다. 아무리 머릿속이 뜨겁게 달아올라서 살고 싶다는 생각밖에는 안 들긴 해도 그녀는 알 수 있었다. 보통 때가 되면 사람들은 알게 된다고 하지 않던가? 수하한테는 바로 지금이 그런 때였다.

끝이 머지않았다.

"희정아……"

그녀가 나직이 속삭이며 상체를 일으켜 세웠다. 그러고는 젖 먹던 힘까지 다해 침대로 기어가 매트리스에 몸을 눕힌 뒤 유리창 너머로 쏟아지는 빗줄기를 가만히 바라보았다.

침대가 푹신푹신한 게 꼭 두통을 덜어주는 것 같아 마음에 들었다. 하지만 그뿐이었다. 아무것도 나아지지도, 그렇다고 나빠지지도 않았다. 두통도 그대로였고, 가슴과 배 중간 지점의 부글부글 끓는 듯한 느낌도 그대로였고, 골절 부위의 통증도 그대로였다. 달라진 건 아무것도 없었다.

추웠다. 뼈마디마다 추위가 식물의 잔뿌리처럼 파고드는 게 느껴질 정도로 추웠다. 그리고 억울했다. 지난 4년간 희정에게 좋은 엄마가 되어주려고 뼈 빠지게 노력했던 것을 생각하면 화가 정수리 끝까지 치솟을 정도로 억울했다. 나쁜 인생. 나쁜 운명. 나쁜 새끼들. 천하의 빌어먹을 개자식들.

몇 분 전까지만 해도 용광로 위에 떨어진 망아지처럼 이리 뛰고 저리 뛰던 심장이 서서히 박동 간격을 늦추기 시작했다. 그리고 어느 순간부터는 완전히 평온해졌다. 머리를 반으로 쪼개놓을 것 같던 두통도 이제는 이슬비 수준으로 위력이 약해진 것이 느껴졌다.

'엄마가 오래도록 곁에 있어 주지 못해서 미안해, 희정아.' 눈을 반쯤 감은 채 창밖을 바라보면서 수하는 생각했다. '엄마 없이도 잘해 낼 수 있지? 엄만 우리 희정이 믿어.' 이유는 모르겠지만 문득 그런 생각이 들었다. 희정이라면 실수로 계단에서 굴러 목이 부러지지 않는 한 스스로 목숨을 끊는 일은 없을 것이다. 자살은 겁쟁이들을 위한 마지막 피난처니까. 희정은 용감한 아이였다. 그리고 젊은 시절의 큰 언니처럼 냉정한 아이이기도 했다. 그러니 희정은…… 잘해 낼 것이다. 스스로 목숨을 끊는 일 없이 정해진 수명을 다 채우고 자식들 곁에서 평온하게 죽음을 맞을 것이다. 손자 손녀들이 보는 앞에서 행복하게 말이다.

또다시 기침이 터져 나오려 했다. 하지만 그녀는 입을 틀어막지 않았다. 왜냐면 이제는 그럴 필요가 없다는 것을 그녀도 잘 알고 있었으니까. 그래서 그녀는 그냥 내버려두었다. 입가에 피가 흘러내려도…… 그 피가 진한 포도주처럼 붉은 자국을 남기며 아래로 흘러내려도…….

"희정아……" 수하의 입술이 딸의 이름을 나지막이 속삭였다. 눈꺼풀에 덮여 검은자위가 반 밖에 보이지 않던 두 눈도 이제는 기력을 다한 듯 눈꺼풀이 아랫눈시울에 닿을락 말락 했다. 잠이 쏟아졌다. 지금 잠들면 언제 깨어날 수 있을까? 5분 뒤? 30분 뒤? 한 시간 뒤? 오직 신만이 아리라. "희정아……"

그녀의 입술이 다시 한 번 희정의 이름을 나직이 되뇌었다. 그리고…… 마지막 숨을 머금을 새도 없이 그녀는 의식을 잃고 말았다. 침대에 누운 지 약 5분 만의 일이었다.

멀리서 번개가 섬광을 번쩍였다. 뒤이어 천둥이 으르렁거렸고, 빗줄기가 사정없이 휘몰아쳤다.

15

희정은 6층으로 내려가다 말고 난간에 기대서서 울음을 터뜨렸다. 아줌마가 그런 식으로 나오리라는 것을 예상하지 못한 것은 아니었지만, 그보다는 아줌마가 자기 친엄마라는 사실 때문이었다. 갈기갈기 찢긴 가슴에서 피가 흘러나오는 느낌이었다. 쓸쓸했다. 인생에서 쫓겨난 기분이었다.

하지만 그녀도 잘 알다시피 그녀에게는 이제 시간적 여유가 얼마 남아 있지 않았다. 많아 봐야 두 시간 정도? 아직 기회가 있을 때 서둘러 도망쳐야 했다. 눈물을 머금고 자신을 쫓아낸 아줌마를 생각해서라도 그녀는 마땅히 그렇게 해야만 했다.

그래서 그녀는 3층까지 내려갔다. 그리고 거기서 그녀는 발이 묶이고 말았다. 도대체 어쩌다 그곳까지 올라오게 되었는지는 몰라도 광인 셋이 층계참에서 어슬렁거리고 있었던 것이다. 층계참에 광인들이 희정을 올려다보았다. 희정은 살금살금 뒷걸음질치며 계단을 한 칸씩 역주행했다.

두꺼운 점퍼 차림의 노숙자가 이를 딱딱 부딪치며 한 걸음씩 계단을 오르기 시작했다. 나머지 둘은 여자였는데, 행색으로 보아 아무래도 이 호텔의 투숙객이었던 모양이다. 허벅지까지 내려오는 원피스 차림의 여성 광인이 다 뜯겨 나간 입술 아래로 침을 주르륵 흘렸다. 그리고 희정은 몸을 홱 돌려 다시 위층으로 달려 올라가기 시작했다. 5층 비상출입문이 열려 있는 게 눈에 들어왔다.

5층에는 문이 열려 있는 객실이 세 곳밖에 없었다. 복도 저쪽 끝에 위치한 501호실과 503호실. 그리고 거리상 한 가운데 위치한 505호실. 물론 다른 선택의 여지가 있었다면 그녀는 501호실이나 503호실 중 한 곳을 은신처로 삼았겠지만, 불행히도 지금 그녀한테는 별다른 선택의 여지가 없었다. 희정은 황급히 505호실 안으로 들어가 현관문을 걸어 잠갔다.

뒤늦게 도착한 광인들이 현관문을 부술 듯이 두드리기 시작했다. 희정은 잠시 숨을 고른 다음 창가로 달려가 블라인드를 쳤다. 이미 놈들이 셋이나 달라붙은 마당에 구태여 거리의 녀석들까지 끌어들일 필요는 없었으니 말이다. 블라인드를 치자 비 오는 날 특유의 칙칙한 어둠이 객실을 가득 채웠다. 그녀는 신을 신은 채 침대에 누워 이불을 뒤집어썼다. 젖가슴 뒤에서 주먹만 한 심장이 터질 듯이 두방망이질 쳤다.

손목시계를 보니 어느새 오후 5시에 가까운 시간이었다. 아마 그녀의 짐작이 옳다면 그날은 평소보다 날이 일찍 저물 것이다. 제아무리 직업정신 투철한 태양이라고 해도 먹구름이 잔뜩 낀 하늘 위에서는 일하고 싶은 마음이 들지 않을 테니까. '일단 해가 완전히 떨어질 때까지 기다리자. 나머지는 그 뒤에 생각해도 늦지 않아.' 그녀가 속으로 중얼거렸다. 그리고 마침내 그녀는 울음을 터뜨렸다.

810호실에서 나오기 전, 그녀가 아줌마에게 했던 말은 진심이 아니었다. 하지만 그럼에도 불구하고 그녀는 그렇게 말할 수밖에 없었다. 아줌마의 마음을 조금이라도 편하게 해줄 수 있는 방법은 그뿐이었기 때문이다. 그래서 그녀는 가슴이 아팠다. 너무 아파서 숨을 쉴 수조차 없을 정도로 고통스러웠다.

"죄송해요, 아줌마. 죄송해요."

마치 자궁처럼 포근한 이불 밑에서 눈물을 흘리며 그녀가 중얼거리듯 말했다.

광인들이 문을 두드려 댔다.

16

그로부터 2시간 후, 문득 잠에서 깬 희정은 손전등(아까 810호실에서 나올 때 가지고 나온 것이었다.) 스위치를 올려 손목시계를 비추어 보았다. 저녁 7시 13분. 사방이 어두컴컴하기는 했지만, 문밖에서 광인 삼인방이 여전히 농성 중인 것을 생각해 보면 그리 늦은 시간은 아니었다.

희정은 현관으로 몇 발짝 다가가 손전등으로 문 손잡이를 비추어 보았다. 문이 제대로 잠겨 있는지 확인하기 위함이었는데, 다행히 문은 제대로 잠겨 있었다. '골통 새끼들. 백날 두드려봐라. 누가 열어주나.'

그녀는 손전등 스위치를 OFF로 내리고 침대로 돌아가 몸을 던졌다. 곰곰이 생각해 보니 그날은 생수 말고 먹은 게 아무것도 없었다. 고춧가루와 양파, 계란을 넣고 끓인 라면이 몹시도 그리웠다.

"배고파."

어둠 속에서 그녀가 중얼거렸다.

17

7시 20분, 불현듯 거리 상황이 궁금해진 희정은 블라인드 틈으로 창밖을 살펴보았다. 하지만 그녀는 아무것도 볼 수 없었다. 약 세 시간 전부터 쏟아지기 시작한 빗줄기와 아침부터 지금까지 빈틈이라고는 눈곱만큼도 찾아볼 수 없는 먹구름 무리 때문에 시야가 원천 차단되었던 것이다. 번개가 창백한 푸른빛을 내뿜으며 번쩍여도 보이는 건 찰나에 지나지 않았다.

그래서 그녀는 포기하고 다시 침대로 돌아가 이불을 뒤집어쓰려는데, 그 순간 복도에서 대형 밀가루 포대 같은 것이 쿵! 하고 쓰러지는 소리가 들렸다. 희정은 움직임을 멈추고 고개만 현관 쪽으로 돌린 채 모든 신경을 귀로 집중시켰다. 아슬아슬 줄타기를 하던 심장이 다시 빨라지기 시작했다.

그리고 놀라운 일이 벌어졌다. 언젠가는 이 문을 부수고야 말겠다는 일념으로 문을 두드리던 광인 삼인방이 일순 침묵을 머금었던 것이다. 희정은 얼음 결정처럼 차가운 살기가 비좁은 공기 틈으로 파고드는 것을 느꼈다. 두개골 안에서 뇌가 개구리처럼 팔딱팔딱 뛰었다.

곧이어 광인 하나가 거품을 잔뜩 집어삼킨 듯한 목소리로 그르렁거리기 시작했다. 하지만 그뿐이었다. 일순 현관문이 크게 흔들리더니 이번에는 예의 그 쿵! 소리가 아예 녀석을 통째로 집어삼켜 버렸던 것이다. 마치 누군가 옆구리를 찌르기라도 한 듯 희정은 어깨를 움찔했다.

'도대체 저 새끼들 뭐 하는 거지? 설마 자기들끼리 싸우는 건가?' 그럴지도 모르는 일이었다. 하지만 희정이 알고자 하는 건 그런 게 아니었다. 사실 그 정도는 눈치가 나무늘보만큼 느린 사람이 아니고서야 얼마든지 알 수 있는 것이었다. 반면에…… 이걸 뒤집어 생각하면 얘기가 달라졌다. 누군가 저 짐승 같은 놈들을 상대로 싸움을 건 게 사실이라면, 그 누군가는 누구란 말인가? 비를 피해 이곳으로 숨어든 군인? 아님 이 호텔에 숨어 지내던 또 다른 생존자? 어쩌면……

그때 날카로운 섬광 한 줄기가 희정의 뒤통수를 스치고 지나갔다. '혹시……?' 그녀는 즉시 현관으로 달려가 현관문에 한쪽 귀를 바싹 갖다 댔다. 그러고는 속으로 아니길, 제발 아니길 빌었다. 하지만 안 좋은 예감은 늘 적중하게 마련이다. 현관문 반대편에서 한 여자가 꿈에서조차 영원히 잊지 못할 끔찍한 소리로 이렇게 울부짖었던 것이다.

"내 새끼 건들지 마!"

일어나선 안 될 일이 일어나고 말았다.

18

마치 얼마나 깊은지 직접 들어가 보기 전까지는 절대로 알 수 없는 강 밑바닥에서 눈을 뜬 기분이었다. 하지만 이곳은 강 밑바닥이 아니었고, 직접 들어가 보기 전까지는 절대로 깊이를 알 수 없는 지하 세계도 아니었다. 이곳은 부산역 근처에 위치한 어느 호텔의 객실이었다. 그리고 지금 이 객실 안에서 그녀는 철저히 혼자였다. *철저히.*

얼마나 오랫동안 이러고 있었던 걸까? 제일 처음 든 의문은 그것이었다. 정신을 잃은 후 다시 눈을 뜨기까지 얼마나 오랫동안 이러고 있었던 걸까? 한 시간? 두 시간? 세 시간? 하루? 이틀? 사흘? 일주일? 모르겠다. 어쩌면 1년일 수도. 수하는 알고 싶지 않았다. 그걸 안다고 해서 시간을 되돌릴 수 있는 것도 아니니 말이다.

수하는 움푹 파인 해골 눈구멍 같은 창밖을 내다보다 마치 무언가 떠오른 듯 좌측으로 고개를 돌려 현관문이 있는 방향을 바라보았다.

냄새가 났다. 물론 냄새 자체는 이걸 악취라고 불러야 할지 향기라고 불러야 할지, 땀 냄새라고 불러야 할지 샴푸 냄새라고 불러야 할지 확신이 서지 않았지만, 그래도 어떤 냄새가 그녀의 코끝을 스친 것만은 분명 사실이었다.

"희정아……."

마치 어둠 속에서 무언가를 보기라도 한 듯 수하가 중얼거렸다. 그리고 잠시 후 그녀는 자리에서 일어나 현관을 향해 한 걸음, 한 걸음 나아가기 시작했다. 그녀의 머릿속에서 깨진 점멸등이 되살아나 위험 신호를 보내기 시작한 건 (경고. 경고. 돌발 상황 발생. 돌발 상황 발생. 즉시 걸음을 멈출 것을 명령한다. 즉시 걸음을 멈출 것을 명령한다.) 그로부터 1분 정도 시간이 지났을 무렵이었다.

'안 돼. 이 냄새를 따라가선 안 돼. 멈춰. 따라가지 마. 따라가지 마!' 그녀가 속으로 간절히 외쳤다. 하지만 그녀의 몸은 이미 화장실 앞까지 '오른발걸음'을 옮긴 뒤였다. 한 손으로 문설주를 짚고 선 채 수하는 어두컴컴한 화장실 안을 들여다보았다. 마치 입을 커다랗게 벌린 초대형 아나콘다의 목구멍을 들여다보는 것 같았다. '그래, 차라리 화장실로 들어가자. 변기통에다가 머리를 처박고 있으면 생각이 바뀔지도 모르잖아.' 그렇게 생각하며 수하는 화장실 안으로 몸을 집어넣었다. 그리고 그녀는 화장실 바닥에 떨어져 있는 변기 물탱크 덮개 앞에서 걸음을 멈추었다.

"희정아……."

비릿한 피 냄새가 진동하는 가운데 그녀가 중얼거렸다.

객실에서 나와 복도를 지나는 동안에는 그녀도 별문제 없이 아래층으로 내려갈 수 있을 거라고 생각했다. 하지만 막상 부닥쳐보니 현실은 그렇지 않았다.

7층으로 이어지는 비상계단 앞에서 수하는 잠깐 걸음을 멈추었다. 그러고는 오른손에 들고 있던 물탱크 덮개를 반대쪽 손으로 바꿔 든 다음 나머지 한 손으로는 계단 난간을 움켜쥐었다.

다행히 계단이 그리 높은 편은 아니라서 주의만 기울인다면 얼마든지 다치지 않고 내려갈 수 있을 것 같았다. 다만 한 가지 문제가 있었다. 바로 그녀 혼자서 이 계단을 내려가기에는 주변 환경이 어두워도 몹시 어둡다는 것이었다. 하지만 어쩔 수 없는 일이었다. 그렇다고 자신을 떠난 희정을 도로 불러내 부축을 해달라고 할 수는 없는 노릇이었으니 말이다.

마치 사고로 한쪽 다리를 잃은 국가대표 체조 선수처럼 수하는 마침내 계단 아래로 폴짝 뛰어내렸다. 첫 시도는 성공적이었다. 만일 그녀를 지켜보는 관중들이 있었다면 박수를 기대해도 좋을 정도였다.

어둠 속에서 잔뜩 흥분한 심장이 마구 콩닥거리는 게 느껴졌다. '좋아. 아주 잘 했어. 계속 이런 식으로 가는 거야. 할 수 있지?' 수하는 스스로한테 속삭이고 고개를 끄덕였다. 그럼. 당근이지.

그렇게 일곱 계단을 내려가는 동안 그녀는 속으로 끊임없이 중얼거렸다. '명심해. 넌 지금 네 딸이 안전한지 확인하러 가는 거지 네 딸 얼굴에 손톱자국을 내러 가는 게 아냐. 그 아이는 다칠 만큼 다쳤어. 네가 굳이 상처를 주지 않아도 그 아이는 이미 상처를 받을 만큼 받았다고. 그러니 명심해. 절대 해치지 마. 무슨 일이 있어도 희정이를 해쳐서는 안……'

여덟 번째 칸으로 뛰어내리는 순간 수하는 속으로 아차 싶었다. 마치 심장이 50미터 아래로 떨어지는 듯한 기분이 들더니 온몸의 무게가 순식간에 앞으로 쏠리면서 그만 균형 감각이 박살나고 말았던 것이다. 눈앞에서 하얀 불빛이 반짝였다. 수하는 미처 통증을 느낄 새도 없이 층계 아래로 굴러 떨어졌다. 어둠 속에서 변기 물탱크 덮개가 요란스레 비명을 질러 댔다.

"끄어어어어……."

광인 특유의 숨이 넘어갈 듯한 신음소리를 내며 수하는 고개를 들어 올렸다. 폐부로 숨을 집어넣을 때마다 가슴 안쪽에서 싸늘한 통증이 느껴졌는데, 아무래도 갈비뼈 몇 개가 부러진 모양이었다. 오른쪽 엄지손가락도 상태가 썩 좋은 것 같지는 않았다. 다쳤으면 통증이 느껴져야 정상일 텐데 통증은커녕 아무 감각도 느껴지지 않았으니 말이다.

'엄마, 나 좀 도와줘. 나 너무 힘들어 죽겠어.'

"으…… 엄…… 마." 온몸에서 심장이 두근거렸다. 그리고 심장 박동이 느껴질 때마다 수하는 차라리 죽고 싶은 심정이었다. "희정아…… 희정아……"

아무것도 없는 허공을 향해 손을 뻗으며 수하가 중얼거렸다.

그런데 놀랍게도 수하의 눈앞에 정말 희정이 나타났다. 심지어 새까만 어둠뿐이던 주변 환경도 밝게 바뀌었는데, 햇살의 길이와 초록색으로 물든 잔디밭을 봐서는 아무래도 4월 말이나 5월 초쯤 된 것 같았다. 주말을 맞아 경주 근교로 소풍을 나온 두 사람은 마치 어느 영화 속 한 장면처럼 그늘이 알맞게 진 나무 아래 마주 앉아 도시락을 펼치기 시작했다. 뚜껑을 열자 수하가 직접 싼 김밥과 방울토마토가 모습을 드러냈고, (어울리지는 않지만) 데친 브로콜리도 한쪽 귀퉁이에서 손을 흔들고 있었다. *"엄만 김밥 싸오셨네요? 전 샌드위치 싸왔는데."* 그렇게 말하며 희정도 가방(흔히 크로스백이라고 부르는 그 가방이었다.)에서 도시락을 꺼내 뚜껑을 열었다. 그동안 딸의 요리 실력이 궁금했던 터라 수하는 희정이 만든 샌드위치에서 눈을 떼지 못했다.

샌드위치는 모두 여섯 조각이었다. 그리고 두말하면 잔소리겠지만, 모두 널찍한 이등변 삼각형 모양이었다. 희정이 제일 위에 것을 집어 수하에게 건넸다. *"자, 엄마 먼저. 입맛에 맞으려나 모르겠네."* 수하는 딸한테서 건네받은 샌드위치를 한입 크게 베어 먹었다. 그러고는 샌드위치 속 재료로 무엇이 들어갔을까 생각하며 열심히 턱과 혀를 움직였는데, 그만 웃음이 터지고 말았다. 마치 어느 유명 오디션 프로그램에 참가한 여학생 같은 얼굴로 희정이 자신을 쳐다보고 있었던 것이다. *"갑자기 왜 웃어요? 전 샌드위치에 마약 넣은 적 없는데?"* 이해가 가지 않는다는 투로 희정이 물었다. 수하는 서둘러 물을 한 모금 마신 다음 진지한 얼굴로 희정을 쳐다보았다. *"너 솔직히 말해 봐." "뭐요?" "감자 넣는 거 깜빡했지?" "아이고, 우리 엄마 그건 어떻게 아셨을까? 난 감쪽같이 속일 수 있을 줄 알았는데." "귀신 혓바닥은 속여도 이 엄마 혓바닥은 못 속인단다, 얘야."* 수하는 그렇게 말하고 나서 샌드위치를 다시 한입 베어 먹었다. 마요네즈 향이 조금 진하긴 했지만, 그래도 못 먹을 정도까지는 아니었다.

"그래서 맛은 어때요? 맛있어요?" 산들바람에 나부끼는 머리카락을 오른쪽 귀 뒤로 넘기며 희정이 물었다. *"맛있어."* 수하는 고개를 끄덕였다. *"엄마가 만든 것만큼은 아니지만. 그래도 먹을 만해."* 그러자 희정이 아랫입술을 삐죽 내밀고는 이렇게 말했다. *"치. 이제부터 샌드위치 절대 안 만들어야지."* 하지만 수하한테는 그런 딸의 모습이 너무나도 사랑스러웠다. 눈에 넣어도 아프지 않다는 말이 왜 있는지 단박에 이해가 될 정도로 사랑스러웠다. 그래서 그녀는 먹던 샌드위치를 내려놓고, 한쪽 손을 뻗어 딸의 뺨을 어루만지려는데……

아무것도 만져지지 않았다. 딸의 뺨에 손가락 끝이 닿는 순간 마치 그녀가 현실이라고 생각하던 세상의 벽이 무너지고 진짜 현실이 모습을 드러내듯 지독한 어둠이 그녀 앞에 펼쳐졌던 것이다.

"희정아……"

허공으로 손을 뻗은 채 수하는 중얼거렸다.

6층까지는 계단에 엉덩이를 붙이고 내려가서 크게 문제 될 것이 없었다(한 번 사고를 겪은 사람답게 훌륭한 방법이라 할 수 있었다.). 문제가 발생한 건 5층으로 이어지는 첫 번째 층계에 막 도착했을 때였다. 그 전까지는 그래도 앞서 경험한 사고 덕분에 본능의 목소리를 애써 외면할 수 있었지만, 이성과 연락이 끊기면서 더 이상은 무시하기 힘들었던 것이다. 희정의 체취가 몹시도 짙었다.

"희정아……"

마치 그 말 한마디로 모든 것을 설명할 수 있다는 듯 수하는 중얼거렸다. 그리고 그녀는 자리에서 벌떡 일어나 왼발을 내밀었다. 잠시 후 (예정대로) 눈앞에서 별이 번쩍였다.

마치 온몸에 뜨거운 물을 뒤집어쓴 기분이었다. 손목과 팔꿈치는 말할 것도 없었고, 이제는 코 안쪽에서도 뜨거운 열기가 심장 박동에 맞춰 욱신거리는 게 느껴질 지경이었다. 따뜻한 피 한 줄기가 인중을 타고 흘러내렸다. 오른쪽 눈썹 언저리에서도 끈적끈적한 피가 중탕한 초콜릿처럼 새어나왔다.

"끄어어어어……"

광인 특유의 독특한 신음소리를 내며 수하는 고개를 들었다. 그리고 그 순간, 어떤 목소리가 그녀의 귓가에 속삭였다. "힘을 내. 이제 거의 다 왔어. 저 계단만 내려가면 돼. 저 계단만, 저 계단만 내려가면 네가 그토록 원하던 딸을 품에 안을 수 있다고."

"희정아……"

수하는 왼손으로 바닥을 더듬어 물탱크 덮개를 찾아낸 다음 정말이지 사력을 다해 자리에서 일어났다. 그러고는 길길이 날뛰는 본능을 애써 억누르며 5층으로 이어지는 마지막 층계 첫 번째 칸에 엉덩이를 붙였다.

'희정아, 엄마가 문 두드려도 절대 열지 마. 절대.'

"희정아……"

몸과 마음이 따로 놀았다. 마치 완벽하게 분리된 달걀의 흰자와 노른자처럼. 다른 사람들도 이랬을까? 다른 사람들도 이렇게 몸과 마음이 따로 놀았을까? 궁금했다. 광인이 광인의 마음을 궁금해하는 것만큼 우스운 일도 없겠지만, 그래도 수하는 알고 싶었다. 그들도 자신과 똑같았는지 안 똑같았는지.

천신만고 끝에 5층까지 내려온 수하는 숨을 고를 틈도 없이 자리에서 일어나 본능이 이끄는 대로 비상출입문을 열어젖혔다. 한 무리의 사람들이 문 두드리는 소리가 들려왔다.

"희정아……."

어둠 속에서 눈에 불을 켜고 문을 두드리는 광인 셋이 그녀의 시야에 들어왔다. 실루엣의 형태로 봐서는 아무래도 여자 둘에 남자 하나인 것 같았다.

'어서 가 봐. 네 딸이 널 기다리고 있어. 망설이지 말고, 당장.' 수하는 본능이 이끄는 대로 발걸음을 돌려 천천히 나아가기 시작했다. 변기 물탱크 덮개가 카펫에 질질 끌리면서 요상한 소리가 났다.

놈들과의 거리가 좁아질수록 딸과의 거리도 가까워지고 있음을 수하는 느꼈다. '절대 문 열지 마, 희정아. 절대. 절대 열면 안 돼. 엄마가 문 두드리더라도 절대 열면 안 돼. 절대.' 마치 생각이 많은 라디오처럼 수하는 속으로 끊임없이 중얼거렸다. 자기야 어차피 끝난 인생이니 여기서 어떻게 되던 상관 없었지만, 자신의 운명에 희정까지 끌어들이고 싶지는 않았다. 아까 객실에서 희정을 내친 것도 그런 이유 때문에서 아니었던가? 다른 놈들과 마찬가지로 그녀도 이젠 걸어 다니는 시한폭탄일 뿐이었다. 그런 위험하기 짝이 없는 물건 근처에 딸을 둘 수는 없었다.

"희정아……"

하지만 벌써 30분째 몸소 깨닫고 있다시피 그녀에게는 더 이상 육체의 통제권이 없었다. 그저 성대가 고장 난 수다쟁이 앵무새처럼 잠시도 쉬지 않고 생각하는 것 말고는 그녀가 할 수 있는 건 아무것도 없었다. 왜냐면 그녀도 이제는 본능에 따라 움직이는 광인이었으니까.

'엄마가 무슨 개소리를 지껄여도 절대, 절대 문 열지 마. 절대. 그랬다간 내가 아니라 네가 죽어.' 극도의 불안감이 묻어나는 딸의 땀 냄새를 맡으며 수하는 생각했다.

그리고 마침내 놈들과의 거리가 가까워진 순간 수하는 '오른발 걸음'을 멈추었다. 그녀는 두 발로 꼿꼿이 서서 놈들을 노려보았다.

'좋아. 어디 네 마음대로 해 봐. 그런데 그거 알아? 네가 목표를 달성하려면 저 새끼들 먼저 없애야 할 것 같은데?' 수하는 두 손으로 물탱크 덮개의 한쪽 끝을 쥔 다음 어깨 높이까지 들어올렸다. '무슨 일을 시작하기 전에는 방해가 되는 것부터 싹 없애야 능률도 오르고 일도 즐거운 법이라고 우리 아버지께서 항상 말씀하셨거든. 네 생각은 어때? 난 내가 동의하는 거면 너도 동의하는 거라고 생각하는데.' 어둠 속에서 석유처럼 빛나는 수하의 두 눈이 가장 가까운 거리에 있는 광인의 머리를 노려보았다. '너도 그렇게 생각하지?' 그리고 그녀는 변기 물탱크 덮개를 있는 힘껏 휘둘러 첫 번째 목표물에게 커다랗고도 치명적인 한 방을 먹였다.
'고마워. 그렇게 생각해 줘서.'
흰자와 노른자가 하나로 섞이는 순간이었다.

19

같이 문을 두드리던 친구 중 하나가 난데없이 나가떨어지자 놈들은 즉각 주먹질(그렇다. 그건 노크가 아니라 주먹질이었다.)을 멈추고 이쪽으로 시선을 돌려 수하를 쳐다보았다. 어둠 속에서 눈 두 쌍이 열기를 내뿜듯 이글거렸다. 물론 그건 수하도 마찬가지였다. 그녀의 두 눈도 어둠 속에서 열기를 내뿜듯 이글거렸는데, 한 가지 차이가 있다면 그녀의 눈에서는 단순히 열기뿐만 아니라 무의식 깊은 곳에서 우러나온 듯한 분노도 묻어났다는 것이었다.
씩씩 숨을 몰아쉬며 그녀가 그르렁 소리를 냈다.
'죽고 싶지 않으면 그 문에서 물러서는 게 좋을 거야.'
하지만 저 놈들은 광인들이었다. 지극히 본능에 충실한 살인마들이었다. 먹잇감이 시야에 들어오면 어떻게든 달려들어 끝장을 보고야 마는 맹견들이었다.
'물러서. 물러서라니까!' 수하는 속으로 윽박질렀다. 광인이 된 뒤부터 생각하는 것을 말로 내뱉기가 여간 어려운 일이 아니었다. 물론 이따금 허공에다 대고 "희정아……"라며 중얼거리기는 했지만, 그녀가 원해서 그러는 건 아니었다. 그녀의 의지와는 상관없이 어떤 조건만 충족되면 입술 사이로 단어가 하나씩 튀어나왔던 것이다.

정수리에 벼락이라도 꽂힌 듯 바닥에 나자빠진 광인이 연방 꺽꺽 소리를 냈다.

그때 그녀를 노려보던 광인 하나가 거품을 집어삼킨 것 같은 목소리로 그르렁거리더니 그녀를 향해 손을 뻗었다. 물론 수하도 거리낄 것이 없었다. 희정만 지킬 수 있다면 여기서 저 놈들한테 목이 잘린대도 여한이 없었다.

수하는 다시 물탱크 덮개를 들어 올려 이번에는 어깨가 뻐근해질 정도로 크게 휘둘렀다. 결과는 대성공이었다. 마치 야구 방망이에 관자놀이를 얻어맞은 취객처럼 녀석의 고개가 순식간에 왼쪽으로 꺾이더니 그대로 현관문에다 머리를 들이받은 것이다.

현관문이 경첩째 흔들렸다.

갈비뼈 안쪽이 끊어질 것만 같이 아팠다. 그리고 왼쪽 다리의 골절 부위는 그보다 100배 정도 더 아팠다. '참아. 무슨 일이 있어도 참아.'

그녀가 외쳤다.

"내 새끼 건들지 마!"

정적. 비록 찰나에 불과한 순간이었지만, 수하한테는 영원같이 느껴졌다. '여기서 쓰러지면 안 돼. 그럼 끝장이야. 너도 끝장이지만, 희정이도 끝장이라고. 그러니 참아. 아무리 개좆같이 아파도 참아.'

벽에 왼쪽 어깨를 기댄 채 수하는 마지막 남은 광인을 노려보았다. 왼쪽 발목에서 시작된 통증이 식물의 줄기처럼 신경을 타고 허리까지 올라와서 도저히 똑바로 서 있을 수가 없었다.

"내 새끼 건들지 마."

폐가 한계에 다다른 풍선처럼 터질 것만 같았다. 아까는 석유 같았던 그녀의 두 눈이 이제는 밤하늘의 별처럼 반짝였다.

그리고 그것이 그녀한테는 빈틈으로 작용했다. 그 순간을 놓치지 않고 녀석이 괴성을 지르며 수하에게 달려들었던 것이다. 꼭 성난 멧돼지 같았다. 수하도 들고 있던 물탱크 덮개를 바닥에다 내팽개치고는 광인을 향해 몸을 던졌다. 더 이상 그 무거운 것을 들고 있을 자신도 없었거니와 이렇게 된 이상 방법은 한 가지 뿐이었기 때문이다.

한겨울에 동사한 시체의 손처럼 차가운 녀석의 두 손이 목에 닿자 수하도 똑같이 두 손으로 녀석의 목을 움켜쥐었다. 그러고는 부러진 엄지손가락까지 동원해 녀석의 숨통을 조이기 시작했다.

'죽어죽어죽어!' 그녀가 속으로 외쳤다. 찢어진 오른쪽 눈썹에서 흘러나온 피 때문에 앞이 잘 보이지는 않았지만, 그래도 손에 힘을 주는 데는 아무런 지장이 없었다.

그때 쓰러졌던 녀석 중 하나가 어디서 났는지 모를 과도로(아마도 광인이 된 뒤부터 늘 가지고 다녔던 모양이다.) 그녀의 오른쪽 발등을 내리찍었다. 순간 발등에 불이 아니라 용암이 떨어졌다고 생각한 수하는 비명을 지르다 그만 중심을 잃고 뒤로 나자빠지고 말았다. 눈앞에서 별이 번쩍였다.

어둠 속에서 이글거리는 암회색 눈동자 한 쌍이 수하를 내려다보았다. *네 딸은 우리가 잘 돌봐줄게. 이름이 희정이랬던가? 히정이랬던가?*

"희정아……"

시야가 점점 흐릿해지기 시작했다. 녀석의 손목을 움켜쥔 두 손에서도 서서히 힘이 빠지는 게 느껴졌다. 문득 이제는 정말 죽을 수도 있겠다는 생각이 들었다. 만일 이승과 저승을 나누는 경계선 위에 문턱이 존재한다면, 그녀는 지금 그 문턱 위에 한쪽 발을 올려놓은 거나 다름없었다. 두려웠다. 그리고…… 슬펐다. 하나뿐인 딸한테 한순간만이라도 좋은 엄마가 되어주고 싶었는데 자신은 매번 나쁜 엄마였던 것 같아 가슴이 찢어지려 했다.

네 딸은 우리가 잘 돌봐줄게. 이름이 희정이랬던가? 히정이랬던가? 어디선가 전남편의 목소리가 들려왔다. *네가 뭘 잘한 게 있다고 여기까지 찾아오노? 너한테 엄마 될 자격이 있다고 생각하나?*

부정할 수 없는 사실이었다. 그녀는 엄마 될 자격이 없는 여자였다. 이른바 자격 미달. 돈도 없고 직업도 없는 여자한테 이 나라는 양육권을 허락하지 않는다. 아무리 여자가 엄마로서 자격이 충분하다 해도 경제적 여건이 따라주지 않으면 이 나라에서는 나쁜 엄마가 될 수밖에 없다.

따라서 그녀는 자격 미달의 나쁜 엄마였다.

'엄마가 미안해. 우리 딸 고생만 시켜서 너무너무 미안해.' 그녀가 입버릇처럼 말했다. 아니. 생각했다. 속삭였다. 그리고 시야가 완전히 어두워지려는 순간……

마치 전원이 나간 장난감 로봇처럼 놈이 손에서 힘을 빼더니 그대로 수하의 어깨에 얼굴을 파묻었다. 수하는 숨통이 트인 틈을 타 얼른 허파로 산소를 집어넣었다. 거의 폐쇄 직전까지 다다랐던 기도로 다시 공기가 드나들면서 발작적인 기침이 튀어나오긴 했지만, 나쁜 징후라고 할 수는 없었다. 기침을 한다는 건 그만큼 몸이 산소를 받아들이고 있다는 증거니 말이다.

호흡이 어느 정도 편안해지자 수하는 두 팔을 옆으로 축 늘어뜨린 채 허공을 올려다보았다. 불현듯 '사는 게 다 그렇지.'라는 생각이 머릿속에 떠올랐는데, 왜 하필이면 그런 생각이 떠오른 건지는 그녀도 몰랐다. 그냥 그런 생각이 떠오른 것일 뿐이었다.

처음에는 한 군데였다가 지금은 세 군데로 늘어난 골절 부위에서 모두 욱신거리는 통증이 느껴졌다. 찢어진 오른쪽 눈썹에서도 심장 박동에 맞춰 통증이 욱신거렸다. 다른 데 신경 쓰고 있다가 기습을 당한 오른발에서도 통증이 사정없이 욱신거렸다. 두근두근. 욱신욱신. 두근두근. 욱신욱신. 두근두근. 욱신욱신…… 이거 완전 만신창이가 따로 없네.

슬슬 일어나야 했다. 여기서 계속 이러고 있다간 또 어떤 변을 당할지 모르니 서둘러 일어나야 했다. 그리고 그러려면 우선 이 짐승의 시체부터 처리해야 했다. 우선 이 짐승의 시체부터 어떻게……

수하는 놈의 어깨에서 황급히 손을 뗐다. 마치 꽁꽁 언 돼지 껍데기 같은 놈의 피부 위로 뜨끈뜨끈한 피가 흘러내리고 있었던 것이다. 하지만 문제는 비단 그뿐만이 아니었다.

그녀는 똑똑히 보았다. 허공에서 자신을 내려다보는 낯선 눈 한 쌍을. '맙소사. 당신, 설마……?' 그제야 수하는 자신이 그동안 누군가를 잊고 있었다는 사실을 기억해냈다. 하지만 그 누군가가 누구였는지는 굳이 기억해낼 필요가 없었다. 왜냐면……

"아주머니, 저 좀 도와주세요. 여기서 나가고 싶은데 길을 모르겠어요."

지금 그녀 앞에 서 있는 광인이 바로 그 누군가였기 때문이다.

'안 돼.' 머릿속에서 깨지고 박살 난 점멸등이 또다시 위험 신호를 보내기 시작했다. 이번에는 단순히 불빛만 번쩍이는 게 아니라 화재경보기처럼 사이렌까지 울려 댔다.

"저리 가. 저리 가!"

수하는 배 위에 짐승의 시체를 올려놓은 채 두 팔과 오른발 뒤꿈치를 이용하여 필사적으로 발버둥쳤다. 하지만 역부족이었다. 죽음의 무게가 더해진 탓인지 비쩍 마른 여자인데도 불구하고 시체가 우라지게 무거웠던 것이다. 이 나라에서 제일 덩치가 큰 씨름 선수도 이것보다는 가벼울 터였다.

자카리아가 말했다.

"아주머니, 부탁이에요. 저 좀 도와주세요. 여기서 나가고 싶은데 길을 모르겠어요." 자카리아가 물었다. "아주머니? 제 말 듣고 계세요?"

'그래. 귓구멍 안 막혔으니 제발 좀 그만 물어, 개자식아. 도대체 몇 번을 묻는 거야?' 움푹 들어간 자카리아의 두 눈을 노려보며 수하는 생각했다. 다문 이 사이로 광인 특유의 그르렁 소리가 새어나왔다. 경고 신호였다. '미리 경고하는데 그 아가리로 나 물었다간 재미없을 줄 알아.'

하지만 자카리아는 그녀의 경고를 거들떠도 안 보는 눈치였다. 오히려 한 발짝 앞으로 다가와서는 모든 감정이 배제된 말투로 정확히 이렇게 말했던 것이다.

"저 좀 도와주세요."

그가 수하에게 몸을 날린 건 그렇게 말한 다음이었다. 수하는 두 팔을 들어 한 손으로는 자카리아의 목을, 한 손으로는 자카리아의 턱을 붙들었다. 하지만 손이 있는 건 자카리아에게도 마찬가지였다. 마치 쥐를 보고 눈이 돌아간 고양이처럼 그가 두 손으로 수하의 얼굴을 벅벅 긁어댔던 것이다. 자카리아가 자기 턱을 받치고 있던 수하의 손에서 고개를 떼더니 입을 크게 벌려 그녀의 손목을 깨물었다. 수하는 비명을 질렀다.

"끄아아아아아아아아악!"

수하는 반대쪽 엄지손가락으로 자카리아의 오른쪽 눈을 짓눌렀다. 그러자 자카리아가 고통에 찬 소리를 내며 고개를 뒤로 젖혔고, 수하는 오른팔을 가슴에 붙인 채 왼손으로 상처 부위를 움켜쥐었다. 물론 그런다고 가실 통증은 아니었지만, 그렇다고 다음 공격을 막는데 또 오른팔을 사용할 수는 없지 않은가? 이번에는 피하는 수밖에 없었다. 하지만…… 어떻게?

"아주머니, 저 좀 도와주세요. 여기서 나가고 싶은데 길을 모르겠어요."

마치 이제 마무리 지을 때가 왔다는 듯 자카리아가 말했다. 하지만 자카리아는 수하를 마무리 짓지 못했다. 그가 다시금 수하를 향해 흉측한 이와 피에 전 입술을 들이미는 순간 희정이 객실에서 튀어나와 또 다른 변기 물탱크 덮개로 그의 머리를 가격한 것이다.

"우리 엄마한테서 안 떨어지나, 이 새끼야!"

두개골이 으스러지는 소리와 함께 자카리아의 몸이 한쪽으로 무너져 내렸다. 그와 동시에 찢겨 나간 살덩이인지 아님 두피에서 터져 나온 핏덩이인지 알 수 없는 것들도 카펫 위로 떨어졌는데,

다행스러운 사실은 희정의 개입으로 자카리아는 더 이상 수하에게 손을 대지 못한다는 것이었다.

자카리아가 수하에게로 손을 뻗으려 하자 희정은 다시 한 번 변기 물탱크 덮개로 그의 뒤통수를 내려쳤다. 하지만 자카리아는 비명을 지르지 않았다. 광인으로 변하면서 고통에 익숙해지기라도 한 걸까? 어쩌면 그럴지도 모르는 일이었지만, 이것 하나만큼은 확실했다.

그날 그곳에서 죽음을 맞는 사람은 수하가 아니라 바로 자카리아였다.

"죽어, 죽어!, 죽어!"

희정이 고함을 질렀다. 그녀가 변기 물탱크 덮개로 이미 곤죽이 된 자카리아의 머리를 내려칠 때마다 끔찍한 쩍쩍 소리가 공중으로 튀어 올랐다. 하지만 그녀는 멈추지 않았다. 마치 그간 시달린 것을 모두 갚아주겠다는 듯 내려치고, 내려치고, 내려치고, 내려치고, 또 내려쳤던 것이다.

자카리아가 더 이상 미동도 않자 희정은 변기 물탱크 덮개를 복도 한쪽 구석에다 던져놓은 다음 놈의 얼굴에 발길질을 퍼부었다. 마치 아직 분이 덜 풀렸다는 듯이. 그러고 나서 그녀는 이렇게 말했다.

"우리 엄마 건들지 마, 개자식아."

희정은 그렇게 자카리아를 마무리 지었다. 물론 죄책감 같은 건 눈곱만큼도 느껴지지 않았다. 아무리 자카리아가 한때는 엄마의 보호자 역할을 자청했다 하더라도 지금은 그저 한낱 광인에 불과했으니 말이다. 게다가 그는 엄마를 죽이려 하지 않았던가? 충분히 죽어도 싼 놈이었다.

희정이 수하에게로 시선을 돌렸다.

"엄마?" 딸의 목소리가 들려왔다. "엄마, 제 목소리 들려요?"

'응. 들려.' 수하는 그렇게 대답하고 싶었다. 하지만 몸이 마음을 따라주지 않았다. 그녀는 위에서 자기를 짓누르던 몸뚱이를 한쪽으로 치운 뒤 하염없이 떨리는 두 팔로 카펫을 짚고 몸을 일으켜 세웠다. 희정이 한 걸음 뒤로 물러났다.

"엄마?"

수하는 오른쪽 어깨를 벽에 붙이고 서서 그 석유 같은 눈동자로 희정을 노려보았다.

"희정아……"

'도망가.' 그리고 그녀는 목에 핏대가 서도록 괴성을 내지르며 희정을 향해 몸을 던졌다. 하지만 그녀의 손가락은 희정의 털끝에도 닿지 않았다. 희정이 비명을 지르며 뒤로 물러나는 바람에 그만 또다시 바닥에 자빠지고 말았던 것이다. '도망가, 희정아.' 그녀는 다친 쪽 팔과 비교적 멀쩡한 쪽 팔을 번갈아 뻗으며 희정을 향해 엉금엉금 기어갔다. 희정이 뒷걸음질쳤다.

"저예요, 엄마. 저라고요!" 마치 전력 공급에 차질이 생긴 듯 수하는 움직임을 뚝 멈추었다. 희정이 불안에 찬 눈동자로 수하를 내려다보았다. 수하의 턱 밑으로 끈적끈적한 침이 주르륵 흘러내렸다. "엄마?"

수하는 부러진 다리까지 동원해 가며 몸을 벌떡 일으켜 세웠다. 그러자 희정은 비명을 지르며 505호실로 쏜살같이 들어가 몸을 숨겼고, 수하의 손끝이 문 손잡이에 다다랐을 땐 이미 잠금장치에 빗장이 걸린 다음이었다. 수하는 현관문을 부술 듯 두드렸다. 그러면서 생각했다. '잘 했어, 희정아.'

그녀가 말했다.

"희정아?" 다시 문을 두드렸다. 이번에는 좀 더 부드럽게. "엄마야, 희정아. 문 좀 열어줄래?"

똑. 똑. 똑.

"희정아?"

하지만 희정은 문을 열어주지 않았다.

그녀의 바람대로……

20

희정은 자기보다 큰 신발장에 등을 기댄 채 그대로 미끄러지듯 현관바닥에 주저앉았다. 엄마가 문을 두드릴 때마다 충격파 비슷한 것이 심장을 들락거리는 게 느껴졌다. 혼란스러웠다. 그런가 하면 손가락 끝이 바들바들 떨릴 정도로 슬펐다. 어떡해야 할지 판단이 서지 않았다. 문을 열어주면 안 된다는 것은 잘 알고 있었지만, 한편으로는 열어줘도 괜찮지 않을까 하는 생각이 똬리를 뜬 뱀처럼 혓바닥을 날름거렸던 것이다. 그래서 그녀는 울음을 터뜨렸다. 목젖이 터지도록 소리를 지르며 울분을 토해냈고, 차오른 눈물이 줄기를 이루며 흘러내리도록 내버려두었다.

엄마가 문을 두드리더니 말했다.

"엄마야, 희정아. 문 좀 열어줄래?"

하지만 그녀는 문을 열어주지 않았다. 왜냐면…… 그래선 안 됐으니까. 여기서 문을 열어줬다간 자기만 개죽음을 당할 뿐이었으니까. 엄마가 다시 한 번 문을 두드렸다.

"희정아?" 똑, 똑, 똑. "엄마야, 희정아. 문 좀 열어줄래?"

똑, 똑, 똑.

귓구멍에다 송곳이라도 찔러 넣고 심정이었다.

21

얼마나 오래도록 이러고 있었는지 가늠조차도 힘든 밤. 팔뚝과 목덜미를 타고 스멀스멀 기어오르는 추위에 희정은 불현듯 눈을 떴다. 조용했다. 문을 두드리던 엄마의 목소리도 들리지 않았고, 설사약을 사발로 들이켠 급성 복통 환자처럼 시종일관 꾸르륵거리던 하늘도 지금은 침묵을 머금은 채였다. 현관에 웅크리고 있던 희정은 몸을 일으켜 주위를 둘러보았다. 아무래도 깜빡 잠이 든 것 같았다.

어쩌면 자기를 갖고 놀고 있는 것일지도 모른다는 생각에 그녀는 현관문을 두어 번 두드려보았다. 하지만 아무런 대답도 들려오지 않았다. 다시 한 번 두드려보았다. 고요했다. 마치 심해 한가운데 서 있는 것 같았다. 그녀는 조심스레 잠금을 푼 뒤 복도로 고개를 내밀어 보았다.

아무도 없었다.

원색적인 어둠 아래 널브러져 있는 광인 삼인방의 시체와 머리가 깨진 채로 엎어져 있는 자카리아의 시신을 제외하면 이곳에서 살아 있는 이는 오로지 희정뿐이었다.

"엄마?"

한 손으로 문 손잡이를 꼭 움켜쥔 채 희정은 엄마를 불러보았지만, 아무 소리도 들려오지 않았다. 밤이라서 자러 간 걸까? 아무래도 그런 모양이었다.

그녀는 8층으로 올라갔다.

23

810호실은 엉망진창이었고, 곳곳에서 짙은 폐허의 향기가 물씬 묻어났다. 액정이 반파되어 있는 텔레비전. 깨진 거울 파편들. 흥건한 피 웅덩이. 반은 방바닥에 떨어져 있고 반은 침대에 걸쳐져 있는 이불. 두 사람이 자리를 비운 틈을 타 저들끼리 싸우기라도 한 듯 방 한복판에 떨어져 있는 베개들. 희정은 억장이 무너지는 기분이었다. 살아남은 건 분명 잘된 일이었지만, 어째서인지 그녀는 조금도 기쁘지 않았다. 마치 가까스로 가슴에 파묻었던 악몽이 다시 고개를 들기 시작하는 느낌이었다.

그녀는 배낭을 꾸리기 시작했다. 남은 옷가지들과 객실을 돌아다니며 박박 긁어모은 깨끗한 수건들. 여분 속옷. 그 외 필요하다 싶은 것들이라면 빠뜨리지 않고 전부 다.

짐을 챙긴다기보다는 손에 잡히는 대로 쑤셔 넣는 것에 가까웠던 작업을 끝낸 뒤 희정은 배낭을 메고 복도로 고개를 내밀었다.

기다란 손전등 불빛이 거인의 뱃속 같은 어둠을 꿰뚫었다. 조용했다. 죽음의 흔적은 물론 생명의 흔적도 보이지 않았다. 그녀는 객실을 나섰다. 한때는 그래도 가족이라는 울타리가 미약하나마 느껴졌지만 이제는 온통 슬픔과 고통밖에 남지 않은 그 텅 빈 공간에서 발걸음을 돌렸다.

희정은 비상계단을 통해 10층으로 올라갔다. 그녀의 기억대로 10층 비상출입문은 열려 있었고, 그녀가 고른 객실은 1007호실이었다. 810호실과 마찬가지로 싱글베드와 더블베드가 나란히 배치되어 있는 스위트룸이었는데, 한 가지 다른 점은 이곳에서는 부산역 광장 방면을 내다볼 수 있다는 것이었다.

희정은 들어가자마자 블라인드부터 쳤다.

8장

후유증

1

살아도 산 것 같지 않은 순간의 연속이었다. 엄마가 광인이 된 지 이틀째 되던 날 아침, 울다 지쳐 깜빡 잠이 들었나 보다고 생각하며 희정은 몸을 일으켰다. 주위를 둘러보니 맨바닥이었다. 배낭은 활짝 열려 있었고, 블라인드는 제아무리 예리한 햇빛이라도 통과하지 못할 만큼 바깥세상으로부터 이쪽 공간을 단단히 틀어막고 있었다. 희정은 머리를 긁적이며 창가로 다가가 블라인드 틈새로 바깥을 내다보았다.

따사로운 오전의 햇볕이 지상을 내리쬐는 가운데 꽤나 많은 수의 광인들이 부산역 광장을 점거하고 있었다. 머릿수는 어림잡아 700명가량 될 것 같았는데, 희정은 저렇게 많은 놈들이 밤새 어디 있다 나타나는 건지는 몰라도 응집력 하나는 끝내준다고 생각했다. 매일같이 한 곳으로 몰려왔다 우르르 몰려서 사라지는 것도 쉬운 일은 아닐 테니 말이다.

문득 허기를 느낀 희정은 배낭으로 터덜터덜 걸어가 안에 먹을 것이 있는지 살펴보았다. 녹색 긴팔 후드 티를 들추자 식빵 묶음이 나타났다. 개수를 헤아려보니 10장이 남아 있었는데, 흘러가는 추세로 봐서는 아무래도 조만간 외출을 해야 할 것 같았다.

희정은 810호실을 나설 때 함께 챙겼던 500미리짜리 생수로 목을 축인 뒤 화장실로 발걸음을 옮겼다. 하지만 그녀는 화장실에 들어갈 수 없었다. 그녀의 손이 화장실 문손잡이를 쥐는 순간 엄마가 문을 두드렸던 것이다.

똑, 똑, 똑.

"엄마야, 희정아. 문 좀 열어줄래?"

자카리아가 사라지니 엄마가 말썽이었다.

2

그날 밤, 거리가 깨끗해진 틈을 타 희정은 바깥으로 나갔다.

복도는 조용했고, 계단은 황량했다. 희정은 손전등 불빛에 의지해 비상계단을 한 칸씩 내려갔다. 그녀가 손전등을 끈 건 1층에 도착했을 무렵이었다.

"조용하네."

전반적으로 한산한 거리를 둘러보며 희정은 중얼거렸다. 버려지고 망가진 차들 사이로 움직이는 형체는 보이지 않았고, 솔솔 불어오는 밤바람에서는 산뜻한 봄내음마저 느껴졌다. 시원했다. 선선

한 바닷바람이 그녀의 머리카락을 스치고 지나갔다. 그녀는 긴팔 외투에 달린 지퍼를 가슴팍까지 올린 다음 후드를 뒤집어썼다. 그러고는 뒤를 한 차례 돌아보고 나서 부산역 광장 방면으로 발걸음을 옮겼다.

우중충한 부산역 건물에 이르렀을 때 희정은 걸음을 멈추고 좌우를 살펴보았다. 하지만 보이는 것이라고는 온통 고장 나고, 망가지고, 뒤집히고, 버려진 자동차들과 낮 사이 완전히 건조된 시체들뿐이었다. 희정은 곳곳에서 바람을 타고 전해지는 퀴퀴한 시체 썩는 냄새에 코를 막고 왼쪽으로 발길을 재촉했다. 그때 익숙한 간판이 어둠 속에서 그녀의 눈길을 끌었다. 희정은 걸음을 멈추고 왼쪽 위를 올려다보았다. 편의점이었다. 안강을 떠난 이래 처음 보는 편의점 간판이 그녀를 내려다보고 있었다. 희정은 외투 주머니에 손을 넣고 서서 생각했다. '한 번 들어가 볼까?' 어차피 생필품을 구하려면 편의점이든 대형 마트든 들러야 했다. 그러므로 이왕이면 먼 곳보다는 가까운 곳이 나을 터였다. 희정은 편의점 안으로 들어갔다.

냉장 시설에 동력 공급이 끊기면서 일부 즉석 식품과 유제품 대부분이 썩어 버린 듯 퀴퀴한 냄새가 희정의 코를 찔렀다. 희정은 황급히 한쪽 소매로 코와 입을 막았다. 그날은 먹은 거라 봐야 식빵 두 조각이 전부였지만, 속에서는 소화된 무언가가 넘어오려 했다. 희정은 뒷주머니에 꽂아두었던 손전등을 꺼내 스위치를 올렸다. 그러자 어둠이 일소되면서 익숙한 풍경이 그녀 앞에 나타났다. 바닥에 아무렇게나 널브러져 있는 여성용품 진열대와 맛없거나 터진 것들만 남아 있는 과자 진열대, 텅빈 라면 진열대 등 혼란과 공포가 휩쓸고 지나간 흔적이 매장 곳곳에 남아 있었다. 하나를 사면 하나를 더 준다는 카드가 걸려 있는 빵 진열대 앞에서 희정을 주위를 둘러보았다. 그러다 출입문 근처에 쓰러져 있는 바구니 더미를 발견하고는 하나를 골라잡아 즉석식품 진열대로 발걸음을 옮겼다. 다행히 즉석식품 진열대에는 습격을 피해 살아남은 통조림들이 몇 개 남아 있었다. 희정은 바닥에 굴러다니는 참치 통조림 셋, 진열대에 버려져 있는 꽁치 통조림 다섯 개를 바구니에 집어넣었다. 그런 다음 그녀는 냉장고로 향했는데, 한눈에 보기에도 아이러니하기 그지없었다. 맥주를 비롯한 주류는 거덜나 있는 반면 생수는 아예 건들지도 않은 듯 대부분이 자리를 지키고 있었던 것이다. 희정은 냉장고 문을 연 뒤 몸을 숙여 2리터짜리 생수를 바구니에 가득 담았다. 그런데 무게가 생각보다 무거웠다. 그래서 희정은 바구니를 하나 더 가져와 생수통 몇 개를 옮겨 담았다. 그러고는 여성용품 매대 아래 칸에서 화석이 되어가던 속옷도 몇 벌 챙긴 뒤 바구니 한 쌍을 미리 편의점 출입문 밖으로 옮겨놓았다. 이제 남은 건 잠깐 숨을 돌리는 것이었다. 생각도 정리하고.

계산대 앞에 서서 그녀는 담배 진열대를 손전등으로 비추며 무슨 담배가 남아 있는지 살펴보았다. 그랬다. 희정에게 필요한 건 한 개비의 담배였다. 물론 그녀는 담배를 피우지도, 피워본 적도 없었지만, 그녀의 친구 진아가 말하길 담배를 피우면 스트레스가 해소된다고 했다. 그래서 희정은 이번 기회에 한 번 시험해 보고 싶었다. 정말로 스트레스가 해소되는지, 속에 응어리져 있는 감정의 덩어리가 조금이라도 녹아내리는지 느껴보고 싶었다. 그녀는 계산대 안쪽으로 건너가 담배 한 갑을 집어 들었다.

편의점에서 나온 그녀는 진입로 계단에 걸터앉은 다음 담뱃갑 포장을 뜯고 한 개비를 문 뒤 계산대에서 가져온 라이터로 불을 붙였다. 잠시 후 마치 권투 선수가 글러브 낀 주먹으로 목을 한 대 후려치기라도 한 듯 발작적인 기침이 튀어나왔다. 눈물이 핑 돌았다. 이 독한 것을 진아는 어떻게 피우는 건지 이해가 안 갔다. 진아도 처음에는 이랬을까? 진아도 이렇게 중독의 길로 접어들었을까? 글쎄. 정확한 건 진아만이 알겠지만, 확실한 한 가지는 어지러운 느낌이 썩 마음에 든다는 것이었다. 그녀는 다시 한 모금을 빨았다. 그러자 목이 근질근질하더니 연이어 기침이 서너 차례 튀어나왔다. 토할 것만 같았다. 그날은 먹은 것도 별로 없건만, 마음만 먹으면 얼마든지 게워낼 수 있을 것 같았다. 희정은 숨을 몰아쉬었다. 가느다란 연기가 담배를 갉아먹으며 허공으로 피어오르고 있었다.

"스트레스가 풀리기는 개뿔."

희정은 겨우 두 모금밖에 안 빤 담배를 길바닥에다 패대기쳤다. 그러고는 한숨을 푸 내쉬며 고개를 숙였다. 머리가 아팠다. 마치 카페인이 다량 함유된 특제 커피를 단번에 들이켜기라도 한 듯 심장이 쉬지 않고 두방망이질을 반복했다. 그녀는 고개를 들고 머리칼 사이로 어둠에 잠긴 광장을 내다보았다. 참혹했다. 그리고 쓸쓸했다. 위에서 내려다볼 때는 몰랐지만, 가까이에서 보니 건물만 멀쩡하지 이만하면 폭격을 맞았다 봐도 과언이 아니었다.

"엄마, 전 이제 어떡해야 해요?"

어둠에 둘러싸인 허공을 바라보며 희정은 중얼거렸다. 엄마라면 이 상황에서 어떡하였을지 궁금했다. "어서 나가. 엄만 더 이상 너 책임질 수 없어." 엄마는 그렇게 말했었다. 스스로를 잃어가는 와중에도 엄마는 희정을 똑바로 쳐다보며 그렇게 말했었다. 마치 자신이 찾을 수 없게 여기서 최대한 멀리 떨어진 곳으로 떠나라는 듯이. 하지만…… 어떻게? 어떻게 여길 떠나란 말인가? 희정은 여길 떠날 수 없었다. 아니. 떠나기 싫었다. 왜냐면…… 광인이 된 엄마를 길거리에서 배회하도록 내버려둘 수는 없었기 때문이다. 아빠와는 달리 엄마는 그렇게 놔둘 수 없었다.

그런 생각을 하고 있자니 또다시 눈물방울이 뺨을 타고 흘러내렸다. 그러나 훌쩍이지는 않았다. 이젠 더 이상 울 기운도 없었거니와 현실을 받아들인 뒤부터는 제아무리 강한 파도가 몰아쳐도 차갑고 단단한 이성의 방파제가 감정이 흔들리지 않도록 막아주었기 때문이다. 희정은 눈물을 닦아냈다. 그러고는 담뱃갑과 라이터를 길바닥에다 내던진 다음 바구니를 들고 자리에서 일어났다. 슬슬 돌아갈 시간이었다.

마치 환영한다는 듯 객실 문은 활짝 열려 있었다.

3

그로부터 다시 사흘이 흘렀다. 그 사흘 동안 희정은 마음대로 눈을 감지도, 음식을 먹지도, 침대에 눕지도 못했고 심지어 화장실 변기 위에서조차도 마음대로 볼 일을 볼 수 없었다. 매 순간순간이 고통의 연속이었다. 아빠가 문을 두드릴 때는 감정의 동요라고 해봐야 짜증 섞인 귀찮음이 전부였지만, 엄마가 문을 두드리는 소리에는 오만가지 감정이 다 떠올랐다. 특히 그 중에서도 가장 견

디기 힘든 건 우울증이었다. 마치 시도 때도 없이 비를 흩뿌리고 다니는 먹구름이 그녀의 머리 위로 드리우기라도 한 듯 사흘 내내 눈물이 멈췄다 흐르고, 다시 멈췄다 흐르기를 반복했던 것이다. 비명이라도 지르고 싶은 심정이었다.

똑, 똑, 똑.

"엄마야, 희정아. 문 좀 열어줄래?"

문을 두드리고 나서 엄마가 말했다. 아니. 저 여자는 엄마가 아니었다. 지금 밖에서 문을 두드리고 있는 저 여자는 그저 광인일 뿐이었다. 엄마는 죽었다. 그게 희정이 내린 결론이었다. 한때 그녀가 아줌마라 불렀던 엄마라는 여자는 죽은 지 오래였다. 그런데…… 그런데 왜 눈물이 나는 걸까? 어쩌면 아닐지도 모른다는, 자기가 잘못 알고 있는 것일 수도 있다는 생각이 왜 자꾸만 고개를 드는 걸까? 똥과 된장을 꼭 맛 봐야만 구분해낼 수 있는 것도 아닌데, 왜 자꾸 확인해 보고 싶어지는 걸까? 희정은 혼란스러웠다. 마치 '어쩌면'이라는 이름의 가시 덩굴에 이성의 쇠막대기가 잠식당한 기분이었다. 조건만 충족되면 어느 것이든 칭칭 감고 올라가는 가시 덩굴에 올곧은 쇠줄기가 감염된 것이다.

그날 밤 희정은 식량을 더 구해와야겠다는 생각에 다시 한 번 외출 준비를 했다. 사실 준비라고 해봐야 후드 달린 연갈색 외투를 입는 게 전부였지만.

손전등 불빛을 이리저리 비추며 살펴보았지만, 복도에는 아무도 없었다. 정말 엄마가 다녀간 게 맞는지 의심이 들 정도로 복도는 고요하기 그지없었다. 희정은 바닥에 깔려 있는 카펫을 따라 비상출입문으로 다가갔다.

그녀가 걸음을 멈춘 건 8층 비상출입문 앞에서였다. 마지막으로 8층을 나섰을 때 그녀는 문을 닫아놓지 않았는데, 어떤 이유에선지 8층의 비상출입문은 닫혀 있었다. 희정은 그럴 리 없다고 생각했다. 그건 아닐 거라고, 제아무리 엄마라도 광인이 된 이상 이런 식의 독단적인 행동은 하지 못할 것이라고 스스로에게 속삭였다. 하지만 그녀의 손은 이미 문 손잡이를 움켜쥔 뒤였다.

마치 전혀 거리낄 게 없다는 듯 문은 매끄럽게 열렸다. 희정은 문틈으로 고개를 내밀어 복도를 살펴보았다. 기다란 손전등 불빛이 어둠을 관통했다. 복도는 비어 있었다. 처음 문을 열 때는 복도 한복판에 누워 있는 엄마의 모습이 머릿속에 그려졌지만, 정작 희정의 눈에 들어온 건 기다란 카펫과 드문드문 열려 있는 객실 문들이 전부였다. 그녀는 마치 발을 들여서는 안 될 곳에 이른 종교인처럼 엉거주춤 서 있다 조용히 복도로 발을 들였다. 그러고는 죽었다 깨어나도 들어가고 싶지 않은 그 악몽 같은 객실로 다시 걸음을 옮겼다.

객실 문은 반쯤 열려 있었다. 아무래도 닫힐 때 생긴 반동으로 저 혼자 밀려난 모양이었는데, 정확한 사유야 어찌 됐든 그녀는 알고 싶지 않았다. 희정은 손전등을 끄고서 객실로 들어갔다. 그리고 그녀는 더블베드에 누워 있는 엄마를 보고 걸음을 멈추었다.

마치 산달이 다가온 자궁 속 태아처럼 엄마는 이불도 덮지 않고 잔뜩 웅크린 채 잠들어 있었다. 짐승 같았다. 혹자는 저 자세야말로 가장 인간다운 모습이라며 극찬을 아끼지 않을지도 모르지만, 희정의 눈에 비친 엄마의 모습은 영락없는 짐승이었다. 참담했다. 멀쩡했던 사람이 고작 전염병 하나 때문에 이렇게 망가질 수 있다는 사실 자체가 믿기지 않았다. 희정은 생각했다. '이런 식으로 살 바에는 차라리 죽는 게 낫겠어.' 이건 사람이 사는 방식이 아니었다.

'저라면 엄마 편하게 해드릴 수 있는데, 엄마만 원한다면 그렇게 해드릴 수 있는데…… 그렇게 해드릴까요?' 블라인드 틈으로 스며든 창백한 달빛에 싸늘히 비치는 엄마의 얼굴을 내려다보며 희정은 속으로 중얼거렸다. '대답 좀 해보세요. 제가 어떻게 해줬으면 좋겠는지 한번 얘기해 보라고요. 엄마라고 계속 이런 식으로 살고 싶지는 않을 거잖아요? 아니에요?'

묵묵부답. 뒤이어 떨어지는 눈물 한 방울.

'제발…… 아무 말이라도 좋으니까…… 욕이라도 좋으니까…… 뭐라고 말 좀 해보세요. 제가 들을 수 있게 뭐라 말 좀 해달라고요.'

하지만 엄마는 아무 말도 하지 않았다. 희정은 속이 상했다. 이제는 엄마에게 마음대로 말도 못 붙이는 현실이 원망스럽기만 했다. 하지만 어쩌겠는가? 잘못 말 붙였다가는 목숨을 잃을 수도 있는 게 지금의 현실인데. 이해하고 받아들이는 수밖에 없었다.

'또 올게요.'

희정은 발걸음을 돌려 현관으로 향했다.

추웠다. 그날은 가득 찬 보름달이 밤하늘을 지키고 있었고, 얼마 만에 보는 건지 모를 별들은 저들끼리 속닥거리느라 정신이 없어 보였다. 희정은 가득 찬 바구니 두 개를 양 옆에 내려놓은 다음 턱이 두 개뿐인 진입로 계단에 걸터앉았다. 지금 그녀가 있는 곳은 부산역 맞은편에 위치한 차이나타운의 한 편의점 출입문 앞이었다. 그녀는 담배에 불을 붙였다. 이윽고 술집에서 흐느적거리며 봉춤을 추는 여자처럼 매끄러운 곡선의 담배 연기가 허공으로 피어올랐다. 그녀는 첫 한 모금을 들이마셨다. 그리고 동시에 발작적인 기침을 토해냈다. 걸쭉한 침이 그녀의 턱 아래로 흘러내렸다. 하지만 그녀는 멈추지 않았다. 담배 피우다 걸리면 몽둥이찜질을 맛보게 해주겠다는 학생 주임 선생님도 없고, 자기도 한때는 흡연자였던 터라 담배를 반대하지는 않지만 그 안 좋은 습관을 굳이 할 필요가 있느냐고 묻는 엄마도 없는데 여기서 그만 둘 이유가 무엇이 있겠는가?

희정은 눈가에 맺힌 눈물을 닦아내고 나서 두 번째 한 모금을 들이마셨다.

서늘한 밤바람이 피부를 스치고, 저릿저릿한 통증이 가슴을 드나드는 밤. 그녀의 곁에는 오로지 가느다란 담배 연기뿐이었다.

4

다시 그로부터 사흘 뒤 오후, 희정은 창가에 서서 블라인드 틈으로 거리를 내다보고 있었다. 아마 5분 전이었을 것이다. 침대에 누워 의식과 무의식의 경계를 넘나드는 희정을 어디선가 날아온 알 수 없는 소음이 흔들어 깨웠다. 엄마의 문 두드리는 소리가 끝없이 이어지는 가운데 희정은 몸을 뒤척이다 한쪽 눈을 떠 블라인드 바깥으로 내다보이는 맑고 푸른 하늘을 멍하니 올려다보았다. 그런데 꿈인 줄로만 알았던 정체 모를 소음이 점점 가까워지고 있었다.

헬리콥터 소리였다.

희정은 자신이 드디어 미쳤나보다고 생각했다. 비행기는커녕 자동차도 다니지 않는 세상에 헬리콥터라니. 미친 게 아니고서야 이 소리를 어떻게 들을 수 있단 말인가? 확실했다. 이 프로펠러 돌아가는 소리는 병약해진 그녀의 정신이 만들어낸 환청인 게 분명했다. 아니면 햇볕을 쬐며 꾸벅꾸벅 졸다 실감나게 사실적인 꿈을 꾸고 의식과 무의식의 경계에 잠깐 혼선이 왔거나. 하지만 문제는, 무턱대고 환청이라고 단정 짓기에는 소리가 실감나게 사실적이라는 것이었다. 희정은 마치 거대한 잠자리가 날개를 펄럭이는 듯한 소음에 귀를 기울여보았다. 아무래도 근처 상공을 지나가고 있는 듯 소리는 제법 가까운 곳에서 들려오고 있었다. 게다가 한 대가 아니었다. 조종사가 작정하고 저공비행을 하는 것이 아니고서는 고작 헬리콥터 한 대로 이렇게 귀가 멍해질 수 없었다. 희정은 마치 뜨거운 물이라도 끼얹은 양 후다닥 침대에서 내려와 창가로 달려갔다.

사전에 어떤 얘기가 오갔는지는 모르지만, 꽤나 많은 수의 헬리콥터들이 아래에 무언가를 매달고 북쪽으로 날아가고 있었다. 희정은 저들이 군부대 소속일 거라 짐작했다. 왜 아니겠는가? 이런 상황에 헬리콥터를 끌고 다닐 위인들은 군인들밖에 없을 텐데 말이다. 광인들이 하늘에 날아다니는 거대한 잠자리들을 보고 팔을 뻗었다.

부산역 광장 위를 지나던 헬리콥터 한 대가 속도를 늦추더니 느릿느릿 하강하기 시작했다. 그러자 마치 한 종교 단체의 열성 부흥회에 참석한 교인들처럼 주변의 광인들이 일제히 헬리콥터 아래로 모여들어 하늘을 향해 두 팔을 뻗고 응답을 내려달라며 아우성치기 시작했다. 희정은 저 헬리콥터 아래 달려 있는 주머니 같은 것을 유심히 쳐다보았다. 이제 보니 그것은 고래도 잡아넣을 수 있을 만큼 커다란 크기의 그물이었다. 그리고 그물 안에는 사각형 모양의 검은 박스 같은 것이 들어 있었는데, 생김새가 마치 대형 무대에서나 쓰일 법한 스피커 같았다. 팔이 닿은 몇몇 광인들이 그물을 잡아당겼다. 하지만 제 몸집만 한 프로펠러가 앞뒤로 하나씩 총 두 개가 달려 있는 헬리콥터는 꿈쩍도 하지 않았고, 잠시 후 안에서 누군가 투하 버튼을 누른 듯 그물에 둘러싸인 검은 박스가 열댓 명 가량의 광인들 머리 위로 떨어졌다. 마치 죽은 개구리에게서 뿜어져 나오는 단내를 맡은 개미 떼처럼 광인들이 검은 박스를 둘러쌌다. 그리고 헬리콥터는 다시 상승하더니 기수를 돌려 남쪽으로 내려가기 시작했다. 부산역 광장의 광인들을 내려다보며 희정은 생각했다.

'도대체 뭐하자는 거야?'

"엄마야, 희정아. 문 좀 열어줄래?"

엄마가 문을 두드리며 말했다.

뒤이어 배달을 마친 듯 북상했던 헬리콥터 몇 대가 굉음을 내며 그들의 머리 위로 지나갔다. 그리고 부산역 광장의 검은 박스를 에워싼 광인들의 수가 두 배 정도 늘어났을 즈음 귀를 찢는 사이렌 소리와 함께 한 여자의 목소리가 박스에서 터져 나왔다.

알립니다. 지금 이 방송을 듣고 있는 생존자가 있다면 이유를 불문하고 무조건 실내로 대피하시길 바랍니다. 이건 실제 상황입니다. 앞으로 15분 뒤, 감염자들을 대상으로 방역이 이루어질 예정이오니 이 방송을 듣고 있는 생존자가 있다면 이유를 불문하고 실내로 대피해 주길 바랍니다. 알립니다. 지금 이 방송을 듣고 있는……

"희정아?" 똑, 똑, 똑. "엄마야, 희정아. 문 좀 열어줄래?"

엄마가 문을 두드리고 말했다. 하지만 희정의 귀에는 그녀의 목소리가 들리지 않았다.

'방역이라고?'

분명 그랬다. 저 검은 박스에서 흘러나오는 여자의 목소리는 그렇게 말하고 있었다. 희정은 그제야 저들의 목적이 무엇인지 대략적이나마 알 것 같았다. 저 헬리콥터 부대의 목적은 지상의 광인들을 쓸어버리는 것이었다. 물론 어디까지가 저들의 작전 범위인지는 두고 봐야 할 일이었지만, 최소한 이 근방의 광인들에게는 그날이 햇빛을 볼 수 있는 마지막 날이 될 터였다. 느닷없이 찾아온 재앙의 그림자가 믹서 속 칼날 같은 날개를 휙휙 돌리며 광인들의 머리 위로 지나갔다. 하지만 놈들은 오로지 스피커 기능이 장착되어 있는 검은 박스에만 지대한 관심을 보일 뿐이었다. 헬리콥터 두 대가 굉음을 내며 그들의 머리 위를 쏜살같이 지나갔다.

'엄마는 어떡하지?' 희정은 머뭇머뭇 뒤를 돌아보았다. 헬리콥터가 지나가는 소리를 듣지 못한 것도 아닐 테건만, 엄마는 여전히 희정을 찾아 문을 두드리느라 여념이 없었다.

사실 이 상황에서 희정의 가장 큰 고민은 그것이었다. 거리의 광인들이야 어찌 되든 그녀는 상관없었다. 언제가 됐든 결국에는 죽을 놈들이었으니까. 하지만 엄마라면 얘기가 달랐다. 거리의 광인들이야 총에 맞아 죽든 번갯불에 통구이가 돼서 죽든 희정이 알 바 아니었지만, 엄마에 관해서는 마음을 접기는커녕 아직 미련조차도 버리지 못했던 것이다. 한 번 광인이 되면 무슨 수를 써도 돌이킬 수 없다는 것을 희정은 알고 있었다. 그리고 광인병에 감염되면 이별은 필연적으로 따라온다는 것도 그녀는 알고 있었다. 하지만…… 희정은 아직 엄마를 떠나보낼 수 없었다. 차라리 이대로 정신적 학대를 받았으면 받았지 부산역 광장에 몰려 있는 놈들과 함께 엄마가 '방역'되는 모습만큼은 차마 두고 볼 수 없었다. 상상도 하기 싫었고…….

혹여 있을지도 모르는 생존자들을 향한 경고방송이 갑자기 뚝 끊기더니 일부러 광인들을 자극하려는 듯 사이렌 소리가 더욱 크게 울려 퍼지기 시작했다. 희정은 일종의 공습경보라고 생각했다. 그러니까 곧 방역이 시작되니 생존자들은 절대 바깥으로 나오지 말라는 마지막 신호인 셈이다. 광인 몇이 동료를 밟고 검은 박스 위로 기어 올라갔다. 헬리콥터 다섯 대가 연이어 북상했고, 뒤이어 세 대의 헬리콥터가 나란히 남하했다. 그리고 어디선가 압력이 한계에 다다른 공기가 좁다란 구멍을 통해 빠져나가는 소리가 들리더니 새하얀 안개가 순식간에 부산역 광장을 뒤덮었다.

희정은 마치 무슨 말을 하려다 잊어버린 사람처럼 입을 쩍 벌리고 저들을 바라보았다. 방역 장비가 내뿜는 하얀 안갯속에서 수백 명의 광인이 몸부림쳤다. 아직 다리에 힘이 남아 있는 녀석들은 맹렬한 기세로 다가오는 죽음의 기체를 피해 도망치기 시작했지만 대부분 멀리 가지는 못했고, 가까스로 안개 속에서 빠져나온 녀석들은 터덜터덜 걷다 피를 쏟으며 하나둘 쓰러져갔다. 광장 곳곳에 새카만 핏자국이 새겨졌다. 마치 발작을 일으킨 상어 떼처럼 안개 안팎에서 광인들이 온 몸을 파닥거렸고, 이 잔학 무도한 광경에 희정은 그만 눈물을 떨어뜨리고 말았다. 이건 일방적인 대학살이었다. 물론 이 작전을 기획한 당사자와 저 헬리콥터 부대의 조종사들은 지극히 합당한 일이라 생각할 것이고 그 부분에 대해서는 희정의 견해도 다를 바 없었지만, 그렇다고 학살이란 단어에 리본을 매달 수는 없는 일이었다. 희정은 생각했다. '끔찍해. 이건 사람이 할 짓이 아냐. 아무리 그래도 그렇지 이건 너무…… 잔인해.' 그러나 필요악이었다. 광인들에게도, 헬리콥터에서 지상을 내려다보고 있을 군인들에게도 이 일방적인 참극은 달갑지 않겠지만, 무너진 세상의 균형을 바로잡으려면 어쩔 수 없는 일이었다. 그게 인간들이 규정지은 균형이든 자연의 섭리에 따른 균형이든. 확실한 한 가지는 광인들은 적어도 인간들만큼 자연을 더럽히지는 않는다는 것이었다.

'끔찍해. 이건…… 이건 사람이 할 짓이 아니야.'

희정은 혼란스러웠다. 광인으로 변한 엄마를 곁에 두고 있어서 그런 것인지 아님 저들도 한때는 자신과 같은 인간이었다는 점 때문에 연민이 들어서 그런 것인지는 알 수 없었지만, 저 불쌍한 살인자들에게 동정심이 드는 건 사실이었다.

"희정아?" 똑, 똑, 똑. "엄마야, 희정아? 문 좀 열어줄래?"

희정은 뒤를 돌아보곤 다시 창밖으로 고개를 돌렸다. 절정에 이른 참극은 이제 결말만을 남겨놓고 있었다. 그런데 알고 보니 무대의 막은 일찌감치 올라가 있었다. 마치 대규모 행위예술이라도 되는 듯 광장의 광인들은 검고 네모난 학살 기계를 중심으로 동그란 원을 그리며 자기들끼리 난잡하게 뒤엉켜 있었던 것이다. 그러나 안개는 걷힐 기미가 보이지 않았다. 광인들 대부분이 피를 토하며 쓰러져 나갔는데도 불구하고 새하얀 안개는 끊임없이 쏟아져 나오고 있었다. 광장 전체가 온통 새하얀 물결로 출렁였다. 일을 마친 헬리콥터 두 대가 호텔 위로 쏜살같이 지나갔다.

"희정아?"

엄마가 문을 두드렸다. 희정은 다시 한 번 어깨너머로 고개를 돌려 현관 쪽을 쳐다보았다. 그리고 그녀는 엄마를 잃지 않아 다행이라고 생각했다. 고마웠다. 헬리콥터 소리를 듣고 거리로 뛰쳐나가지 않아 줘서 고마웠고, 바깥으로 끌어내려는 계략이든 모성에서 비롯된 본능이든 자신을 기억해줘서 고마웠다. 하지만 그뿐이었다. 그 이상 감정을 가져서는 안 된다는 것을 희정은 알고 있었다. 뒤집힌 스쿨버스에서 정신을 차린 이래 그녀도 몇 차례 목격하지 않았던가? 광인이 되어 돌아온 가족이나 친척, 친구에게 문을 열어주면 어떻게 되는지 그녀도 익히 봐서 알고 있지 않은가? 더 이상의 자신과의 타협은 파멸만 부를 따름이었다.

그녀는 다시 창밖으로 눈길을 돌렸다. 압축되어 있던 죽음의 안개가 거의 바닥을 드러낸 듯 학살 기계에서는 이제 담배 연기처럼 가느다란 기체 말고는 아무것도 새어 나오지 않고 있었다. 어느덧 차도까지 점령한 새하얀 유독성 구름이 꿈틀거리며 닥치는 대로 영역을 넓혀 나가는 게 보였다. 생명의 흔적은 어디에도 남아 있지 않았다. 마치 불에 타 재가 된 낙엽 더미처럼 광장은 새까맣게 타

들어간 시체들로 발 디딜 틈이 없었고, 북적북적했던 부산역에는 다시금 소름끼치는 정적이 살며시 내려앉았다.

고즈넉한 오후의 햇볕이 유리창을 타고 흘러내리는 가운데 희정은 블라인드에서 눈을 떼고 침대로 돌아갔다. 그러고는 땅거미가 내려앉은 하늘로 달이 솟아오를 때까지 멍하니 허공을 응시하며 시곗바늘이 끝없는 끝에 도달하기를 기다렸다. 엄마가 객실 문을 두드렸다.

"희정아?" 똑, 똑, 똑. "엄마야, 희정아. 문 좀 열어줄래?"

그리고 한 번 더. 똑, 똑, 똑.

완연한 침묵이 그들에게 깃들었다.

5

그로부터 이틀째 되던 날, 칼날 같은 블라인드 틈새로 쏟아져 들어오는 아침햇살에 희정은 스르르 눈을 떴다. 고요했다. 마치 그녀를 둘러싼 모든 세상이 긴 동면에 들어간 듯 들려오는 소리라고는 째깍거리며 전진을 거듭하는 시계의 톱니바퀴 소리가 전부였다. 그녀는 얼굴의 반을 베개에 묻은 채 한쪽 눈동자를 굴려 유리창 밖 하늘을 올려다보았다. 잠시 후 그녀는 화장실로 들어가 방광 비우기 작업에 착수했다. 물이 끊긴 것을 증명하기라도 하듯 매캐한 암모니아 냄새가 사정없이 코를 찔러 댔다.

엄마가 객실 문을 두드렸다.

"희정아?" 똑, 똑, 똑. "엄마야, 희정아. 문 좀 열어줄래?"

"도대체 언제까지 그러실 거예요? 이쯤 되면 관둘 때도 되지 않았어요?"

변기에 앉아서 멍하니 허공을 주시하며 희정은 중얼거렸다. 그런다고 그녀의 목소리가 엄마에게 전해질 리는 없었지만 말이다.

"희정아?"

그녀는 속옷과 바지를 올리고 누렇게 고인 오줌이 보이지 않게 덮개를 내린 다음 화장실 밖으로 나왔다. 그러고는 별다른 생각 없이 창가로 가서 섰는데, 마치 새하얗게 얼어붙은 고드름에 옆구리를 찔리기라도 한 듯 정신이 번쩍 들었다.

군인들이었다. 언제부터 저기 있었는지, 무엇을 타고 여기까지 왔는지는 알 수 없지만 못해도 200명은 될 법한 군인들이 부산역 광장을 점거하고 있었던 것이다. 믿기지 않았다. 저토록 많은 수의 군인들이 당최 어디서 튀어나온 건지 아무리 머리를 굴리고 생각해 봐도 답이 떨어지지 않았다.

'구조 요청을 해야 해.' 그녀는 생각했다. 저 군인들이라면 자신을 안전한 곳으로 데려다줄 것이 분명했다. 그런데 문제가 한 가지 있었다. 그 문제란……

똑, 똑, 똑.

"희정아? 엄마야, 희정아. 문 좀 열어줄래?"

바로 엄마였다. 구조요청을 하려면 여기서 1층까지 뛰어 내려간 다음 직접 광장으로 달려가든가 아님 유리창 밖으로 소리를 지르는 등 저들의 이목을 집중시킬 만한 행동을 해야 했는데 그러려면 필연적으로 엄마를 지나쳐야 했던 것이다. '잠깐. 이목만 집중시키면 되는 거 아냐?' 희정은 뒤를 돌아보았다.

생각해 보니 이목을 끄는 것 자체는 문제가 되지 않았다.

6

그녀는 객실을 옮길 때 그랬던 것처럼 배낭에 닥치는 대로 짐을 쑤셔 넣었다. 부담스러울 정도로 부푼 배낭의 아가리에 지퍼를 채운 뒤 희정은 다시 창가로 가서 광장을 내다보았다. 아무래도 인원 파악을 하는 중인 듯 군인들은 사각형 대형으로 서 있었다. 모두 용량이 한계에 다다른 종량제 봉투처럼 커다랗게 부푼 군장을 등에 짊어지고 있었고, 손에는 한 명도 빠짐없이 소총을 휴대하고 있었다. 엄마가 문을 두드렸다.

"희정아? 문 좀 열어줄래?"

지휘관인 듯한 자가 대형 앞에 서서 무어라 얘기하고 있었다. 그 역시 다른 군인들과 마찬가지로 잔뜩 부푼 군장을 짊어지고 있었지만 소총은 들고 있지 않았다. 곧 움직이려는 모양이었다.

그녀는 생각했다. '어떡하지?' 감출 수 없는 혼란과 두려움으로 번득이는 그녀의 눈빛이 좌우로 오락가락했다. '여기서 구조요청을 하면 분명 저 사람들이 와서 우리 엄마를 죽일 텐데……' 그녀는 고개를 떨구었다. 그런데 우습게도 불현듯 이런 생각이 떠올랐다. '그때 손썼어야 해. 기회가 있을 때 먼저 선수 쳤어야 해.'

참고 참았던 눈물 한 방울이 기어이 그녀의 뺨을 타고 주르륵 흘러내렸다. 하지만 이제는 싫어도 선택을 할 수밖에 없었다. 그리고 그녀는 제아무리 광인이라도 군인들 손에 엄마가 죽는 건 보고 싶지 않았다.

'저 사람들 손에 엄마가 죽게 할 수는 없어요. 차라리…… 차라리 내 손으로 죽였으면 죽였지 저 사람들이 엄마를 죽이게 내버려 둘 수는 없다고.'

희정은 그렇게 말하고 나서 창밖을 슬쩍 보았다. 이동 준비를 마친 듯 군인들은 우렁찬 목소리로 "네!"하고 소리치더니 그 유명한 행군 대열로 대형을 바꾸기 시작했다.

"미안해요, 엄마." 희정은 중얼거렸다. "하지만 이 방법뿐이에요."

만약 저 군인들 손에 엄마가 죽으면 그녀는 아마 평생토록 죄책감을 떨쳐내지 못하고 살아갈 것이다. 어쩌면 그 죄책감을 견디지 못하고 한평생을 방구석에 틀어박혀서 엄마만 찾을지도 몰랐다. 희정은 그렇게 살고 싶지 않았다.

게다가 엄마가 원하는 것 역시도 그녀였다.

희정은 화장대 앞에 놓여 있는 의자를 쳐다보았다. 잠시 후 유리창이 산산이 조각나면서 의자가 허공으로 날아올랐다.

7

느닷없는 유리창 깨지는 소리에 놀란 듯 행군 대열로 맞춰서 이동하던 군인들이 일제히 걸음을 멈추고 이쪽을 올려다보았다.

"살려주세요! 여기 사람 있어요!"

희정이 창밖의 군인들을 향해 팔을 휘저으며 외쳤다. 그러자 대열의 머리 부분에 서 있던 지휘관이 한 손을 입으로 가져갔고, 이

내 한 군인이 헐레벌떡 뛰어와 그에게 확성기를 건네주었다. 지휘관이 이쪽을 올려다보며 확성기에다 대고 물었다.

"아, 아. 혼자입니까?"

"네!"

희정은 소리쳤다.

"감염자는요? 안에 감염자 있습니까?"

"아뇨! 없어요!"

희정은 두 손을 입으로 가져가 확성기처럼 만들고는 그렇게 외쳤다.

"지금 바로 사람 보낼 테니 내려오지 말고 거기 계십시오."

지휘관의 마지막 말이었다. 이윽고 구조대로 선발된 듯한 군인 두 명이 옆에 서 있는 동료들에게 군장을 넘겨준 다음 호텔로 달려오기 시작했다.

희정은 미리 준비해 놓은 변기 물탱크 덮개를 들고 현관으로 뛰어갔다. 그런데 어떤 이유에선지 복도는 쥐죽은 듯 조용했다. 희정은 한 손으로 문 손잡이를 쥔 채 귀를 기울여보았다. 하지만 광인 특유의 가래가 가득 낀 숨소리는 들려오지 않았다. 그녀는 다급한 마음에 객실 문을 벌컥 열고 복도로 달려나갔다. 다행히 엄마는 비상출입문 앞에 서 있었다.

누군가 복도로 뛰쳐나온 소리에 엄마가 뒤를 홱 돌아보았다. 아무래도 확성기 소리를 들은 듯 그녀는 비상출입문을 벌써 반이나 열어놓은 채였는데, 생각해 보면 정말이지 멍청한 행동이 아닐 수가 없었다. '저 멍청한 새끼. 주변 건물에 광인이 숨어 있을지도 모른다는 생각은 아예 하지도 않았나 보지?' 희정은 속으로 그렇게 중얼거리며 두 손으로 물탱크 덮개의 한쪽 끝을 움켜쥐었다. 어깨 너머로 고개를 돌려 희정을 쳐다보던 엄마가, 게거품 같은 침을 질질 흘리며 절뚝절뚝 몸을 돌렸다. 안쓰러웠다. 광인이 돼서도 부러진 다리 때문에 마음대로 움직이지 못하는 엄마의 모습을 보고 있자니 가슴이 찢어질 것만 같았다.

"희정아."

엄마가 그녀를 불렀다. 그러나 희정은 엄마에게 대답을 들려주지 않았다. 가슴이 아파서…… 눈물을 흘리지 않고는 못 배길 만큼 가슴이 아파서 입술이 떨어지지 않았던 것이다. 엄마가 부러진 다리를 질질 끌며 그녀에게로 다가왔다. 광인 특유의 가래 끓는 듯한 그르렁 소리가 엄마의 목구멍에서 새어 나왔고, 희정은 침을 꼴깍 삼켜 턱 바로 아래까지 차오른 숨을 진정시켰다. 그게 통로가 막혀 응어리진 숨인지 아님 건잡을 수 없이 커진 슬픔인지는 짐작할 수 없었지만.

엄마와의 거리가 5미터 정도 남았을 때 희정은 중얼거렸다. 그리고 중얼거릴 때마다 지나간 과거의 단편적인 조각들이 생생히 되살아나 그녀의 안에서 메아리처럼 울려 퍼졌다.

"미안해요, 엄마.

(아줌마 화 안 났어.)

엄마를 못 알아봐서 미안하고……

(아줌마 어디 안 갈 테니 울지 마)

엄마를 거기 두고 와서 미안하고……

(예뻤어. 너 닮아서)

(어디 살아? 아줌마가 태워다줄까?)

잘해주지 못해서 미안해요.

(어서 나가. 엄만 더 이상 너 책임질 수 없어.)

사랑해요."

"희정아."

엄마와의 거리가 엎어지면 코 닿을 정도로 가까워졌다. 희정은 두 눈을 질끈 감았다. 그러고는 변기 물탱크 덮개를 대각선으로 휘둘러 엄마의 턱을 후려쳤다. 마치 감자가 든 자루가 떨어진 듯 둔탁한 소리와 함께 엄마가 복도 카펫 위로 고꾸라졌다. 하지만 희정은 멈추지 않았다. 이건 아니라고, 이래서는 안 된다고 그녀의 진심 어린 마음은 비명을 질러댔고 희정의 귀에도 그 비명소리는 섬뜩하리만치 똑똑히 들렸지만, 그럼에도 불구하고 그녀는 멈출 수 없었다. 왜냐면 엄마는 더 이상 엄마가 아니었기 때문이다. 엄마는 죽은 지 오래였다. 죽어도…… 죽어도 인정하기는 싫었지만…… 이제는 현실로 받아들여야 할 때였다.

희정은 울음과 분노가 뒤섞인 소리를 내지르며 물탱크 덮개로 엄마의 머리를 내려쳤다. 눈물이 하염없이 흘러내렸다. 눈물방울이 어찌나 굵던지 이러다 실성을 해도 이상하지 않을 지경이었다. 물탱크 덮개가 정수리와 이마와 안면을 강타할 때마다 엄마의 몸이 움찔거렸다. 그리고 마침내 물탱크 덮개가 반으로 쪼개지자 희정은 움직임을 멈추고, 숨을 헐떡이며 엄마를 내려다보았다. 끔찍했다. 터지고 갈라진 이마에서 흘러나온 검은 피가 카펫을 흥건히 적시고 있는 게 보였다. 희정은 들고 있던 물탱크 덮개의 나머지 반을 바닥으로 떨어뜨렸다. 묵직하면서도 둔탁한 소음이 복도 벽을 두드렸다. 핏줄이 터진 듯 순식간에 부풀어 오른 엄마의 한쪽 눈과 다행스럽게도 아직 동공이 뚜렷이 보이는 엄마의 반대쪽 눈이 희정을 올려다보았다. 마치 무언가 할 말이 있는 것 같았다.

"죄송해요, 엄마. 제가 잘못했어요. 저도 이러고 싶지는 않았는데, 다른 사람들 손에 엄마가 죽게 내버려둘 수는 없었어요. 미안해요. 정말 미안해요."

그때 엄마가 허공으로 팔을 올리더니 바들바들 떨며 희정에게로 손을 뻗었다. 희정은 엄마가 할 말이 있나 보다고 생각했다. 이 상황에 생각이란 걸 할 수 있다는 것 자체가 우습기도 했고, 한편으로는 믿기지도 않았지만 아무튼 그녀는 그랬다.

그리고 비현실적인 목소리로 엄마가 말했다.

"내 새끼……"

그리고 툭……. 허공에서 바들바들 떨던 엄마의 손이 카펫 위로 툭 떨어졌다. 희정은 바닥에 주저앉아 목청이 터지도록 오열했다. 아팠다. 마치 심장에 커다란 대못이 박힌 듯 아파서 죽을 것만 같았다. 하지만 그 고통은 그녀가 감내해내야만 하는 것이었다. 왜냐면 그녀가 내린 선택이었으니까. 누구도 떠미는 이 없이 그녀 스스로 결정한 선택이었으니까.

아래층에서 발소리가 가까워지더니 군인 두 명이 10층 복도로 들어섰다. 1층에서부터 뛰어 올라온 듯 그들은 어깨를 들썩이며 금방이라도 쓰러질 것처럼 숨을 몰아쉬었고, 그 중 희정에게 K2 소총을 겨누며 경고조로 말한 건 하사 계급장을 달고 있는 자였다.

"손들어. 움직이면 쏜다."

그에 대한 희정의 대답은 다음과 같았다.

"살려주세요."

8

지휘관의 호출을 듣고 대열 앞으로 달려온 군의관은, 수술용이 아닐까 싶은 하얀 장갑을 낀 손과 육안으로 희정의 손과 발, 입 주변을 확인하고 나서 깨끗하다고 진단을 내렸다.

"이상 없습니다."

군의관이 지휘관에게 말했다. 방탄모를 보니 계급이 대위였다.

"확실해?"

지휘관인 듯한 남자가 물었다. 군의관이 고개를 끄덕였다.

"네. 확실합니다."

확신에 찬 군의관의 대답에 지휘관은 고개를 끄덕이고는 그에게 가보라는 의미의 손짓을 해보였다. 군의관이 경례를 했다. 방탄모에 중령 계급장이 달려 있는 지휘관은 피곤에 전 얼굴로 고개를 끄덕였다. 등에는 찐빵처럼 부푼 군장을, 가슴에는 안테나 달린 통신장비를 짊어지고 지휘관 옆에 서 있던 상병이 희정을 위아래로 훑어보았다. 한동안 위생 관념과는 담을 쌓고 지낸 듯 덥수룩하게 자란 수염이 마치 전쟁 통에 피난길을 나선 탈영병 같았다. 지휘관이 상병에게 손을 내밀었다. 상병이 통신장비 측면에 걸려 있는 수화기를 뽑아 그에게 건네주었다. 잠시 후 지휘관이 수화기 너머 누군가에게 말했다.

"민간인 한 명 구조했고, 데려가겠다는 통보."

수화기 너머 누군가가 답신을 보냈다.

"감염 여부 확인했는지 문의."

"확인했고, 이상 없다고."

"정확히 수신했고, 의료진 대기시켜놓겠다는 통보."

"수신."

지휘관은 상병에게 다시 수화기를 건넸다. 그러고는 희정을 보며 다음과 같이 말했다.

"자세한 건 좀 있으면 알게 되겠지만, 우린 육지를 탈출할 거다. 민간 여객선으로 사용됐던 배가 지금 부두에 도착해 있거든." 희정은 그의 말에 고개를 끄덕였다. 지휘관이 말을 이었다. "가는 길에 그것들만 안 만나면 별 일 없이 배에 오를 수 있을 게다. 하지만 그렇더라도 사적인 행동은 참아줬으면 좋겠구나. 우리가 머릿수가 많긴 해도 너 하나한테 일일이 신경 쓸 만큼 여유롭진 않거든. 다들 체력적으로 지쳐 있기도 하고."

"네. 그럴게요."

희정은 다시 한 번 고개를 끄덕였다. 하지만 그래도 성에 차지 않는 듯 지휘관은 숨을 깊이 들이마셨다 길게 내쉬었다. 그러나 더 이상 길게 늘어놓지는 않았다.

"가자, 그럼. 내 뒤에 바싹 붙어서 따라와라."

그렇게 말하고 나서 지휘관은 부하들을 향해 "기상! 이동한다!" 하고 외쳤다. 그러자 길가에 앉아서 꿀맛 같은 휴식을 취하던 군인들이 일제히 바지를 털고 일어났다. 희정은 지휘관을 따라 걷기 시작했다. 행군 방향은 남쪽이었다.

얼마쯤 걸었을까 결이 고운 산들바람이 희정의 머리칼을 부드럽게 휘젓고 지나갔다. 따사로웠다. 구름 한 점 없이 맑고 깨끗한 하늘 위로 비둘기 한 마리가 날개를 푸드덕거리며 지나갔고, 희미

한 바다 내음과 따스한 햇살을 품은 봄바람은 잠시나마 그녀에게서 피로감을 덜어주었다. 희정은 마치 악몽을 꾼 것 같다고 생각했다. 그래. 어쩌면 정말로 악몽이었을지도 모르는 일이었다. 세상에 다른 것도 아니고 변기 물탱크 덮개로 광인이 된 엄마의 머리를 내려치다니. 그게 어디 가당키나 하단 말인가? 절대 그럴 리 없었다. 그런 우스꽝스럽고, 끔찍하고, 비인간적인 일은 절대 현실이어서는 안 됐다. '하지만 내가 그랬잖아?' 그늘 진 눈길로 아래를 내려다보며 걷던 희정은 생각했다. '결국 내가 저지른 짓이잖아? 엄마를 죽인 건 나야. 내가, 내 손으로 엄마를 죽였다고. 받아들이는 수밖에 없어. 아무리 주변에 보는 눈이 없었다 해도 내가 알고, 내가 기억하는 이상 그건 인정할 수밖에 없는 현실이야. 얼음처럼 차갑고, 칼날처럼 날카로운 현실 말이야.'

부두에 도착한 건 그로부터 20분 남짓 지났을 무렵이었다. 처음 봤을 때와는 달리 활기가 도는 여객터미널의 모습을 보고 희정은 적잖은 충격을 받았다. 믿기지 않았다. 생명의 흔적이라고는 눈을 씻고 찾아봐도 없던 곳 아니던가? 사람의 형체라고는 오로지 시체뿐이던 곳 아니던가? 도저히 믿을 수가 없었다. 부두에 정박해 있는 엄청난 크기의 선박도 그렇고, 자기들끼리 모여서 커피를 즐기고 있는 하얀 가운의 의사들도 그렇고, 임시로 설치해 놓은 듯한 위병소에서 경계 중인 군인 두 명도 그렇고 하나같이 비현실적이게 만 느껴졌다. 희정은 걸음을 멈추었다. 지휘관이 위병소 역할을 하는, 노란 바탕에 검은 무늬가 사선으로 그어져 있는 '진입 금지' 바리케이드로 다가갔다. 그들의 뒤로 두 줄로 길게 늘어선 군인들이 숨을 헐떡이며 진입 절차가 끝나기를 기다렸다. 위병소를 지키던 군인 두 명이 지휘관에게 경례를 했다. 한 명은 일병이었고, 한 명은 병장이었다. 지휘관이 경례를 받아주자 둘은 손을 내리고 바리케이드를 물려주었다.

"저기 의사 선생님들 보이지? 저기로 가면 알아서 처리해 줄 거다. 탑승 절차는 저쪽 부대 사람들이 알려줄 거고. 이제 나 따라오지 말고 저기로 가."

부두 한복판에 이르렀을 때 지휘관이 한 말이었다. 희정은 고개를 끄덕이며 "네." 하고 대답했고, 이윽고 지휘관은 부대원들을 이끌고 부두에 설치되어 있는 커다란 천막 세 군데 중 한 곳으로 갔다. 희정은 민간의료진들이 있는 우측 천막으로 갔다. 사전에 소식을 들은 듯 민간의료진 5인방은 그녀를 보자마자 들고 있던 커피를 탁자에 내려놓고 즉시 검사를 해주었다. 검사는 15분 만에 끝이 났다. 그녀의 체온과 혈압, 혈액형, 채혈한 혈액의 감염 여부 등을 기록한 젊은 의사가 일람표를 들고 좌측에 설치되어 있는 천막으로 달려갔다. 희정은 자신의 혈액이 담긴 샬레가 놓여 있는 현미경을 쳐다보았다. 그때 그녀의 맞은편에 앉아 있던 여의사가 말했다. 30대 중반 정도 된 듯한 생김새였다.

"제주도에 도착하면 아마 하루 동안은 마음대로 움직이지 못할 거예요. 정밀 검사를 해야 하거든요." 희정은 힘없이 고개를 끄덕였다. "하지만 걱정하지 마세요. 현미경으로 관찰했을 때 검출되지 않은 바이러스가 제주도에 도착했을 때 검출되지는 않을 테니."

"네."

희정은 다시 한 번 고개를 끄덕였다.

잠시 후 천막으로 달려갔던 젊은 의사가 군인 한 명을 대동하고 돌아왔다. 중사였고, 진동석이란 이름의 군인이었다. 동석이 희정을 보고 말했다.

"저 따라오세요."

9

호텔에 비하면 궁둥이 하나 겨우 들여놓을 수 있을 만큼 비좁은 객실이었지만, 그래도 깔끔한 것으로 치면 오성급 호텔 저리 가라 할 정도였다. 그녀를 이리로 데리고 온 중사가 쭈뼛쭈뼛 서 있는 그녀에게 과한 미소를 지어 보이며 들어가도 괜찮다고 말했다. 희정은 안으로 들어갔다.

"4인용 객실이니 아마 도착할 때까지는 편히 쉴 수 있을 거야."

알게 모르게 경상도 사투리가 묻어나는 말투로 그가 한 말이었다. 희정은 4인용이란 말이 무색할 만큼 협소한 두 개의 더블베드를 보고 여기는 돈 주고 사도 지갑에 출혈이 없을 것 같다고 생각했다. 잠시 후 그녀는 두 더블베드 사이에 놓여 있는 협탁 뒤 창밖을 내다보다 뒤를 돌아보았다.

"언제 출발하죠?"

"오후 다섯 시 안에는 출발하는 걸로 알고 있어. 상부에서 가능하면 그 전에 복귀 시작하라고 명령 내렸거든."

"아……."

희정은 잘 알겠다는 뜻에서 고개를 끄덕였다.

"혹시 필요한 거 있으면 지금 말해."

"아직은 없어요, 필요한 거." 그를 보며 희정은 말했다. "필요한 거 생기면 그때 가서 얘기할게요."

"그래. 좋을 대로."

중사가 멋쩍은 미소를 지으며 말했다. 그리고 그는 객실을 나섰다. 누군가 문을 두드린 건 그로부터 30분 즈음 지났을 때였다.

똑. 똑. 똑.

침대에 누워서 꿈과 현실의 경계를 넘나들던 희정은, 마치 바람을 타고 날아든 맹수의 으르렁 소리를 듣고 소스라치게 놀란 미어캣처럼 눈을 번쩍 떴다. 광인인 줄 알았던 것이다.

"안에 아무도 없니?"

대답이 없자 다시금 문을 두드리며 한 여자가 말했다. 그제야 희정은 현실 감각을 회복하고는 침대에서 일어나 객실 문을 열어주었다. 소위 계급장을 달고 있는 여군이었다.

"네?"

"중대장님께서 너랑 같이 있으라고 하셨거든. 도와줄 일 있으면 도와주라면서 말이야."

"아, 네……."

"안에 들어가도 되지?"

여군이 미소를 띤 얼굴로 물었다.

"아, 네. 들어오세요."

희정은 그녀에게 길을 터주었다.

"필요한 거 있음 얘기해. 제주도에 도착할 때까지는 여기서 같이 있을 것 같으니까."

"네."

희정은 대답하고 나서 그녀의 오른쪽 가슴 언저리에 새겨져 있는 명찰을 슬쩍 훔쳐보았다. 그리고 그녀는 목덜미의 솜털이 곤두서는 것을 느꼈다. 세상사 돌고 돈다고 했던가? 희정은 그 말을 믿지 않았지만, 아무래도 이제부터는 반신반의라도 해야 할 듯싶었다.

"왜? 무슨 문제라도 있니?"

그녀의 시선을 느낀 여군이 진심으로 걱정된다는 투로 물었다. 희정은 얼른 정신을 그러모으고 고개를 저었다.

"아뇨. 괜찮아요." 그녀는 여군의 눈치를 살폈다. 다행인지 불행인지 여군은 그녀의 속내에까지는 관심이 없는 것 같았다. "그냥 뭐 좀 생각할 게 있어서요. 개인적으로."

그녀의 말에 여군은 새하얀 이를 드러내 보이며 미소를 짓고는 고개를 돌려 창가로 걸어갔다. 하지만 희정은 도무지 그녀에게 눈길을 뗄 수가 없었다. 왜냐면 그녀의 명찰에 새겨져 있던 이름은, 성만 제외하면 한때 희정이 친구처럼 여겼던 여자의 이름과 똑같았기 때문이다.

그녀의 이름은 한수하였다.

10

주먹밥으로 점심을 때우고, 한수하 소위가 무전기의 호출을 받고 잠깐 자리를 비운 동안 희정은 다시 잠을 청했다. 그녀는 더블베드에 몸을 눕혔다.

30분 뒤 한수하 소위가 문을 두드렸다. 하지만 희정은 손가락 하나 까딱하지 않았다. 이미 그녀의 정신은 고요한 강어귀를 지나 아무것도 존재하지 않는 망망대해로 넘어간 지 오래였기 때문이다.

어디선가 출발을 알리는 희미한 뱃고동 소리가 들려왔다. 그리고 그녀가 잠에 빠져든 지 정확히 4시간 27분 만에 마침내 배가 움직이기 시작했다. 족히 200명은 될 법한 군인들이 갑판과 후미로 나와 조금씩 멀어져가는 육지를 바라보았다. 멀리서 헬리콥터 두 대가 이쪽을 향해 날아오고 있었고, 디지털 카메라나 휴대폰을 갖고 있는 사람들은 그날의 무르익어가는 풍경을 사진으로 남기느라 여념이 없었다.

희정은 꿈을 꿨다. 장대비 내리는 어느 날 밤, 비에 홀딱 젖은 채로 서 있는 그녀 앞에 웬 마티즈 한 대가 멈춰 섰다. 이윽고 조수석 창이 내려가더니 운전석에 앉아 있던 여자가 희정에게 물었다.

"어디 살아? 아줌마가 태워줄까?"

9장

회복

광인병이 종식되고, 마지막 감염자가 사살된 지 2년째라는 방송이 라디오로 흘러나오고 있다. 비교적 커서 큰방이라고 이름 붙여진 공간과 비교적 작아서 작은방이라고 이름 붙여진 공간, 그리고 좁다란 거실과 화장실 하나가 있는 협소한 투룸의 작은방에서 한 여인이 불을 끄고 스탠드를 켠다. 새하얗게 표백된 스탠드 불빛 밑에는 일정한 간격으로 줄이 그어져 있는 종이와 세상이 망했어도 살아남은 모나미 볼펜이 놓여 있다. 한때는 소녀였지만, 이제는 제 몸 하나 건사할 줄 아는 어른으로 자란 여인이 의자에 앉는다. 그러고는 담배에 불을 붙이고 얼마간 가만히 있다 마침내 볼펜을 집어 든다. 주둥이가 막힌 주전자처럼 생긴 재떨이 안에서 담배가 유언이라도 되듯 희끄무레한 연기 한 가닥을 허공으로 던지며 죽어간다. 여인은 의식이 잡아끄는 대로 종이에 단어를 하나씩 적어

내려 간다.

안녕하세요, 엄마?

헤어진 지 벌써 5년째네요. 전 잘 지내고 있어요. 담배를 너무 피워서 가래를 달고 살긴 하지만, 그래도 건강하게 잘…… 살고 있어요. 아마 그러니 이 편지를 쓰는 거겠죠?

여긴 제주도예요. 제가 지금 있는 곳은 육지 생존자들한테 지원되는 투룸이고, 여긴…… 좀 비좁고 어질러져 있긴 하지만 제 방이에요. 왜 여기가 제 방이냐면, 다른 방은 같이 사는 언니가 쓰고 있거든요. 육지에서 남편 잃고 혼자 제주도로 온 언닌데, 이름은 은경이고 한 번씩 연주 때문에 욱하는 것만 빼면 성격도 괜찮아요. 아, 연주는 은경 언니 딸이에요. 5년 전 제주도에 처음 도착했을 때 쉼터에서 이러지도 저러지도 못하는 저한테 제일 먼저 말 걸어준 사람이 은경 언니였는데, 처음에는 배가 안 나와서 몰랐지만 나중에 알고 보니 임신한 채였더라고요. 그때가 아마 임신 3개월 차였던가? 그랬을 거예요.

그러니까 한 마디로 졸지에 피 한 방울 안 섞인 이모가 됐다는 거죠.

벌써 5년이나 지났다는 게 믿기지 않네요. 그간 많은 일들이 있었어요. 우리가 광인이라고 불렀던 감염자들은 말 그대로 멸종됐고, 사람들을 그렇게 만든 전염병도 종식됐고요. 말이 나왔으니 말인데 그 전염병 원인이 뭐였는지 아세요? 바로 구제역하고 신종 플루 때문이었대요. 구제역 침출수에서 발생한 바이러스가 그때까지 남아 있던 신종 플루 바이러스하고 결합되면서 그런 전염병이 생겼다 하더라고요. 그게 사람들을 미치게 했고, 제 손으로 엄마를 죽이게 했고…… 네. 그렇게 된 거죠.

죄송해요. 죄송해요, 엄마. 물론 엄마는 이 편지를 못 받겠지만, 그렇더라도 한 번쯤은 이 편지를 썼어야 하는 건데…… 지난 5년 동안 한 번이라도 썼어야 하는 건데…… 이제야 써서 죄송해요.

그때 많이 아프셨죠? 분명 아팠을 거예요. 다른 것도 아니고 변기 물탱크 덮개로 내려쳤었으니. 그래도…… 이러면 안 되지만…… 이해해 주길 바라요. 전 엄마가 다른 사람들 손에 죽는 걸 도저히 두고 볼 수 없었어요. 왜냐면 그랬다간 제가 못 견딜 것 같았거든요. 죄책감 때문에…… 엄마를 지키지 못했다는 죄책감 때문에……

사실 제가 이 편지를 쓰는 이유는 그거 때문이에요. 엄마한테 진심으로 사과드리려고. 그리고 엄마한테 용서를 구하려고. 물론 엄마는 지금 죽고 없지만, 전 알고 있어요. 엄마가 제 목소리를 듣고 있다는 것을. 엄마가 제 곁에 있다는 것을. 가슴으로 느낄 수 있거든요.

그래서 말인데요. 전 이제 엄마를 가슴에 묻을 거예요. 엄마를 가슴에 묻고, 엄마 몫까지 열심히 살아갈 거예요. 좋은 남자 만나서 결혼도 할 거고, 남편하고 자식, 가능하다면 손자한테까지 엄마 얘기를 해줄 거예요. 내가 한때 아줌마라고 부르며 친구처럼 지냈던 김수하라는 여자는 좋은 엄마였다고. 엄마는 한사코 아니라고, 엄마는 나쁜 엄마라고 할지도 모르지만 저한테는 이 세상에 둘도 없을 만큼 좋은 엄마였다고. 전 그렇게 전할 거예요. 왜냐면 그게 사실이니까요.

이 못난 딸 잊지 않고 찾아와줘서 고마웠어요. 비록 전 엄마를 못 알아보고 계속 아줌마라고 불렀지만, 그래도 이 못난 딸 위해 친구로나마 곁에 머물러줘서 고마웠어요.

여인은 볼펜을 움직이다 말고 어금니를 악 문다. 굵은 눈물방울이 뺨을 타고 하릴없이, 그리고 하염없이 흘러내린다. 아프다. 가슴이 어찌나 아픈지 숨쉬기가 어려울 지경이다. 그래서 그녀는 오른손으로 가슴팍을 두드려댄다. 하지만 아무리 두드려도 심장을 옥죄는 통증은 사라질 기미가 보이지 않고, 끝끝내 그녀는 편지지에 눈물을 뚝뚝 흘리며 오열하기에 이른다.

하지만 끝내야 한다. 아직 심장에 온기가 남아 있을 때 편지를 완성해야 한다.

솔직히 말하면 옛날로 돌아가고 싶기도 해요. 엄마를 아줌마라 부르던 시절로요. 틈만 나면 같이 카페에서 커피를 마시고, 주말에는 함께 영화도 보고, 일찍 하교하는 시험 기간에는 같이 점심도 먹곤 하던…… 그날 기억나요? 정확히 기억나지는 않지만, 아마 겨울방학이었던 것 같은데, 아이스 카페모카 마시던 저한테 엄마가 그랬잖아요? 넌 이 추운 날씨에 그게 넘어가느냐고요. 그래서 제가 그랬죠? 그러는 아줌마는 이 더워 죽겠는 곳에서 그 뜨거운 게 넘어가느냐고요. 지금도 그때 생각하면 저도 모르게 막 웃음이 나와요. 한편으로는 그래서인지 그 시절이 더 그립기도 하고요. 하지만 저도 알고 있어요. 아무리 원하고 원해도 그 시절로 돌아갈 수 없다는 것을. 그리고 추억이 아름다운 이유는 그 때문이라는 것을. 미화되고, 그리워서……

얼마나 오래 머물지는 모르겠지만, 전 조만간 육지를 밟을 거예요. 지금 복구 작업이 한창 진행 중인데, 용케 살아남은 육지 생존자들을 상대로 자원봉사자를 모집하고 있거든요. 전 이틀 전에 지원했고요. 그러니…… 중간에 기회가 되면 청주에 있는 엄마 집 한 번 갈게요. 제가 비록 딸 노릇은 한 번도 못했지만, 그래도 청소 정도는 해줘야지 않겠어요? 겸사겸사 짐도 정리하고요. 만에 하나 육지에 계속 붙어 있을 수 있다면, 제가 거기서 살 거거든요. 물론 그러려면 이것저것 정리해야 할 서류들이 산더미겠지만…… 뭐 어때요? 엄마가 살았던 집에서 제가 살려면 그 정도는 당연히 감수해야 하는 건데.

그럼 육지에서 뵐게요, 엄마. 그때까지 제 걱정은 말고, 편히 주무세요. 제가 중졸이긴 하지만, 제 몸 정도는 충분히 건사할 수 있으니까요.

사랑해요.

사랑해요, 엄마.

2015년 4월 21일 화요일
제주도에서
하나뿐인 엄마에게
하나뿐인 딸이

선선한 밤바람이 창문을 스치고 지나간다.

〈끝〉

광인들

1판 1쇄 찍음 2018년 2월 21일
1판 1쇄 펴냄 2018년 2월 28일

지은이 | 김중의
발행인 | 박근섭
편집인 | 김준혁
펴낸곳 | 황금가지

출판등록 | 2009. 10. 8 (제2009-000273호)
주소 | 06027 서울 강남구 도산대로 1길 62 강남출판문화센터 5층
전화 | **영업부** 515-2000 **편집부** 3446-8774 **팩시밀리** 515-2007
홈페이지 | www.goldenbough.co.kr

도서 파본 등의 이유로 반송이 필요할 경우에는 구매처에서 교환하시고
출판사 교환이 필요할 경우에는 아래 주소로 반송 사유를 적어 도서와 함께 보내주세요.
06027 서울 강남구 도산대로 1길 62 강남출판문화센터 6층 민음인 마케팅부

ISBN 979-11-5888-370-6 03810

㈜민음인은 민음사 출판 그룹의 자회사입니다.
황금가지는 ㈜민음인의 픽션 전문 출간 브랜드입니다.

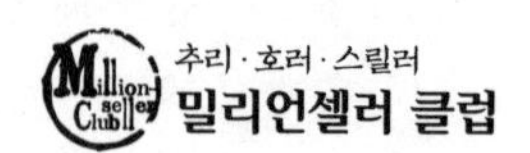

추리 · 호러 · 스릴러
밀리언셀러 클럽

1 **리타 헤이워드와 쇼생크 탈출** 사계 봄·여름 | 스티븐 킹
2 **스탠 바이 미** 사계 가을·겨울 | 스티븐 킹
3 **살인자들의 섬** | 데니스 루헤인
4 **전쟁 전 한 잔** | 데니스 루헤인
5 **쇠못 살인자** | 로베르트 반 훌릭
6 **경찰 혐오자** | 에드 맥베인
10 **어둠이여, 내 손을 잡아라** | 데니스 루헤인
11·12 **미스틱 리버** 상·하 | 데니스 루헤인
13 **800만 가지 죽는 방법** | 로렌스 블록
14 **신성한 관계** | 데니스 루헤인
15·16 **아메리칸 사이코** 상·하 | 브렛 이스턴 엘리스
17 **벤슨 살인사건** | S. S. 반다인
18 **나는 전설이다** | 리처드 매드슨
25 **쇠종 살인자** | 로베르트 반 훌릭
26·27 **나이트 워치** 상·하 | 세르게이 루키야넨코
29 **13 계단** | 다카노 가즈아키
33·34 **애완동물 공동묘지** 상·하 | 스티븐 킹
39·40·41 **제1의 대죄** 1·2·3 | 로렌스 샌더스
42·43 스티븐 킹 단편집 **스켈레톤 크루** 상·하 | 스티븐 킹
44 **아임 소리 마마** | 기리노 나쓰오
45·81 **링** 1·2 | 스즈키 고지
46·47 **가라, 아이야, 가라** 1·2 | 데니스 루헤인
48 **비를 바라는 기도** | 데니스 루헤인
50 **톰 고든을 사랑한 소녀** | 스티븐 킹
51·52 **셀** 1·2 | 스티븐 킹
53·54 **블랙 달리아** 1·2 | 제임스 엘로이
55·56 **데이 워치** 상·하 | 세르게이 루키야넨코
58 데릭 스트레인지 시리즈 1 **살인자에게 정의는 없다** | 조지 펠레카노스
59 데릭 스트레인지 시리즈 2 **지옥에서 온 심판자** | 조지 펠레카노스
60·61 **무죄추정** 1·2 | 스콧 터로
64·65 **아웃** 1·2 | 기리노 나쓰오
66 **그레이브 디거** | 다카노 가즈아키
67·68 **리시 이야기** 1·2 | 스티븐 킹
69 **코로나도** | 데니스 루헤인
70·71·74·75·77·78 **스탠드** 1·2·3·4·5·6 | 스티븐 킹
72 **머더리스 브루클린** | 조나단 레덤
76 **줄어드는 남자** | 리처드 매드슨
80 **블러드 더 라스트 뱀파이어** | 오시이 마모루
84 **세계대전Z** | 맥스 브룩스
85 **문라이트 마일** | 데니스 루헤인
86·87 **듀마 키** 1·2 | 스티븐 킹
88·89 **얼터드 카본** 1·2 | 리처드 모건
92·93 **더스크 워치** 상·하 | 세르게이 루키야넨코
94·95·96 **21세기 서스펜스 컬렉션** 1·2·3 | 에드 맥베인 엮음
97 **무덤으로 향하다** | 로렌스 블록
98 **천사의 나이프** | 야쿠마루 가쿠
99 **6시간 후 너는 죽는다** | 다카노 가즈아키
100·101 스티븐 킹 단편집 **모든 일은 결국 벌어진다** 상·하 | 스티븐 킹
104 **신의 손** | 모치즈키 료코
105·118 **하루하루가 세상의 종말** 1·2 | J. L. 본
106 **부드러운 볼** | 기리노 나쓰오
108 **황금 살인자** | 로베르트 반 훌릭
109 **호수 살인자** | 로베르트 반 훌릭
110 **칼날은 스스로를 상처 입힌다** | 마커스 세이키
111·112·113 **언더 더 돔** 1·2·3 | 스티븐 킹
114 **폭파범** | 리사 마르클룬드
115 **비트 더 리퍼** | 조시 베이젤
116·117 **스튜디오 69** 상·하 | 리사 마르클룬드
119 **와일드 싱** | 조시 베이젤
120 **지하에 부는 서늘한 바람** | 돈 윈슬로
124·125 **개의 힘** 1·2 | 돈 윈슬로
126 **해가 저문 이후** | 스티븐 킹
127 **아버지들의 죄** | 로렌스 블록
130·131 **이지 머니** 1·2 | 옌스 라피두스
132·141 **종말일기Z** 1·2 | 마넬 로우레이로
133 **대회화전** | 모치즈키 료코
134 **죽음의 한가운데** | 로렌스 블록
135 **살인과 창조의 시간** | 로렌스 블록
136 **어둠 속의 일격** | 로렌스 블록
137 **환상의 여자** | 가노 료이치
138 **더 스토어** | 벤틀리 리틀
139 **페이스 오프** | 데이비드 발다치 엮음
140 **마법사의 제자들** | 이노우에 유메히토
142 **별도 없는 한밤에** | 스티븐 킹
143 **롱 워크** | 스티븐 킹
144 **엑스맨의 재즈** | 레이 셀레스틴
145 **창백한 잠** | 가노 료이치
146 **그레타의 일기** | 척 드리스켈
147 **악당** | 야쿠마루 가쿠
148 **블랙 머니** | 로스 맥도널드
149·150 **악몽을 파는 가게** 1·2 | 스티븐 킹

한국편

1 **몸** | 김종일
2·3·4 **팔란티어** 1·2·3 | 김민영 (옥스타칼니스의 아이들 개정판)
8·10·12·14·16·26 **한국 공포 문학 단편선** | 이종호 외
9 **B컷** | 최혁곤
11·13·18·22·30 **한국 추리 스릴러 단편선** | 최혁곤 외
15 **섬 그리고 좀비** | 백상준 외 4인
17 **무녀굴** | 신진오
20 **사건번호 113** | 류성희
21 **옥상으로 가는 길, 좀비를 만나다** | 황태환 외
23 **10개월, 종말이 오다** | 최경빈 외
24 **B파일** | 최혁곤
25 **좀비 그리고 생존자들의 섬** | 백상준
27 **재림** | 안치우 / 28 **크르르르** | 김민수 외
29 **악의 - 죽은 자의 일기** | 정해연
31 **해무도** | 신시은
32 **난쟁이가 사는 저택** | 황태환
33 **짐승** | 신원섭
34 **광인들** | 김중의